D1179174

Alina Simone

Notities voor een beter leven

Vertaald door
Elise Kuip ·

Ambo|Anthos
Amsterdam

Dit vertaalproject is tot stand gekomen met een mentoraat door
Tjadine Stheeman, mogelijk gemaakt door een talentbeurs van het
Nederlands Letterenfonds in het kader van de master Literair Vertalen.

ISBN 978 90 472 0372 8
© 2013 Alina Simone
© 2014 Nederlandse vertaling Ambo|Anthos *uitgevers*,
Amsterdam en Elise Kuip
Oorspronkelijke titel *Note to Self*
Oorspronkelijke uitgever Farrar, Straus and Giroux
© Published by arrangement with Faber and Faber, Inc.,
an affiliate of Farrar, Straus and Giroux, LLC, New York
Omslagontwerp Janine Jansen
Omslagillustratie © Heather Breanne Photography (gezicht)
Foto auteur © Vinciane Verguethen

Verspreiding voor België:
Veen Bosch & Keuning uitgevers n.v., Antwerpen

Voor Joshua

1

Urenfraude. Dat was het eerste dat Anna dacht toen ze te horen kreeg dat ze werd ontslagen. Iedereen deed het – Brandon zond live vanaf zijn werkplek homoporno uit op internet – maar om de een of andere reden had het management besloten om de mailbox-razzia op haar te richten en de digitale honden juist op haar los te laten. Erger was dat ze het niet kon ontkennen. Internet had haar hersenen overwoekerd als een klimplant. Er waren alarmerende signalen. Beter gezegd, er waren signalen die Leslie later als alarmerend bestempelde. Zoals de verzameling spamberichten. 'Spam is niet iets wat je verzamelt,' had Leslie gezegd toen Anna dit aan haar opbiechtte. 'Het zijn geen voorwerpen, Anna.' En Anna moest het wel uitleggen omdat Leslie niet wist hoe het er in de echte wereld aan toeging – haar vloeren werden schoongemaakt door piepkleine robots met snoezige naampjes. De crisis op de markt had spammers tot nieuwe poëtische hoogten gedreven. Iémand moest het bewaren, bestuderen en het zelfs rangschikken op een schaal van wanhopigheid.

'"Ik ben omgeven door piepkleine luchtbelletjes van ongenoegen, omdat ik me zo eenzaam voel als een haai in de diepe, blauwe oceaan,"' had Anna geciteerd uit de wervende tekst van een Oekraiens escortbureau die ze uit de filters had gered. 'Vind je dat niet mooi?'

'Heb je niets beters te doen dan spam lezen?' reageerde Leslie onverschillig.

Anna moest toegeven dat die vraag niet zo gemakkelijk te beantwoorden was.

Toen Anna naar meneer Brohaurts kantoor werd geroepen werd ze onpasselijk bij de gedachte dat hij haar Rariteitenkabinet der Spam had ontdekt. Hij was maar vier jaar ouder, maar Chad Brohaurt verdiende veertig keer haar jaarsalaris en had een kaaklijn waarmee hij de aarde in tweeën kon klieven. Er zaten ongelofelijk smerige dingen tussen, berichten die ze alleen had toegevoegd omwille van de volledigheid. Zittend op zijn bank van echt leer kreeg ze de aanvechting te bekennen, uit te leggen dat ze aanvankelijk altijd op iets klikte dat hartstikke gerechtvaardigd was. Dan leidde het een tot het ander en voor ze het wist viel ze, hoepla!, in het konijnenhol. Maar was het wel een 'konijnenhol'? 'Konijnenhol' impliceerde een wonderlijke en vrolijke plaats, een betoverende plek waar je in het gezelschap van een goed gekleed knaagdier loeisterke cocktails kon nuttigen. Het internet was eerder een kontgat. Een kontgat waarin werd gefluisterd over Afrikaanse fruitsoorten met wonderbaarlijke slankmakende eigenschappen en afgeprijsde mani-pedicures in een of ander troosteloos deel van Queens.

Uiteindelijk bleek haar ontslag bij Pinter, Chinski and Harms niets te maken te hebben met urenfraude. Meneer Brohaurt had bij het raam gezeten en een droeve hand op de knie van zijn dure pantalon gelegd. 'Dit heeft niets met jou te maken, Anna,' had hij gezegd. 'Overal wordt gekortwiekt.' En Anna had stompzinnig door het raam naar Madison Avenue gekeken en zich afgevraagd hoe haar nieuwe kapsel eruit zou komen te zien. Natuurlijk had hij gedoeld op de begroting die zou worden gekort en op de andere gevestigde advocatenkantoren. De nieuwe soberheid. Het einde van alles.

Maar dat was vier maanden geleden, en daar was Leslies stem al om haar terug te roepen naar hun 'session'. Het klonk even beminnelijk als een laptop die opnieuw wordt opgestart.

'Zevenendertig is niet het einde,' zei ze. 'Echt, je zit pas op de helft.'

Anna had Leslies aanbod met tegenzin aangenomen; haar gevoelens over tijd die ze offline doorbracht waren nogal tegenstrijdig. Met andere mensen erbij kwam het er altijd op neer dat ze deed alsof ze iemand anders was, alsof ze meer was zoals hen. Terwijl ze, als ze alleen was met het internet, volledig zichzelf was. Daar waren geen onduidelijkheden. Ze klikte waar ze op wilde klikken en met iedere klik gaf ze zichzelf vorm. Zelfs met de spam. Juist met de spam. Trouwens, wie had er nou een levenscoach nodig? Natuurlijk was Leslie geen echte Levenscoach, maar ze was wel adviseur bij McKinsey, waar precies dezelfde theorieën werden behandeld, of dat had ze haar in ieder geval verzekerd. Maar tot haar grote verrassing had Anna beseft dat ze uitkeek naar het ritueel. Ze zagen elkaar op zondag in Café Gowanus, wat ze een prettige zaak vond ondanks het feit dat hij gebouwd was op een plek waar vroeger chemisch afval werd gedumpt. Het café was zo schoon en licht dat het ook een Apple Store had kunnen zijn, vol met ambitieuze mensen die een interessant, creatief beroep hadden, mooie kleren droegen en gebogen over hun Macbooks hard aan het werk waren. Het was alsof de suikerzakjes stiekem met Ritalin waren gevuld; slechts in die ruimte zijn werkte al stimulerend voor haar. Iedere week bewapende Leslie Anna met een arsenaal aan motiverende uitspraken – Stuur je Stemming, Negatief Denken betekent Negatief Doen – lollige spreuken die haar de weg moesten leiden naar een nieuw leven. Zo was het niet precies gelopen. In de weekenden werd ze nog steeds geleid door volkorencrackers en internet, maar ze genoot van Leslies ferme hand aan het roer.

'Heb je nog nagedacht over waar we het vorige week over hadden?' vroeg Leslie.

'Ja,' zei Anna, die zich alleen herinnerde dat ze het vorige week hadden gehad over waar ze het deze week over zouden hebben. 'Ik wil misschien een cursus gaan volgen.'

Ze wachtte, maar Leslies uitdrukking bleef hetzelfde. De pen bleef waar hij was, naast de half opgegeten scone en de eierwekker.

'Je hebt al een masterdiploma,' zei Leslie.

'Dit is anders,' antwoordde Anna geërgerd. Wist Leslie niet dat iedereen die was ontslagen dit deed?

'Een cursus volgen is niet strategisch, Anna. Het is uitvoerend.'

'Dat ligt eraan...' begon Anna, omdat ze hier al een theorie over had bedacht, maar Leslie onderbrak haar weer.

'Vergeet niet: een doel zonder plan is slechts een wens.'

'Ja, maar...'

'En ik weet zeker dat je jezelf dit al hebt afgevraagd, dus doe maar net alsof ik het niet vraag, maar is dit nou echt waar je je ontslagpremie voor wilt gebruiken?' Leslie zette haar latte op Anna's Kernkwaliteiten alsof het slechts een servetje was. Wat het natuurlijk ook was. Ze zaten naast een open raam met Anna's Levenskaart op de tafel tussen hen in. De bries vanaf het kanaal was zo fris als een scheetje van een pasgeboren baby. 'Je Kernkwaliteiten zijn nog wat magertjes,' zei Leslie terwijl ze in het vochtige servetje porde. 'Laten we teruggaan naar je ervaringen uit de tijd dat je met je promotieonderzoek bezig was en kijken of we daar nog wat sterke punten uit kunnen halen.'

'Dat is al acht jaar geleden,' begon Anna. Konden ze niet beter over Pinter, Chinski and Harms praten, waarvan de wonden nog vers waren en terug te vinden op Google? 'Waarom moeten we die tijd weer oprakelen?'

'Omdat je niet kunt weten waar je heen gaat als je niet weet waar je vandaan komt,' zei Leslie misschien wel voor de tweede keer. 'Begin maar met je proefschrift.'

Anna voelde een knoop in haar maag. Het woord 'proefschrift' had dezelfde uitwerking op haar als het woord 'kankergezwel'.

Wat had ze het studentenleven aanvankelijk gemist! Haar vormeloze dagen hadden een vals gevoel van nut gehad. Elke dag vertrok ze naar net zo'n licht café als dit om niet aan haar proefschrift te werken. Wat miste ze de lunches met Sveta en Evgeni (de faculteit Slavische Talen en Culturen zat propvol Slaven die hun Slavisme kwamen perfectioneren). Een maand nadat de faculteit haar eruit had getrapt was haar mening natuurlijk omgeslagen als een blad aan een boom. De academische wereld, besefte ze, was een schertsvertoning. Een intellectuele sportclub waar ze verblind door de illusie van vooruitgang jarenlang op de loopband achter haar zinloze argumenten aan kon blijven hobbelen. Plotseling wilde ze niets liever dan iedere morgen vroeg opstaan, de metro in stappen met haar lunch in een zakje en vervolgens worden uitgespuwd aan de voet van een glimmende massa van glas en staal, fungeren als de vulling in een cannoli van kapitalisme. Ze had het baantje bij Pinter, Chinski and Harms aangenomen omdat het een naam was die mensen een 'O!' ontlokte. Niet dat ze er ooit van hadden gehoord, maar het klonk als iets wat ze zouden moeten kennen. In werkelijkheid betaalde het helemaal niet zo goed – niet goed genoeg om zonder huisgenoot te kunnen wonen – maar er zaten voordelen aan, zoals, herinnerde Anna zich met een pijnlijke steek – terugbetaling van je collegegeld. Zes jaar later en wat had ze eraan overgehouden? Naast de muisarm die ze had opgelopen door urenlang nutteloos documenten van de ene naar de andere submap te slepen. Nee, ze wilde niet over het verleden praten, ze wilde het over de toekomst hebben.

'Criminologie,' zei Anna. Het idee was in haar opgekomen toen ze een aflevering van *True Crime* aan het terugkijken was.

'Hè?' zei Leslie en keek op van het venndiagram waar ze net aan begonnen was.

'De cursus. Het lijkt misschien wat uit de lucht gegrepen, maar op de een of andere dwaze manier is het perfect. Kijk, het heeft iets uit al mijn Competentievelden.' En tot Anna's verbazing stond Leslie haar toe dat ze de pen uit haar hand pakte. 'Criminologie. Het gaat om het uitzoeken van dingen. Het gaat om schrijven en analyseren. En als je er wat langer over nadenkt gaat het allemaal om mensen.' Leslie zei nog steeds niets, wat Anna bemoedigend vond. 'En wat ik er ook leuk aan vind is dat het een beetje, je weet wel, provocerend is. Omdat – geef toe – moorden interessant zijn. Waarom? "Abnormale persoonlijkheden."' Anna maakte aanhalingstekens in de lucht. 'Psychopaten, verkrachters, pedofielen.' Leslie keek verschrikt om zich heen bij het woord 'pedofielen', maar Anna ging door. 'Dus zelfs als je alleen maar een stapel papieren van de ene naar de andere kant van een bureau verschuift houdt het verhaal dingen op een bepaald niveau nog steeds dynamisch...'

'Áls,' onderbrak Leslie haar, 'je criminologie écht als een serieuze optie ziet en je er zéker van bent dat het is wat je wilt, zetten we het op de kaart. Het is jóúw kaart, Anna. Ik meen het, doe er mee wat je wilt. Je kunt criminoloog worden. Je kunt een eenhoorn worden. Het is helemaal aan jou. Maar wees je ervan bewust dat dit grote gevolgen heeft. Oké? Zoiets verandert je hele Visiebeschrijving. Het is een campagne, niet iets dat je zomaar in je Velden kunt plaatsen.' Leslie pakte haar pen terug van Anna, die er gedecideerd mee over de kaart had gezwaaid maar het niet had aangedurfd daadwerkelijk iets neer te zetten. En toen hij uit haar hand glipte merkte Anna onwillekeurig op dat Leslies zware, zilveren pen, waarop vermoedelijk ergens haar initialen stonden gegraveerd, eigenlijk nogal ergerniswekkend was. Het was een pen – en waarom had ze dit nog niet eerder opgemerkt? – die fungeerde als een opgestoken middelvinger. Tegen wil en dank begon Anna Leslie opnieuw te haten. De Leslie die eruitzag alsof ze haar boodschappen deed bij de biologische supermarkt, met haar curator-echtgenoot en driekamerkoopflat in het chique Emory-gebouw, haar baan bij McKinsey, met haar zonnebril van de designeropticien – die Anna vertelde wat ze wel en niet in haar Velden kon plaatsen. Anna vroeg zich af of Leslie en Josh nog steeds probeerden een tweede kindje te maken of dat de zaken er slecht voor stonden. Ze stelde zich zo voor dat Leslie het niet gemakkelijk zou opgeven. Er zouden eiceldonoren aan te pas komen, genderklinieken, zelfs commercieel draagmoederschap. Was het niet typisch iets voor Leslie om het uit te besteden?

'Als je denkt dat criminologie een weloverwogen keuze is,' ging Leslie verder, 'en je klaar bent voor Doen en Leren, dan moet je het natuurlijk doen. Ga je gang. Schrijf het maar op.'

Ze wisten allebei dat Anna nog niet klaar was voor Doen en Leren.

En criminologie was nog niet eens haar slechtste idee. Anna had de afgelopen nacht ideeën neergekrabbeld die ze had opgedaan uit advertenties in de kantlijnen van de *New Yorker* – de Middle Monterey Taalacademie (Maak een taaldoorbraak!), Reizen naar de Oudheid (Ervaar de bijzondere culturen van eeuwenoude beschavingen!), Vantage Uitgevers (Publiceer nu uw eigen boek!) – mogelijkheden die ontzettend aanlokkelijk hadden geleken met hun elegante lettertype en *New Yorker*-gewichtigheid toen ze ze in haar eentje aan de keukentafel had doorgenomen.

'Je vindt me gemeen,' verzuchtte Leslie.

'Helemaal niet!'

'Ik wil gewoon dat je nadenkt over de andere opties die je hebt voordat je je ergens op stort,' zei ze en stond op van tafel. 'Nóg een keer ergens op stort. Ik meen het, Anna. Je hebt een leuk leven. Is dit echt waar je aan wilt denken voor je 's avonds gaat slapen? Moord? Pedofielen?' Ze schudde haar hoofd om de pedofielen te verjagen. 'Ik ga even snel mijn neus poederen en als ik terugkom denk ik dat we opnieuw moeten beginnen met een paar vroeger/ nu-vergelijkingen. Maak je geen zorgen meer over het grote geheel, oké? Het is beter om in dit stadium te beschikken over wat nabijgelegen doelwitten. Geeft het idee dat het allemaal goed te doen is. Begin maar zonder mij en denk na over de "vroeger".' Leslie kneep Anna zachtjes in haar schouder en glimlachte. 'Carpe diem, toch?'

Leslies ogen waren zo helder en vredig, zo geruststellend en vol met welwillendheid dat Anna alleen maar kon teruglachen. En terwijl Anna glimlachte haatte ze zichzelf omdat ze Leslie haatte, die immers haar zondagmiddag had opgeofferd om Anna te helpen. Eigenlijk hielp Leslie Anna altijd vrijwillig door haar mailtjes te sturen met geheime sample sales, herinneringen dat de zomertijd weer inging en statusupdates van mensen met wie ze samen op de middelbare school hadden gezeten maar die Anna (in ruil voor aanzienlijke emotionele schade) uit haar leven had weten te bannen. Leslie had haar pilatesles afgezegd om Anna het idee te geven dat het allemaal goed te doen was, maar wat had Anna ooit voor Leslie gedaan? En in het kielzog van deze twijfel aan zichzelf kwam er een andere gedachte in haar op: hadden de laptopmensen hier de hele tijd naar haar en Leslie zitten luisteren? De tafels in Café Gowanus stonden vlak tegen elkaar aan en overlapten elkaar zowat. Anna draaide zich naar het stel aan de aangrenzende tafel en was opgelucht toen ze zag dat beiden te diep in hun scenario's begraven waren om iets anders op te merken.

'Waarom gebruik je Celtx?' vroeg de man. 'Ik heb je toch gezegd dat je Final Draft moest kopen.'

'Je kunt er precies hetzelfde mee,' antwoordde de broodmagere vrouw, die eruitzag alsof ze zo uit een alternatief kunsttijdschrift was komen lopen en jukbeenderen had die haar gezicht als tentstokken overeind hielden. 'Het enige verschil is dat de ene gratis is.'

'Als je denkt dat producers de afwijkingen die ontstaan bij het omzetten naar PDF niet zien heb je het bij het verkeerde eind. Ze vinden zeker weten dat je in de goot thuishoort als je niet eens bereid bent tweehonderdvijftig dollar te betalen voor professionele scenariosoftware.'

De vrouw staarde stuurs naar het scherm en zei niets terwijl de man zijn toevlucht nam tot zijn mobiele telefoon.

'Ik meen het,' zei hij, en duwde met een vinger op wat apps. 'Als je het zo instuurt krijg je alleen maar doodse stilte terug.'

'Wat weet jij er nou van, met je Master in de Schone Tijdverspillingskunsten.'

En op dat moment was er met hun ongedronken drankjes, de op de muur getatoeëerde schaduwen en de hoed van de man die met moeite zijn haar in bedwang hield iets eigenaardig bekends aan het tafereel. Opeens wist ze het. *L'absinthe*! Maar dan de hedendaagse versie van het schilderij van Degas: *L'iPad*. Tevreden met zichzelf pakte Anna een nieuw vel papier en schreef de woorden 'Pinter, Chinski and Harms' onder het woord 'vroeger'. Ze onderstreepte de woorden twee keer en staarde naar het blad. Maar na een minuut was er nog steeds niets op papier verschenen en bedacht ze dat deze hele oefening de vraag opriep hoe vaak er redelijkerwijs van iemand verwacht kon worden dat hij tijdens zijn leven opnieuw begon. En dan wel serieus opnieuw begon.

Daar was Leslie weer, en op de een of andere manier zag ze er opgefrist uit. Ze had iets met zichzelf gedaan op de wc. Wat was het? Een vers laagje lippenstift? Of blush van het onzichtbare soort dat je eruit laat zien alsof je er geen moeite voor hebt gedaan? Nee. Misschien had ze ergens een laagje van iets verwijderd? Was dat het geheim? Je frist jezelf op door je ergens van te ontdoen, alsof je het alledaagse, kamerbrede tapijt lostrekt om de smaakvolle hardhouten vloer eronder te onthullen? Het enige wat Anna nu het allerliefst wilde, liever nog dan het oplossen van haar toekomstraadsel, was weten wat Leslie op de wc met zichzelf had gedaan.

'Wat?' vroeg Leslie. 'Zit er iets op mijn gezicht?'

'Nee.' Anna drukte een glas ijswater tegen haar wang. 'Ik vond je haar net leuker zitten.'

Leslie wierp een blik op het vel papier en draaide het om. 'Je neemt het te letterlijk. Wat hebben deze twee dingen gemeen? Je studie en Pinter?'

'Midtown Manhattan?' gokte Anna.

'Stagnatie,' zei Leslie. 'Ik wil dat je ophoudt met je zorgen te maken. Ophoudt met nadenken.'

'Oké.'

'Je moet dit niet als kritiek zien.' Leslie trok een streep in het midden van het papier, schreef 'Beperkend Heden' boven de ene kolom en 'Wenselijke Toekomst' boven de andere.

'Dat weet ik.'

'En nou niet weer van me wegdromen. Dit hele proces gaat stukken beter als je helder blijft.'

'Oké.'

'Onthoud: overhaast tot Implementatie overgaan is nergens voor nodig.'

Anna stond op het punt hier instemmend op te reageren. Zelfs zo vaak en zo lang overal mee in te stemmen als Leslie maar wilde, toen een man die met twee lattes balanceerde tegen de tafel botste en zijn koffie morste. Ze keken beiden op. Hij was gekleed in het gebruikelijke hipsteruniform – een T-shirt met daarop een mistroostige watertoren en skinny jeans – maar straalde op de een of andere manier iets onmiskenbaar gemakzuchtigs uit. Die man heeft ongelezen e-mail in zijn inbox, dacht Anna. Waarschijnlijk trilde zijn mobiele telefoon op dit ogenblik tegen zijn ballen. De laatste tijd vond Anna het moeilijk om onderscheid te maken tussen wat ze echt wilde en wat ze zichzelf verplichtte om voor Leslie te verzinnen, maar nu ervoer ze een moment van helderheid. Wat ze het allerliefste wilde, de uitkomst van elke vroeger/nu-vergelijking, was simpelweg dit: e-mails. Meer e-mails, betere e-mails. Ze keek op naar de man en verloor zichzelf in de voorstelling die ze zich maakte van zijn inbox: seksafspraakjes, exclusieve uitnodigingen, grappige berichtjes van intelligente collega's over creatieve en bezielde projecten. E-mails zoals die ene van Columbia die ze acht jaar geleden had ontvangen en die haar meedeelde dat ze was toegelaten tot de faculteit Slavische Talen en Culturen. Pro-fucking-ficiat. Alleen al de gedachte aan die e-mail deed haar hart sneller kloppen. Wat ze er wel niet voor overhad om de adrenaline-kick van die eerste maagdelijke klik weer te beleven.

Sinds ze weg was bij Pinter, Chinski and Harms bewaarde Anna een enkele ongelezen e-mail in haar inbox. Die bevond zich daar als een goudvis in zijn kom van haakjes en hield de eenzaamheid op afstand. Als ze ging lunchen schakelde ze haar telefoon uit om dat extatische gevoel van ontwenning te kunnen ervaren en terwijl ze at probeerde ze te raden hoeveel berichten er thuis op haar wachtten. Vaak was het aantal nog steeds één. Dan staarde ze een minuut of tien naar haar Gmailaccount en wenste dat de 1 in een 2 zou veranderen. En soms, alsof er pure magie in het spel was, gebeurde dat ook.

'Pardon,' zei de man en voerde een behendige, Zumba-achtige beweging uit om verder morsen te voorkomen.

'Geeft niet,' zei Anna en vroeg zich af hoeveel zoekresultaten zijn naam zou opleveren op Google. Tienduizend? Honderdduizend? Meer? Ze keek weer naar haar Levenskaart en zag hoe de trage latte-rivier het woord 'doel' vervaagde en gevaarlijk dicht bij het sterretje kwam. Het sterretje dat zij moest voorstellen.

2

Zevendertig was níét het einde, besloot Anna. Nee, het einde was eerder drieënveertig. Of nee. Zesen... veertig. Of misschien bewoog het einde zich hoe ouder je werd steeds verder van je af, zoals de randen van het heelal steeds verder weg zweefden van de kiem waaruit hoop was ontsproten. Natuurlijk waren er altijd uitzonderingen: ze had ooit gelezen dat de Markies de Sade pas op zijn eenenvijftigste zo'n viezerik was geworden. Toch moest Anna toegeven dat ze, als ze de uitschieters niet meetelde, maximaal nog maar tien jaar had om haar zaakjes op orde te krijgen. De klok tikte. Sterker nog, er tikten een heleboel verschillende klokken als ze er goed over nadacht. Maar nadenken over de symfonie die door de tikkende klokken werd gespeeld was zinloos en werkte alleen maar verlammend. Al heette die winkel met een reden Forever 21 en niet Forever 37. Misschien had ze het potentieel dat haar was toebedeeld al verkwanseld. Wie was er nog meer een laatbloeier? Je had natuurlijk Grandma Moses. En volgens sommige mensen had Jezus zijn beste werk pas na zijn dood verricht.

Anna en Leslie hadden hun coachingssessie wat vroeger beëindigd. Anna had genoeg vooruitgang geboekt voor vandaag en Leslie moest Dora trouwens ergens ophalen of Dora ergens afzetten en het is algemeen bekend dat het einde verhaal is zodra iemand over haar kind begint. Kinderen zijn een vrijbriefje om onder iedere sociale verplichting uit te komen. Net zoals kanker of een kerk-bezoek. Maar Anna voelde zich nou niet bepaald geroepen om na Café Gowanus direct terug te gaan naar Bay Ridge, naar de oude *InStyle* magazines die verspreid lagen over de bank waarop ze gisternacht in slaap was gevallen en naar de koelkast die vol stond met dubieuze groenten en fruit van de buurtsuper. De wandeling terug naar de metro was nogal troosteloos – Third Avenue was niet al te florissant – en toch was het hier, in de lange schaduw van een Dunkin' Donuts die tegelijkertijd dienstdeed als een Pizza Hut en een Taco Bell, dat het idee haar inviel: wat als ik nou eens een boek schreef over laatbloeiende vrouwen?

Vanaf dat moment ontvouwde het plan zich snel. Als ze de rest van haar spaargeld, de ontslagpremie, het geld van tante Clara en haar belastingteruggave gebruikte, kon ze een reis door het hele land of zelfs over de hele wereld maken. Ze zou heroïsche vrouwen die laat van bloei waren opsporen en interviewen – onwaarschijnlijke politieke kandidates, onderneemsters, hoerenmadams, al die biologische kimchi-producentes en handwerkende tamponbreisters die hun ongelukkige baantjes bij beleggingsfondsen waren ontvlucht. Ze stelde zich voor dat ze vertrouwelijkheden met deze vrouwen uitwisselde in taxi's, op veranda's in Vermont, in ashrams en wandelend door fabrieken met identieke beschermende helmen op. Na dat allereerste interview zouden ze vriendinnen blijven, zo ontroerd en gevleid als ze waren dat ze tot voorbeeld waren verheven. En omdat ze zelf ook een laatbloeiende vrouw was (natuurlijk nog lang geen zesenveértig, maar toch...) vond Anna het heel logisch en vanzelfsprekend dat zij een dergelijk project begon. Ze zou laat bloeien terwijl ze laatbloeiers vastlegde. Dat zou nog eens meta zijn. Dit sloot perfect aan bij haar Kernkwaliteiten en als Leslie hier nog zou zijn zou Anna het haar zeggen, ja, ga je gang, verander mijn Visiebeschrijving of plaats het in mijn Klote-competentievelden, je doet maar. Ze was klaar voor Doen en Leren! Dit gevoel hield aan tot Anna thuiskwam, op onderzoek uitging op Amazon en daar tot de ontdekking kwam dat er al een boek bestond over laatbloeiende vrouwen. Het heette *Laatbloeiers* en – dit was de genadeklap – was geschreven door een mán. Een man die overduidelijk al in volle bloei stond (dit was zijn vijfde boek) en net zo goed had kunnen schrijven over menselijke beatboxers of ironische leidmotieven in Londense straatkunst of vergeten meloenrassen, verdomme. Deze man, die Lars Stratchuck heette, met een rondje boven de a (hij was niet eens Amerikaans!) had letterlijk haar toekomst gestolen. Een toekomst waarin Anna al twee schitterende uren lang had vertoefd, waarin ze zich elke dag doelgericht voortbewoog en haar werk gewichtig en betekenisvol was. Ze wilde niet terug. Ze voelde nu al hoe de flat haar insloot en vermoeide, hoe de hoeken in het namiddaglicht een vuile aanblik kregen, hoe de hitte van de dag opsteeg uit de gordijnen en het bevlekte IKEA-tapijt, die de lucht met hun muffe adem vulden. Maar eerst was het tijd voor een troostende snack. Een bakje Sabra hummus en pitachips. Of een flinke bak bosbessen met hüttenkäse. Tijdens het snacken zouden haar moeders alom bekende vermaningen als tafeltennisballetjes door haar gedachten stuiteren.

Als je dat opeet krijg je alleen maar meer honger.
In fruit zitten meer calorieën dan in chocolade.
Ik verzeker je, die nootjes smaken beter als je er maar eentje neemt.
Alles wat je na zes uur 's avonds eet wordt direct omgezet in vet.

Nee, besloot Anna, ze ging het niet doen. Geen bank. Geen snacks. Sinds ze vijf weken geleden bij Pinter, Chinski and Harms was ontslagen had ze het overgrote deel van haar tijd bankhangend en snackend doorgebracht. Surfend doorgebracht, eigenlijk. Zogenaamd op zoek naar baantjes, maar eigenlijk niet. Nu en dan op zoek naar liefde. Voornamelijk op zoek naar leesvoer. De dagen begonnen met het vernieuwen van drie tabbladen: nieuwssite *The Daily Beast*, *New York* magazine en roddelwebsite *Gawker*. Van hieruit opende zich een caleidoscoop aan opties als ontelbare kanaal-tjes op een berghelling die door smeltwater zijn uitgesleten. Uren later kon ze overal zijn beland: *Deadline Hollywood*, *Art Fag City*, of iemands Tumblrpagina waarop ze las over een nieuw soort onder-goed dat liplezen voorkwam. Ondertussen maakte ze nog steeds geen werk van de dingen waarvan ze altijd had gezegd dat ze ze zou doen als ze Pinter eenmaal had verlaten. Die waren verbrijzeld door vrijheid. Haar vrijheid. De enorme hoeveelheid tijd die ze tot haar beschikking had en de zware verantwoordelijkheid van haar eigen, onaangeboorde potentieel maakten het haar onmogelijk er-gens werk van te maken.

Als ze 's ochtends wakker werd voelde ze zich al uitgeput door de mogelijkheden. En natuurlijk was het de vraag of dat door een depressie kwam of dat het slechts de omstandigheden waren. Les-lie dacht niet dat ze een depressie had. Leslies eigen postnatale de-pressie was ernstig geweest, levensbedreigend zelfs. Ze wist alles over de medicijnen en de studies, de onbenulligste details over de opname van serotonine en de wisselwerking van verschillende therapieën en had dit allemaal met Anna besproken. Anna moest toegeven dat ze wel wat zag in het idee van een depressie. Dan zou niets van dit alles haar schuld zijn. Ze herinnerde zich dat er iets in haar tijdelijke verzekering stond over geestelijke gezondheidszorg en vanzelfsprekend zou er een geruststellende routine ontstaan van vaste afspraken ergens uptown waarvoor ze de deur uit moest. Maar haar verzekering dekte de sessies vast maar een paar maan-den. En van de medicijnen werd je dik, toch? Ze waren funest voor je libido. Je stond voor de ellendige keuze tussen zielig, wellustig en dun of dik, seksloos en gelukkig. Natuurlijk was Anna al dik, ab-soluut seksloos en waarschijnlijk zielig. Maar het slikken van die medicijnen zou alle hoop die ze nog had vermorzelen. Ze zouden een wreed deksel op haar Wenselijke Toekomst schroeven. Als ze nooit dun zou worden en voor altijd seksloos zou blijven, hoe kon ze dan ooit gelukkig worden? Het was een opeenhoping van paradoxale situaties. Maar als ze iets had geleerd van de twee uur die ze met het laatbloeiersproject in de toekomst had doorgebracht, was het dat hoop in je leven iets prachtigs was. Een beter gevoel bestond er niet. Sterker nog, het gevoel was zelfs beter dan de handeling, want als ze er eens over nadacht moest Anna toegeven dat ze niet echt van schrijven hield. Vandaar dat ongeschreven proefschrift. Het schrijven van een heel boek, dag in, dag uit met haar kont op een stoel gelijmd zitten, klonk eenzaam. Eigenlijk nog erger dan eenzaam. Het klonk verschrikkelijk kut. Maar op het púnt staan een boek te schrijven – of, beter nog, al een boek hebben geschreven – was iets heel anders. Het werkte enorm stimulerend zich voor te stellen dat ze het aan Leslie vertelde, haar Facebookstatus veranderde, haar levendige, nieuwe blog op Laatbloeiers.com beheerde door ideeën voor *Laatbloeiers, Deel II* te crowdsourcen...

Zonder dat Anna het echt doorhad was ze aan het surfen. Ze had de reacties op Stratchucks *Laatbloeiers* op Amazon zo gesorteerd dat de beoordelingen met één ster bovenaan stonden. Een link in een van de reacties had haar naar een andere website over laatbloeiers geleid die Kurinji heette, naar (zo meldde de header) een zeldzame Indiase struik die er tot wel twaalf jaar over deed om tot bloei te komen. Nu las Anna op de homepage het interview met Paul Gilman, een regisseur uit Los Angeles die op zijn zesenveertigste (!) impresario in het microcinemawereldje was geworden voordat hij het hogerop had gezocht. Anna las zijn biografie en ontdekte – wat een verrassing – dat de eerste vijfenveertig jaren van Gilmans leven opmerkelijk verstoken waren van belofte: een doorsnee jeugd in een buitenwijk van Kansas City (hij nam niet eens de moeite om te zeggen welke), een middelmatige studententijd, een gang van het ene inwisselbare kantoorbaantje naar het andere, een niet verrassend mislukte poging tot het stichten van een gezin. Nu bezat Gilman een huis in Brentwood. Hij was onlangs getrouwd met een jonge actrice (ze hadden elkaar ontmoet toen hij jurylid was in Cannes) en verwachtte een tweeling.

K: Je staat bekend om je improvisatorische stijl.

GILMAN: Ik werk nooit met scripts. Een script legt de acteur alleen maar morele beperkingen op. Wat mij interesseert is het ongeremde individu. Ik stop de acteurs in een hokje. Dan is het aan hen om uit dat hokje te komen. Soms letterlijk.

K: Tot voor kort werkte je nou niet bepaald met acteurs in de technische zin van het woord.

GILMAN: Inderdaad. Amateurs.

K: Hoe kwam je hen op het spoor?

GILMAN: Advertentiewebsite Craigslist. Ik plaatste een advertentie voor acteurs, ervaring niet noodzakelijk. Leeftijd, kledingmaat of ras maakte me niet uit. Ik vroeg niet om foto's. Dit was in de tijd dat ik nog in Kansas City woonde. Die stad is niet zoals Los Angeles, waar je zoiets op internet zet en...

K: Iedereen linea recta van de lopende band komt gerold.

GILMAN (lacht): Inderdaad. Dit waren echte mensen. Boekhouders. Leraren. Koks. Het maakte niet uit. Mensen die dat extra beetje geld goed konden gebruiken. Ik betaalde ze vijftig dollar per opname. Soms ging ik naar hun huis. Soms vroeg ik of ze me ergens konden ontmoeten. De telefooncel voor het pandjeshuis. Of de laadzone achter het tapijtenmagazijn in de binnenstad. Ik reed erheen met mijn camera en zag ze op straat op me wachten. Dan reed ik een paar rondjes en probeerde te bedenken hoe ze in de scène zouden passen. Daarna verzon ik ter plekke het verhaal.

K: Zowel *Calista at the Cum 'n' Go* en *Rurik, Rurik, Traffic Cop* hebben iets heel intuïtiefs, iets heel gejaagds. Hoe heb je die films gemonteerd?

GILMAN: Ik heb al mijn films in de camera zelf gemonteerd.

K: Gewoon opnemen en dan stoppen?

GILMAN: Precies. Stoppen of pauzeren. En aangezien ik de acteurs nooit eerder had ontmoet was alles mogelijk. De enige regel die ik heb is dat ik niet praat als ik aan het filmen ben. Een vrouw die ik eens inhuurde werkte in het ziekenhuis en kwam met haar uniform nog aan direct uit haar werk. Ik zei tegen haar: "Dit is het verhaal: je bent een ambulancezuster en je hebt net gereageerd op een oproep over een auto-ongeluk waarbij je man betrokken is. Zijn rug is op twee plekken gebroken. Hij heeft inwendig letsel opgelopen en de dokters weten niet of hij het zal overleven. Je verlaat het ziekenhuis. Je bent op weg naar je auto en je weet niet meer waar je hem hebt geparkeerd. Je bent verdwaald op het parkeerterrein" – we waren op een parkeerterrein – "en je belt je moeder met je mobieltje om haar te vertellen wat er is gebeurd. Actie!"

K: Dit klinkt als *Clean Rite Meltdown*.

GILMAN: Dat is het uiteindelijk wel geworden...

K: Let op, spoilers.

GILMAN (lacht): Inderdaad. De vrouw wilde de scène niet spelen. Weigerde pertinent. Ze begon tegen me te schreeuwen dat ze godverdomme geen idee had waar ik het over had. Ze kwam met haar gezicht dicht bij de camera en schold me uit voor alles wat los en vast zat. Ging maar door over dat ze wist "wat een oplichter ik was" en dat haar vriend mijn kenteken had opgeschreven, bla bla. Geweldig materiaal. De hele film bestond uiteindelijk uit dat ene, ononderbroken shot van haar gezicht...

K: *Clean Rite* werd vertoond op Sundance?

GILMAN: Klopt. Hij is nu opgenomen in de permanente collectie van het MoMa.

K: Je hebt een flinke ontwikkeling doorgemaakt. Kun je iets zeggen over je samenwerking met Johnny Depp?

GILMAN: Johnny is gewoon een verbazingwekkende, geniale vent. Verbazingwekkend geniaal.

K: En nog een laatste advies voor aspirant-regisseurs?

GILMAN: Koop een camera. Laat de rest maar gewoon gebeuren.

Toen Anna klaar was met lezen merkte ze dat het donker was. Het was donker en ze had honger. Ze haalde een pak rijstwafels en een bakje salsa en liep terug naar de computer waar ze Gilman opzocht op IMDb en de beoordelingen voor *Calista at the Cum 'n' Go*, *Rurik, Rurik, Traffic Cop*, en *Clean Rite Meltdown* las op *Variety*. Toen de rijstwafels op waren ging Anna over op groentechips (gebakken, niet gefrituurd) en googelde zonder reden Gilmans vrouw. En toen haar huisgenoot, Brie, thuiskwam van kickbaltraining was het ruim na zessen en werd Anna's eten omgezet in vet. Ze keek *Can't They Always Make More?* op YouTube en had de lichten nog steeds niet aangedaan.

'Hoi,' zei Brie. Ze gooide haar noppenschoenen in de hoek, wat een kleine explosie van kluitjes aarde veroorzaakte. 'Mijn avond-eten bestond uit een glas merlot, bizar hè?'

'Lekker getraind?' vroeg Anna.

'Moet poepen.'

'Altijd een goed idee om ook de darmen nog even te stretchen!' zei Anna en lachte nerveus, alsof het de normaalste zaak van de wereld was dat ze dit soort dingen zei. Iets dat Bries veel jongere vrien-dinnen misschien zouden zeggen.

'Precies,' antwoordde Brie en stoof langs Anna naar de wc.

Anna drukte op pauze, stond op en deed de lichten aan. Ze gooi-de de plastic zak van de rijstwafels weg en veegde de ring salsasaus van de tafel. Ze keek in de zak groentechips. Hoeveel had ze ervan gegeten? Vanuit de hal hoorde ze de geluiden van een doorspoe-lende wc en een lopende kraan. Toen was Brie terug en veegde haar handen af aan de achterkant van haar shorts.

'Wat ben je aan het kijken?' vroeg Brie met haar hoofd al in de koelkast.

'Een film, *Can't They Always Make More?*'

'Ik wist niet dat je van Gilman hield!' kraaide Brie.

'Ik ben gek op Gilman,' hoorde Anna zichzelf zeggen, al wist ze niet zeker of ze echt gek was op Gilman of dat ze gewoon blij was dat ze een onderwerp had gevonden waar ze met Brie over kon pra-ten.

'Ken je die ene, *Rurik at the Drive-In*?'

'*Rurik, Rurik, Traffic Cop*?'

'Ja. Wat een gruwelijke film!'

'Ja hè?' zei Anna onzeker. Ze kon Brie nooit zo goed inschatten. Zelfs als ze Bries kont wilde kussen kon ze nooit voorspellen waar haar kont zich precies zou gaan bevinden. Het was alsof ze continu door de kamer rende en haar met haar lippen op konthoogte achternazat. Brie kon nog steeds punten, uitroeptekens zelfs, aan het einde van zinnen plaatsen, terwijl Anna al zo vaak over zo veel dingen van gedachte was veranderd dat er voor haar alleen nog maar vraagtekens en beletseltekens beschikbaar waren.

'Maar dan wel op een goede manier,' zei Brie en greep een koude quesadilla uit de koelkast. 'Ik vind het geweldig dat hij niet bang is om zijn films gewoon, zeg maar, slecht te laten zijn, snap je?'

'Het is een stijl,' zei Anna en duwde de zak groentechips in Bries richting.

'Die ene met die snoephartjes vind ik echt geweldig. Wacht even. Ik denk dat ik met dat meisje in mijn hoofd zit.' Ze doopte de rand van de stijve quesadilla in Anna's salsa. 'Je weet wel, die andere? Die films maakt met haar telefoon?'

'Ik weet het niet.'

'Ze trekken allemaal met elkaar op,' zei Brie. 'God, hoe heet ze nou?'

Anna wist het niet.

'Shit. Voor mijn gevoel heb ik laatst nog iets over ze gelezen in *New York* magazine. Dit gaat me mijn nachtrust kosten,' zei Brie. 'Ik sms Rishi wel.' Brie liep naar haar tas en begon verschillende vakjes open te ritsen.

'Ik vind het geweldig dat het bij zijn films gewoon is wat het is, weet je?' zei Anna en ze had het gevoel dat ze eindelijk haar draai had gevonden in dit gesprek. 'Hij laat dingen gewoon gebéúren.'

Maar Brie luisterde niet. 'Shit,' zei ze, vakken open- en dichtritsend. 'Waar is mijn telefoon?'

'Had je een jas aan?' vroeg Anna en stond op.

'Shit.' Brie haalde spullen uit haar tas en gooide ze op de grond.

Anna probeerde bezorgd te kijken. 'Zal ik de wc checken?' vroeg ze.

'Nee. Kut. Hij ligt nog in de bus of in het park.'

'Hij komt wel weer boven water...' zei Anna en ze hoopte dat ze niet hoefde aan te bieden mee te gaan naar McCarren Park om samen met Brie in het donkere gras naar haar telefoon te zoeken.

'Niet te geloven,' zei Brie, en ze schudde haar tas leeg op de vloer. Kruimels, speldjes, muntjes, bonnetjes, pennendoppen, zo'n eigenaardig Japans speelgoedbeestje van plastic met een hoofd dat alleen maar uit tanden bestaat, een afgebeten duimnagel. Ontelbaar veel spreuken uit Chinese gelukskoekjes kwamen naar beneden dwarrelen als confetti tijdens een optocht.

'Ik ben zo terug,' zei Brie en stond op. Ze greep haar portemonnee van de hoop op de vloer. 'Kan je die voor me terugleggen in de koelkast?' Ze knikte naar de half opgegeten quesadilla die ze op de bank had gelegd.

Anna pakte de quesadilla en opende de deur voor Brie.

'Mocht Rishi op de vaste lijn bellen, vertel hem dan maar wat er is gebeurd,' zei Brie. Voordat de deur achter haar dichtviel ging ze in een reflex met haar hand langs het lichtknopje. Ze liet Anna weer in het donker achter.

3

Anna liep op de tast terug naar de gloed van haar laptop. Ze rukte het snoer uit de muur en liet het door de hal achter zich aan slepen. Brie was weg, maar Anna controleerde toch of de slaapkamerdeur dichtzat voordat ze haar broek uittrok. Met haar T-shirt nog aan trok ze haar bh uit en liet hem op de stapel op de vloer vallen. Ver hoefde de bh niet te vallen: de stapel was bijna net zo hoog als het bureau. De stapel wegwerken stond 'op de lijst', maar was de lijst zelf eigenlijk ook geen stapel die tot het bureau reikte? Anna ging boven op het dekbed liggen, trok de laptop op haar blote bovenbenen en tikte op streamingwebsite Hulu de naam *Gilman* in. Natuurlijk kwam *Clean Rite Meltdown* als eerst naar boven, gevolgd door *Rurik* en de film die ze net had zitten kijken. Maar er stond er ook eentje tussen die ze nog niet had gezien, *Age of Consent*.

Anna klikte op de titel. En terwijl de film laadde vroeg ze zich af hoe Gilman geld verdiende als alles altijd gratis, hier, op internet te vinden was. Hoe kon iemand op internet geld verdienen als zelfs Anna nog nooit in haar leven op een advertentiebanner had geklikt? Behalve die ene keer dan, voor een gratis paar Uggs. En wat was haar beloning geweest voor het invullen van een eindeloos durend formulier over haar voorkeuren als consument? Niets dan agressieve spam – niet eens het soort dat de moeite waard was om te verzamelen – voor hypotheekherfinancieringen en 'betrouwbare geneesmiddelen van hoge kwaliteit' dat haar filters behendig wist te omzeilen. Dat nooit meer, dacht ze, en drukte op afspelen.

Er was geen titelrol. Geen filmmuziek. Te snel verscheen en verdween de titel op een zwart scherm. Toen was er een man te zien die met een papieren zak over zijn hoofd op een bed zat. De man droeg een kakikleurige broek en een felblauw T-shirt. De woorden *Sun Microsystems* strekten zich in enorme witte letters uit over de vetrol in zijn schoot. Het daglicht verzette zich hevig tegen de zonneschermen die helemaal naar beneden waren getrokken. Een lamp met een scheve lampenkap wierp een vertekende rugbybal van licht over de muur. De kamer herinnerde Anna aan een sjofel motel waar je met je auto tot de deur kan komen en alle ramen uitzicht hebben op het parkeerterrein. Naast de lamp bestond de verdere aankleding van de kamer alleen uit een verwarming en een klimplant die misschien wel van plastic was en die in een pot in het raamkozijn stond.

'Hier bewaar ik mijn verzameling,' zei de man. Er waren twee kijkgaten in de zak gemaakt, plus een gleuf voor de mond waardoor een paar natte lippen en een stukje snor te zien waren. 'Onder het bed.' Hij boog voorover, tastte wat in het rond en haalde een grote plastic tas tevoorschijn.

'Maakt het nog uit waarmee we beginnen? Nee? Oké, dit is dus *Penthouse Forum*,' begon hij en haalde een tijdschrift tevoorschijn dat hij op de sprei legde. 'Daarin staan zeg maar brieven over fantasieën met beroemdheden en dat soort onzin. Niet erg interessant eigenlijk. Het is een beetje een lachertje. Kijk hier maar eens naar. Elke brief begint altijd met dezelfde lulkoek: "Ik dacht altijd dat deze brieven nep waren tot ik er zelf eentje besloot te schrijven," ' zei de man met een gespeeld lage, hese stem en lachte toen vanuit de zak. 'Het zijn haast parodieën op brieven, weet je? En de beroemdheden zijn... even zoeken...' De man bladerde door het tijdschrift. 'O ja, man, kijk deze eens,' hij hield een pagina omhoog en de camera zoomde in op een foto van een breed lachende Andi McDowell in een rode jurk. 'Wie gaat zich nou afrukken op een belegen MILF die haar vantuttem niet eens laat zien? Wie wil zich nou afrukken op Andi McDowell? Wil jíj dat?' snoof hij. 'Volgens mij heb ik deze foto later nog een keer gezien in een advertentie voor Campari. Ach ja, het maakt ook niks uit eigenlijk. Als ik al geil ben volstaat bijna alles. Alsof ik alleen maar op zoek ben naar dat laatste, tja, je weet wel, zétje.' De man stopte het tijdschrift terug in de tas. 'Dat is dus *Forum*. Maar je hebt ook advertenties voor 0906-nummers,' zei hij. 'Soms gebruik ik die. Oké, volgende.' De man deed een greep in de tas en diepte nog een stapel tijdschriften op. 'Hier heb ik nog wat van die voordeelverpakkingen. Waarom? Omdat ze goedkoper zijn. Het zijn oude nummers die zeg maar in verschillende categorieën zijn gebundeld. Zoals "kontjes" of "dildo's" en dat soort dingen. En ik heb een voorliefde voor, tja, het jongere spul. Ik bedoel, je mag geen foto's verkopen van meisjes onder de achttien, maar ik durf te wedden dat sommige toch minderjarig zijn. Deze is leuk.' Hij hield een tijdschrift omhoog met op de omslag een jong meisje dat een mond had die permanent in de donutvorm van een opblaaspop stond. '*L'age légal*.' De man begon het tijdschrift door te bladeren, langzaam en doelgericht dit keer, en de camera zoomde in. Er waren foto's te zien van haarloze meisjes met centimetersdik gestifte lippen die hun lingerie naar één kant hadden getrokken zodat hun tieten eruit konden vallen. Bladzijdes lang trokken ze hun slipjes opzij en keken ze onophoudelijk geschokt bij de ontdekking van hun eigen handeltje. Best wel knap, dacht Anna. Ging het niet vervelen? Dit kon die dag weleens hun achttiende fotoshoot zijn en nog steeds moesten ze doen van 'Hela! Wat is dit...? O, hallo! Kijk eens wie we daar hebben?' Ongelofelijk. Ik zou de slechtste pornoster ooit zijn, dacht Anna terwijl ze de laptop, die op de bovenkant van haar dijen brandde, op het kussen naast haar hoofd zette.

'Ik wou dat ik de rest van je leven je tampon kon zijn,' zei de man tegen een cherubijns blondje dat toevallig net een ander blondje befte dat zelf druk bezig was een dildo te steken in een brunette waarvan het hele gezicht werd verzwolgen door de spleet tussen de twee bladzijdes. Hij bladerde snel door de rest van het tijdschrift tot hij bij de laatste pagina was en gooide het toen opzij.

'*Purely Anal*,' verkondigde de man en schudde zijn hoofd in wat mogelijk verrukking was. Zijn hoofd maakte een hard geruis in de zak.

'Dit is nogal gênant. Zie je deze dame?' De man sloeg de bladzijde om. Er was een foto te zien van een lichaamloze witte pik die in het gezicht van een zwarte vrouw spoot. 'Ze heeft altijd een zonnebril op. Zie je? Op elke foto.' De man sloeg de bladzijde om en daar was dezelfde vrouw die nu iemand pijpte en inderdaad dezelfde zonnebril droeg. 'Ik vind het wel gaaf eigenlijk. Bijna een cultdingetje. Dit is trouwens een goeie, dit nummer. Ik denk dat dit degene is die, eh, het verdient gelezen te worden.' De man aarzelde. Hij stak een van zijn handen in de zak om zijn gezicht te krabben en bracht hem toen naar beneden om zijn zaakje goed te leggen. 'Nu moet ik dit lezen, toch?' Hij ging op het bed staan. Eventjes zoomde de camera in op zijn sportsokken, die een blauw met wit randje hadden, en kantelde toen in een misselijkmakende beweging omhoog. Boven op het bed verplaatste de man zijn gewicht onzeker van de ene naar de andere voet met zijn hoofd dicht bij het lage plafond terwijl hij '*L'age légal*' met één hand op een armlengte afstand hield.

'Ho!' bulderde hij opeens in een gekunstelde, Shakespeareaanse baritonstem. 'In het bevuilde toilet van dit busstation? Maar het is zo smerig hier, m'n liefste! Neen? Wellicht kunt u niet wachten? Mijn hete, kloppende pik staat te springen om zijn zaad te lozen en blijkt onweerstaanbaar voor uw lendenen! Kniel, daar beneden bij de porseleinen troon, terwijl mijn handen uwen keiharde tepels liefkozen en u me bij uzelf naar binnen leidt en mijn hete, schuimende vocht als een omslaande golf over uw bevallige voorhoofd rolt. Voorwaar, uwe knieën moge geschaafd zijn, maar u neukt me als een op hol geslagen teef, dieper en harder dan ik mij ooit voorstellen kon. Uwe poesje, zo nat, zo verdomde nat en...' De man, bevangen door de lach, ging weer zitten en veerde een paar keer ongemakkelijk op en neer op het bed.

'Sorry man. Ik kon het niet laten. De teksten in deze dingen zijn nogal absurd, weet je? De teksten zijn in pornotijdschriften nou niet echt van belang. Soms lees ik iets en dan ontdek ik dat ik tijdens het lezen de grammatica zeg maar in gedachten aan het verbeteren ben. Dan denk ik echt "Wat ben ik in jezusnaam aan het doen?" Tsss.' Hij sloeg zijn benen over elkaar en begon weer door *L'age légal* te bladeren. 'Trouwens, weet je wat ook zo raar is aan dit tijdschrift? Het is helemaal niet alleen maar anaal. Kijk. Pijpen. Neuken. Gepijp. Gepijp. Triootje.' De man bleef bladeren. 'Anaal. Nú komen we pas bij anaal. Het gaat zogenaamd helemaal over anaal maar er is nauwelijks enige, tja, kontactie te vinden! Maar ik vind dat idiote ervan wel leuk, hoe ze je eigenlijk beduvelen door te zeggen dat het allemaal anaal is. Ook al,' voegde hij er terloops aan toe, 'ben ik dol op anale seks.'

'Jezus, we hebben nog flink wat door te werken. Dit is veel.' Hij stopte even en trok nog een handvol porno uit de tas. 'Deze tas staat trouwens ook op het punt te scheuren. Zal ik je iets raars vertellen? Ik durf te wedden dat mijn moeder weet dat ik dit heb. Ze maakt hier schoon. Ze moet ze onderhand wel een keertje gevonden hebben. Toen mijn broer nog thuis woonde bewaarde hij zijn porno ook onder het bed. Via hem ben ik er voor het eerst mee in aanraking gekomen. Ik zou ze natuurlijk kunnen verplaatsen. Ze beter verstoppen. Maar ik vind het wel fijn dat ik alleen maar onder het bed hoef te graaien, weet je? Het draait allemaal om gebruiksgemak. En, oké, dit klinkt vast ontzettend gestoord, maar soms? Soms denk ik tijdens het rukken aan mijn moeder die dit vindt. Ik stel me voor hoe mijn moeder het vindt en kom klaar bij de gedachte dat zíj zich voorstelt dat ik klaarkom. Is dat niet teringziek? Knip dat er maar uit. Ik kan niet eens geloven dat ik je dat heb verteld. Maar goed, hier zijn er nog twee: *Tight* en *Young and Tight*. *Young and Tight* klinkt als een goeie, vind je niet? Maar *Tight* bevalt me eigenlijk beter. Daar staan best wel smerige dingen in.' Hij sloeg een nummer van *Tight* open en bladerde er stilletjes peinzend doorheen. 'Eigenlijk heb ik al een paar maanden geen porno meer gekocht, dus deze naderen hun houdbaarheidsdatum. Ik bedoel, het is niet alsof ik al het mogelijke uit alle foto's heb weten te wringen. Maar ik kan zeker wel een nieuwe dosis gebruiken, weet je wel? Wauw – deze vind ik helemaal geweldig. Man, kijk dit nou eens.' Hij hield het tijdschrift op naar de camera en las de titel voor. ' "De breekbare schoonheid van lesbiennes." ' Hij schudde zijn hoofd en lachte opnieuw. 'Hilarisch.'

Toen stond de man op maar de camera bleef waar hij was en Anna zag alleen zijn middel, zijn kaki broek en een vetrol.

'Zeg, wil je kaas?' vroeg een stem van boven. Toen liep het middel uit beeld en zag je alleen het bed, de stapel porno en een eenzame tentakel van de klimplant die tegen de muur op kronkelde. De zon knaagde aan de randen van de zonneschermen. De camera schoot naar het plafond en viel met een ruisende schok uit.

De scène werd hervat met de kont van de man die van achteren werd verlicht door de koelkast. Kontverlichting, was de eerste gedachte die bij Anna opkwam. Hij kwam tevoorschijn met een stuk kaas op een bord en liep toen naar de gootsteen om een snijplank te pakken. Terwijl de man in een la rommelde zwalkte de camera door de kamer en bleef hangen bij een kratje met lege bierflesjes dat in de hoek stond. Het kratje stond op een ander kratje dat ook vol zat met lege flesjes.

'Zeg, wil je hier een stukkie van?' De camera zwaaide terug naar de man die een homp kaas aanbood op de platte kant van een mes. 'Het is Emmentaler. Goed binnen te houden, zeg ik je. Ik heb het vers gekocht op de boerenmarkt. Er zijn twee mannen die een of andere ambachtelijke kaasboerderij of zo hebben in Ashby en in het weekend brengen ze het hiernaartoe. Proef nou. Het komt rechtstreeks uit het schaap of welk beest het ook is.' Hij wuifde weer met het mes voor de camera. 'Kom op, man. Je bent hier al de hele dag, je moet wel honger hebben. Drink dan op z'n minst een glas water of zo... O ja, oké, dat is waar ook. Ik was dat gedoe even helemaal vergeten.' De man snoof. 'Wie gaat deze film trouwens kijken? Ik en kaas en kontneuken. Niet bepaald *Avatar*, hè. Ga je deze ook in 3D uitbrengen? Zestien dollar voor een kaartje vragen?' De man stopte het stuk kaas door het gat voor zijn mond en kauwde. 'Geen slechte naam trouwens. *Ik en Kaas en Kontneuken.* Moet je onthouden.'

Hij liep terug naar zijn kamer en werd gevolgd door de camera.

'Ik zit erover te denken om een van de foto's van de zwarte dame met die zonnebril in te laten lijsten,' riep de man over zijn schouder. 'Met een achtergrond en een glazen plaatje en zo en een super-supermooi houten lijstje. Gewoon voor de grap. Maar dat doe ik wel als ik mijn eigen huis heb,' voegde hij eraan toe. 'Niet als ik nog hier woon.'

Terug in zijn kamer ging hij op het bed zitten en sloeg zijn benen over elkaar. 'Maar weer door, hè? Oké. Dit is gewoon een soort catalogus. Er staan een heleboel advertenties in voor, tja, je weet wel, speeltjes en video's. De plek waar ik altijd heen ga is trouwens ook eigenlijk een videowinkel. Sugar's. Ik herinner me de eerste keer dat ik er binnenging. Het is hier trouwens niet zo ver vandaan. Dikke kans dat je er langs bent gereden. Net na dat benzinestation bij de afrit? Ik vond het best wel eng. Ik liep naar binnen, keek rond, en dacht – wauw, deze mensen zijn wálgelijk. Telkens als ik naar binnen ga denk ik bij mezelf: echt wel dat ik de minst walgelijke vent ben hier.' De man stopte eventjes. 'Ik had bijna een speeltje voor Kylie gekocht. Maar dat was vlak voor het allemaal een beetje raar werd tussen ons. We hebben een keer kontseks gehad. Nou ja, een soort van...' De stem van de man stierf weg. 'Maar goed, als je de rest nog wil zien, het ligt allemaal in de kast. Ik heb ook nog wat ouder werk waar de meisjes niet allemaal gemaakt zijn van Barbie-onderdelen...'

Toen zwaaide de camera plotseling naar de deur. Vlak erachter klonk een stem.

'Snickers heeft weer remsporen gemaakt op de keukenvloer,' gilde een klein meisje. 'Als ik jou was zou ik het maar schoonmaken voordat mama thuiskomt!'

'Maak het lekker zelf schoon!' blafte de man vanuit de zak. Toen, tegen de camera: 'Kutkat.'

'Ik ga tegen mama zeggen dat je zei dat ik naar mijn les moest lopen...' riep de stem van het meisje terug.

'Ga weg, Kay. Ik ben bezig met iets.'

'... en dan mag je de auto niet meer lenen in het weekend.' De deur ging open en een meisje dat eruitzag als acht of negen liep naar binnen. Ze had sprietig bruin haar en ze droeg een lange zwarte mantel, een plastic bril en een donkerrode stropdas boven een gebloemd topje. Een Harry Potter-kostuum, besefte Anna. In de ene hand hield het meisje een toverstok; de andere hand bleef op de deurknop liggen.

'Godver, Kay. Ik heb tegen je gezegd dat je niet binnen mocht komen.' De man begon als een bezetene de tijdschriften van het bed in de spleet tussen de muur en de verwarming te duwen. Kays ogen werden groot.

'Waarom heb je die op?' vroeg ze en liep verder de kamer in.

'Het is gewoon een spelletje, Kay. Ga weg.'

'Wie is die meneer?'

Er was een metalen kleng te horen van de tijdschriftruggen die op weg naar de vloer de verwarming raakten. Kay draaide zich om en richtte haar stok op de camera. 'Ben jij degene die gisteravond belde en toen weer ophing?'

'Laat hem met rust, Kay.'

'Ik hoorde je heus wel ademhalen,' zei ze tegen de camera en maakte langzame cirkelbewegingen met haar stok. 'Ik beveel je – geef antwoord!'

Nu hij klaar was met de tijdschriften stond de man op en liep naar Kay toe.

'Geef antwoord.' Haar stem werd hoger en schriller. 'Wat doe je? Je bent in mijn huis. Wat doe je in míjn huis?'

'Hé, de film is klaar man. De film is klaar. Cut!' De zak stond scheef op het hoofd van de man, schuin naar een kant zodat maar één oog samenviel met zijn kijkgaatje.

'Silencio!' gilde Kay en draaide in de rondte om zich naar de man met de zak over zijn hoofd te keren. Ze huilde nu.

'Hé man, zet dat ding uit,' zei de man tegen de camera. 'Rustig maar, Kay.' Hij stond op en liep naar het meisje. 'Dat is gewoon een vriend.'

'W-waarom heb je een z-zak op je hoofd?' Kay was nu echt aan het snotteren. De man knielde neer. Hij legde een hand op Kays schouder en draaide toen zijn bovenlijf om zich weer tot de camera te kunnen richten.

'Ik zei dat je dat teringding uit moest zetten. Nú. Zie je verdomme niet dat het haar bang maakt? Kom hier, Kay,' zei de man. Hij trok Kay ongemakkelijk in zijn armen en de camera zoomde in op Kays gezicht waarop de tranen uit haar dichtgeknepen ogen sijpelden. Hij zoomde in op haar mond terwijl ze het traanvocht en snot van haar bovenlip likte.

'Wrom zegt-tie n-niks?' snotterde Kay. Maar haar gezicht was onzichtbaar omdat de camera met een ruk naar de vingers van de man op Kays blote schouder bewoog. Je kon de haren zien die op zijn knokkels en de rug van zijn hand groeiden. Hij kneep in haar schouder. En toen verplaatste de camera zich naar Kays gebloemde topje. Naar een enkele paarse bloem met daarin een gele stip. Steeds dichterbij, totdat het uit pixels bestaande midden het scherm vulde. Tot het hele scherm bestond uit één rauwe, afzichtelijke, bevende pixelzon.

'Dat is gewoon een vriend,' zei de stem van de man een beetje schor ergens vandaan. 'Dat is gewoon een vriend.'

Toen werd het scherm zwart en het woord FIN verscheen. Ergens in de verte klonken de droevige flarden van een akoestische gitaar die uit alle macht maat probeerde te houden. Een liedje van

Will Oldham. Anna besefte dat ze huilde. Ze las de korte aftiteling, die vooral uit Gilman bestond. Later zou ze dit allesbepalende moment nog vaak voor zichzelf proberen te verklaren, maar dat lukte haar nooit. Het enige wat ze wist was dat het leek alsof ze een hand tussen de kussens van de bank had gestoken en daar tussen het zoekgeraakte kleingeld en de onsmakelijke kruimels een nieuwe wereld had gevonden. Een onderwereld die je kon doorkruisen zonder gehinderd te worden door andermans meningen en waar je jezelf kon zijn. Het tegenovergestelde van populaire cultuur. Onpopulaire cultuur. Een plek waar ze weleens thuis kon horen.

Het leek een belangrijke ontdekking, ook al wist ze niet precies wat het betekende. En opeens voelde ze zich verschrikkelijk moe. De lichten waren al uit. De auto's die beneden over straat reden klonken als regen, als golven, als de soundtrack van een Gilmanfilm over de onmogelijkheid van slaap. Ze schoof de computer buiten schopafstand, draaide zich om en sloot haar ogen.

De batterij van haar laptop zou het 's nachts begeven, maar daar kon ze niet mee zitten.

4

Toen Anna opdook uit de metro ontdekte ze dat er een nieuw openbaar kunstwerk was neergezet in City Hall Park. Een toerist hield stil bij hetzelfde beeldhouwwerk dat Anna tot stilstand had gebracht. Hij droeg teenslippers en hield een tasje vast van de souvenirwinkel van het 9/11-monument.

'Wat is dit voor schijtzooi?' zei de man eerder tegen zichzelf dan tegen iemand anders en hield zijn iPhone omhoog om een foto te nemen. Dat was een achteloze, doch goede vraag – het beeldhouwwerk zag er inderdaad uit als een berg schijt. Bij de fontein ontdekte Anna een bordje dat uitleg gaf bij de installatie die *Seiri, Seiton, Seiso, Seiketsu en Shitsuke* heette. De kunstenaar was een Japanse beeldhouwer genaamd Mitsuri Yagihashi.

'Hygiënerituelen hebben me altijd al gefascineerd,' had Yagihashi volgens het citaat gezegd, 'en de relatie tussen reinheid en achterdocht. In Japan wordt hygiëne beschouwd als een afspiegeling van je inwendige gesteldheid. Deze vijf heiligenbeelden zijn afgietsels van inheemse Japanse makaken die vervolgens zijn bedekt met bladgoud. Ik beschouw ze als "taboe"-constructies.' Yagihashi's citaat werd gevolgd door een lange paragraaf geschreven door Joseph Fierhoff, de directeur van het New York Museum en voorzitter van het *Art in the Park*-fonds van de stad, die Yagihashi's werk beschreef als 'voortbordurend op de rijke volkstradities die de kunst van het land rijk is' en 'een reactie op de beroemde Japanse "toiletcultuur"'.

Anna moest toegeven dat de beelden de ruwe materialen waarvan ze waren gemaakt over het geheel genomen niet echt overstegen. Ze vond ze niet erg op heiligenbeelden lijken. Ze leken op enorme goudkleurige ballen van stront die willekeurig gegroepeerd waren. Dat betekende niet dat het park niet opfleurde van de groepjes gouden strontballen die onverwachts her en der verspreid lagen. Maar het indrukwekkendst, dacht Anna, was het feit dat ze überhaupt in het City Hall Park waren neergezet. Ja, de kunstwerken waren spuuglelijk, maar Joseph Fierhoff vond die achterlijke heiligenbeelden blijkbaar indrukwekkend en de *Art in the Park*-commissie en een aantal andere hoogstaande culturele instellingen ook. In zekere zin waren het bijna monumenten voor artistieke ambitie. Monumenten voor henzelf. Dat was dé truc van Gilman en Yagihashi, besefte Anna. De mannen waren simpelweg zichzelf en hadden daar een baan uit weten te slepen door hun perverse, narcistische, mogelijk zelfs verlichte persoonlijkheden in verkoopbare producten te veranderen. Misschien was dat het ware gezicht van kunst – jezelf zijn. Bekeken vanuit dit nieuwe oogpunt hadden de ballen stront een aanmerkelijk positief effect op Anna's humeur terwijl ze door het park naar J&R liep en de laatste restjes onzekerheid over de aanschaf van de camera verjoeg.

Brandon, die nog steeds bij Pinter, Chinski and Harms werkte maar wist dat zijn dagen daar waren geteld, had tegen haar gezegd dat het niet uitmaakte welke camera Gilman gebruikte omdat het tegenwoordig onzinnig was in iets anders dan HD te investeren.

'Waarom zou je jezelf nodeloos frustreren met technologie?' had Brandon gevraagd. 'Denk je soms dat die Gilman van je zijn waardeloze materiaal niet omzet naar HD voordat het wordt vertoond in Cannes of waar dan ook? Dat doet iedereen. Ja toch? Kijk, als je voor analoog wil gaan, doe het dan goed. Echte filmrollen. Super 8. Maar begin in jezusnaam niet aan dat halfslachtige gedoe.'

Anna wilde niet aan dat halfslachtige gedoe beginnen. En ze vertrouwde Brandon, die een jaar Filmwetenschap had gestudeerd aan de University of Southern California voordat hij was overgestapt naar Hunter. Dus kroop ze nadat ze met hem gesproken had meteen weer achter haar laptop. De goedkoopste HD-camera die ze op de vergelijkingssite kon vinden was een Panasonic HDC-TM700 voor 794,29 dollar, maar toen ze de link naar Brandon stuurde maakte hij ook die mogelijkheid direct met de grond gelijk.

'Een dikke vette STREEP door de HDC-TM700!' antwoordde Brandon in een e-mailtje. 'Er zitten wel een paar goede functies op. Maar het is hoofdzakelijk een goedkoop stuk rommel. Hij mist een externe geluidsingang en het enige wat je echt nodig hebt (let je op?) is GOED GELUID. Het is verbijsterend wat een professionele soundtrack zelfs voor het kutste materiaal als dat van Gilman kan doen. Eigenlijk zou ik in jouw geval een camera met twee microfooningangen aanraden: een voor een *boom* en een voor een lavalier. Je kunt de VIXIA HF S10 of de JVC GZ-HD6 proberen.'

Dat klonk logisch. Ze herinnerde zich het schurende geluid van de ritselende zak wanneer de kerel in *Age of Consent* zijn hoofd bewoog, hoe echt het klonk en hoe het je rechtstreeks de scène in leek te leiden. Maar toen Anna terugging naar de site ontdekte ze dat zelfs de VIXIA HF S10 en de JVC GZ-HD6 maar één microfooningang hadden; alle camera's met twee microfooningangen bevonden zich in een heel andere prijsklasse. En *boom*microfoons en lavaliermicrofoons werden natuurlijk apart verkocht en verhoogden de totale kosten nog eens met zevenhonderd dollar. Toen Anna alle prijzen bij elkaar had opgeteld en de links doorstuurde naar Brandon was hij het ermee eens dat ze zelfs met het minimaal acceptabele pakket bijna 3200 dollar kwijt zou zijn. Of 'tweeëndertig ballen,' zoals hij het noemde.

B&H, had Brandon haar verzekerd, zou Anna een betere prijs bieden dan J&R, maar alle winkelbediendes bij B&H waren chassidische Joden en Anna vond dat te veel afleiden. De laatste keer dat ze er was geweest (twee Kerstmissen geleden om een digitale foto-camera voor haar moeder te kopen) kon ze aan niets anders dan de chassied denken, die onder zulke verschrikkelijk strenge leefregels toch zo gelukkig en welvarend leken. De chassied die haar die dag had geholpen had rood haar en blauwe ogen en natuurlijk had Anna onwillekeurig bedacht dat dit erg ongewoon was voor een Jood. Ze bleef zich maar afvragen hoeveel kinderen hij had en staarde buitensporig vaak naar zijn keppeltje. En de vriendelijke vergelijking van groothoekbrandpuntsafstanden die de verkoper maakte kon zijn minachting voor haar levensstijl niet verbloemen. Ze was er zeker van dat als alle chassieden het voor het zeggen hadden, ze zouden beslissen dat Anna, een vrouw, helemaal niet eens bij B&H mocht komen om te praten over megapixels en de resoluties van lcd-schermen. Dat ze haar haar niet mocht verven. Dat haar jurk niet zo laag uitgesneden mocht zijn maar mannen in plaats daarvan moest herinneren aan architectuur uit de Sovjet-Unie. Dat ze thuis zou moeten zijn om het daar gezellig te maken voor haar man en kinderen die ze niet had (maar wel zou moeten hebben). Ze wist dat chassidische Joden pas aan seks deden als ze getrouwd waren, of zelfs pas als ze al kinderen hádden, en kon zich alleen maar indenken wat de roodharige chassied zou zeggen als hij wist dat ze telefoonseks had – normale telefoonseks, niet eens het dappere soort met video erbij – met een man die ze op internet had leren kennen.

Nee, het was duidelijk dat alleen J&R de winnaar van deze dubbele-medeklinker-plus-&-teken-wedstrijd kon zijn. Zelfs al was B&H goedkoper, ze ging er mooi niet heen.

De verkoper die haar uiteindelijk bij J&R hielp heette Khuleh. Hij kwam uit Oman en, in tegenstelling tot de chassieden van B&H die spraken met de helderheid en gezaghebbende toon van begeleiders in een gesticht, verstond Anna geen woord van wat Khuleh zei. Ze begreep wel dat hij haar een andere camera wilde verkopen, omdat hij de doos van een Kodak Zi8 had gepakt en hier langzaam mee voor haar gezicht zwaaide.

'Goelès!' drong Khuleh aan. 'Goelès.' Wat dat dan ook mocht betekenen.

Dit maakte Anna alleen maar kwaad want ze wist alles over de Kodak Zi8 die helemaal geen énkele microfooningang had en slechts een te dure pocketcamera voor toeristen was. Anna wees in plaats daarvan naar de doos van de Panasonic 3MOX AVCCAM.

'Die wil ik,' zei ze.

Maar Khuleh bleef maar met de Zi8 zwaaien, dus ze tilde de doos van de AVCCAM op en zwaaide ermee naar Khuleh en besefte dat ze nu twee mensen waren die in het camerapad van J&R in een soort complexe consumentenvariant van Butohbewegingen met dozen naar elkaar stonden te zwaaien. Uiteindelijk gaf Khuleh zich over aan de beslissing die brood op de plank bracht, stopte het gezwaai met de Zi8 en nam de AVCCAM van Anna over. Hij vulde een bestelformulier in en Anna liep naar beneden in de richting van de kassa's. Met de New Yorkse btw erbij kwam het geheel neer op bijna vijfendertighonderd. En toen Anna de helft van het geld van tante Clara aan de kassamedewerker overhandigde bleef ze zichzelf herinneren aan de kleine dingen waarop ze had beknibbeld. Ik heb geen kabeltelevisie, dacht Anna. Ik heb nog nooit een ringtone gedownload. Nadat hij de creditcard door het apparaat had gehaald lichtte de kassamedewerker het retourbeleid van J&R uitgebreid en in dusdanig strenge bewoording toe dat Anna al leek te worden beschuldigd van witwaspraktijken of pedofilie voordat haar spullen zelfs maar in de tas zaten.

Ze kwam tot aan het park, tot aan het glimlachende Chinese gezinnetje dat voor een foto poseerde voor *Seiso*, een wankel drollenbeeld dat wel iets weg had van een man op een paard, voordat ze zich realiseerde dat de doos te zwaar was en ze een taxi aanhield om terug te gaan naar Brooklyn. Nog dertig dollar extra, schoot er door Anna heen.

Toen ze thuiskwam zette ze de doos voor de kast in de hal en ging lunchen. Brie zou pas na zevenen thuiskomen – op donderdag werkte ze als stagiaire bij de verkoopafdeling van uitgeverij Condé Nast. De rest van de week had Brie een andere stageplek bij een bedrijfje in muziekmanagement downtown. Anna snapte niet precies hoe Brie in leven bleef aangezien haar stagevergoeding nauwelijks genoeg was om haar lunch van te betalen en ze geen gratis metrokaart kreeg. Maar Brie had haar verteld dat deze stageplaatsen erg gewild waren. Ze namen bij Condé Nast maar vijf mensen per semester aan en Brie had deze plaats nooit kunnen bemachtigen zonder haar stage bij *Women's Wear Daily*. Het baantje bij het muziekmanagement was zo mogelijk nog exclusiever; die had Brie moeten lospeuteren via connecties binnen het bedrijf. Anna vond het verbijsterend dat Brie zo hard werkte om hard te mogen werken. Maar wat wist Anna er nou van? Ze was tenslotte tien jaar ouder dan Brie. In haar tijd kregen mensen na de universiteit gewoon een baan of een betaald assistentschap. Toch was Anna niet te beroerd om toe te geven dat het in die tijd – voor 2007 en de teloorgang van hoop – gemakkelijker was.

Ze zette een Indiase diepvriesmaaltijd vier minuten op de hoogste stand in de magnetron en at een halve avocado in de tijd dat hij opwarmde. Maar met nog anderhalve minuut te gaan was de avocado al verdwenen, dus Anna pakte een bakje pitloze druiven en ging zitten om haar Gmail te bekijken. Ze had elf berichten, wat een goede score was voor een maandag. Maar haar hart zonk in haar schoenen toen ze besefte dat er maar eentje echt was – van Brandon – en de rest bestond uit nieuwsbrieven van evenementensite *Flavorpill*, automatisch verstuurde herinneringen over diverse depressief makende dingen waar ze grof geld voor overhad om ze uit haar geheugen te laten wissen en een groepsmail met een zelfvoldane vakantiegroet van een vrouw die bij Pinter, Chinski and Harms werkte en 'genoot van haar buitenlandse tripje'.

De magnetron piepte en Anna keek met een volle maag naar de

doos die nog steeds bij de deur stond. J&R had geen tassen die groot genoeg waren, dus de doos van de AVCCAM stond open en bloot op de vloer. De zijkanten van de doos stonden vol met foto's van het apparaat en met opsommingen van zijn functies in een opzichtig, karikaturaal lettertype. Naast de doos van de AVCCAM lag een grote plastic tas waarin twee kleinere doosjes met geluidsapparatuur zaten: een AV-JEFE CM520 professionele lavaliermicrofoon met een Shure mini 4-pin XLR-koppelstuk en een Sennheiser MKE 400 shotgunmicrofoon voor compact camera's.

De magnetron piepte opnieuw en Anna stond op om de maaltijd te pakken. Bij deze zat geen rijst dus pakte ze een zuurdesembroodje. Ze at rechtstreeks uit het plastic bakje terwijl ze de 'Cheat Sheet' op de website van The Daily Beast las. Toen ze klaar was met eten klikte ze door naar Culture Vulture, toen naar Fishbowl NY, toen terug naar de inbox van haar e-mail waar geen nieuwe berichten te vinden waren. Ze overwoog een kijkje te nemen op Newser (ook al vertrouwde ze Michael Wolff voor geen cent) of PopEater (ook al voelde ze zich daarna altijd schuldig). Toen vroeg Anna zich af of de 'Cheat Sheet' van The Daily Beast het afgelopen halfuur al was bijgewerkt en of ze hem misschien nog een keer moest checken. Maar toen herpakte ze zichzelf en herinnerde ze zich de doos.

Ze had haar hele dag vrijgemaakt voor die camera, dus waarom wilde ze hem nu de camera eindelijk thuis was na al het gedoe en geld dat hij had gekost niet openmaken? Dat kwam omdat Anna wist dat de camera in de doos opgedeeld zou zijn in een veelvoud aan losse onderdelen. En elk onderdeel zou moeten worden gemonteerd volgens zeer gedetailleerde instructies die nauwgezet stonden beschreven in een gebruiksaanwijzing die was onderverdeeld in acht hoofdstukken en was vertaald in het Frans, Japans, Duits en Russisch. Irritant genoeg zou er ook een aparte cd zijn met software die misschien wel of misschien niet compatibel was met haar besturingssysteem. Er zouden een heleboel plastic zakjes in de doos zitten met in elk zakje een bundeltje kabels. Elk kabeltje zou er precies hetzelfde uitzien, maar hun in- en uitgangen, hun piepkleine elektronische genitaliën, zouden net een beetje anders zijn. De kabels zouden in de vorm van perfecte strikjes zijn opgerold en op hun plaats worden gehouden door een enkel geplastificeerd ijzerdraadje. Anna zou zich schuldig voelen wanneer ze deze zou losdraaien. Ze zou zich schuldig voelen wanneer ze de plastic zakjes zou openscheuren. Ze zou zich schuldig voelen wanneer ze de kartonnen omhulsels zou weggooien. Ze stelde zich voor hoe ze daar zou zitten met de onderdelen en de zakjes en de kabeltjes in een grote, schuldopwekkende, milieuverwoestende hoop voor zich en ze stelde zich de piepkleine lettertjes van de gebruiksaanwijzing voor waar ze zich gehoorzaam doorheen zou proberen te ploeteren voordat ze hem opzij zou gooien om in plaats daarvan haar intuïtie te volgen. Het was onvermijdelijk dat ze er, als ze alles had uitgepakt, achter zou komen dat er iets miste. Of dat ze een onderdeel overhad. Ze zou de camera aanzetten om tot de ontdekking te komen dat hij niet aan wilde gaan. Of dat een rood lampje maar niet wilde stoppen met knipperen. Er zouden bezoekjes volgen aan de 'support'-pagina van de AVCCAM-website en telefoontjes naar een 0900-helpdesk in Teheran waarbij ze in immer beleefd Engels met een licht accent door het installatieproces zou worden geleid door een man die bleef volhouden dat hij Pierce heette. En Anna zou overdreven veel nadenken over zijn lot en leven onder een onderdrukkend regime waar vrouwenbesnijdenis misschien nog wel was toegestaan en mensen de doodstraf kregen voor het stelen van een voetbal. En ze zou zich erop betrappen dat ze wilde weten of 'Pierce' zijn connecties bij Panasonic misschien zou kunnen gebruiken om een werkvisum te bemachtigen en zijn gezin mee te nemen naar de Verenigde Staten, zodat zijn kinderen konden uitblinken in wiskunde en exacte vakken en intelligente sporten zoals squash en uiteindelijk toegelaten konden worden bij een Ivy League universiteit of in ieder geval een vooraanstaand college zoals Tufts. Maar zelfs bij het plannen van Pierce' immigratie zou

Anna zijn onbekwaamheid vervloeken, zijn onvermogen om uit te vinden waarom dat rode lampje verdomme bleef knipperen en of hij het alsjeblieft, alsjeblíéft kon laten ophouden.

5

Van ver, heel ver weg, als het dreunen van de metro die vier verdiepingen lager onder Fourth Avenue door liep, kon Anna het voelen. De doos, de tassen, de verantwoordelijkheid die haar werd opgedrongen door de spullen die erin zaten, begonnen zwaar op haar te drukken. Haar enthousiasme was al tanende. En toen ze dit besefte wilde Anna drie dingen tegelijkertijd. Allereerst overviel haar de onbedwingbare neiging om helemaal niks te doen, om achter haar computer te gaan zitten en urenlang te surfen tot ze was verdwaald in een compleet andere wereld. Tot ze ergens diep in de achttiende eeuw was beland waar ze werd onderwezen over de religieuze motieven in Sorbische legeruniformen of totdat ze tot over haar oren begraven zat in de lasergeleide opgravingstechnieken die gebruikt werden bij het blootleggen van Pygmee-artefacten. Ten tweede wilde ze terug naar J&R om hun kruisverhoor te ondergaan, de camera terug te brengen, de microfoons terug te brengen en het geld van tante Clara weer op de bank te zetten. En uiteraard probeerde ze zich ten derde te verzetten tegen de laffe gewoonte om op te geven. Ze wilde op z'n minst probéren het te proberen.

Anna stond op en ging in de weer met de flat, dat was tenminste iets. Ze gaf de IKEA-planten, die tien dollar hadden gekost, water en klopte de kruimels van de fleecedeken die over de bank lag. Ze bezemde de kruimels van de vloer en bezemde toen de delen waar ze bij kon zonder met de meubels te hoeven schuiven. En terwijl ze haar hoopje vuil rond de tafelpoten en daarna door de flat verplaatste dacht Anna na over de Gulden Middenweg. Dat deed ze de laatste tijd wel vaker – en nam dan China als voorbeeld. Ze was het begrip tegengekomen in een artikel over de Chinese economische hervormingen. Voor zover Anna begreep was de filosofie erachter gebaseerd op het boeddhisme en het idee van 'paradoxale integratie' dat veronderstelde dat twee schijnbaar volledig tegenovergestelde toestanden weleens wederzijds afhankelijk, zelfs symbiotisch konden zijn. Er waren vele redenen waarom Anna dit idee wel zag zitten, ook al keurde ze wat China deed zeker niet goed, want *Mediabistro* verkondigde vaak dat het land bloggers misdadig onderdrukte. Ze overdacht haar eigen leven en besloot dat je misschien wel eerst verdraagzaamheid moest kweken – net zoals een alcoholist zijn alcoholinname moest opbouwen – voordat je alle kansen die op je pad kwamen met open armen kon ontvangen. Niet iedereen kon Obama zijn, hield ze zichzelf voor. Nu ze erover nadacht, niet iedereen kon zelfs maar Gilman zijn. Ze kon zichzelf niet onmiddellijk naar dat soort hoogtes katapulteren maar moest in plaats daarvan als een krab richting haar doelen schuifelen. Misschien was dat wat Leslie bedoelde met Doen en Leren?

En opeens wist Anna hoe ze dit probleem, het probleem van de camera in de doos en de vervolgstappen, kon oplossen, namelijk op dezelfde manier waarop ze al zo veel andere problemen had opgelost: met Craigslist. Craigslist! Waar Anna een zeldzame theepot in de kleur Gebrande Karamel van serviesmerk Fiesta vond en waar ze Brie had gevonden. Waar ze Ray uit Arizona dan wel niet had gevonden (daar gebruikte ze liever OkCupid voor) maar waar ze, toegegeven, op haar geilste dagen door de 'casual dating'-sectie had gescrold en zich had overgegeven aan de (verrassend meeslepende) fantasie van een anonieme neukpartij bij de pinautomaat in een bankfiliaal. Nu ze Craigslist overwoog leek het allemaal zo voor de hand te liggen. Zouden daar geen regisseurs te vinden zijn, op zoek naar andere regisseurs? Natuurlijk zouden er regisseurs te vinden zijn, dacht Anna. Iedereen was er te vinden.

Toen Anna eenmaal op Craigslist zat, viel alles op zijn plaats. Ze bekeek direct haar mogelijkheden en zag dat ze op een aantal manieren te werk kon gaan. Ze kon beginnen bij 'film/tv/video' onder het kopje 'banen', of ze kon beginnen bij 'talent' onder het kopje 'bijverdiensten'. Haar pragmatische kant wist dat het waarschijnlijk beter was om te beginnen met 'bijverdiensten' om zo het veld eens voorzichtig af te tasten, maar Anna kon de gedachte dat geld geen kwaad kon niet van zich afzetten. De gedachte dat ze – joehoe? – geen báán had. Aan de andere kant kon ze ook op onderzoek uitgaan naar het reilen en zeilen van het wereldje in de 'film'-sectie onder 'discussiefora'. Een paar discussies volgen, het jargon onder de knie krijgen en ervoor zorgen dat ze klonk als een professional. Maar nu ze er nog eens over nadacht, hm. Waarom zou ze haar tijd verdoen op een of ander nutteloos forum voor zielige wannabe-regisseurs? Wie had er trouwens tijd voor dat soort dingen? Anna klikte op 'banen' en voelde die welbekende roes. De advertenties verschenen in een lange, geruststellende lijst op de pagina.

Ze werd gelijk afgeleid door iets wat er niet eens hoorde te staan. 'Knappe meiden gezocht voor voetfetish-bijeenkomst op donderdagen.' Oké, daar móést ze echt even op klikken. Gewoon uit nieuwsgierigheid. 'Wij zijn op zoek naar aantrekkelijke meiden met mooie voeten die deze willen laten masseren en kussen tijdens onze wekelijkse voetfetish-bijeenkomsten,' stond er in de advertentie. Anna keek naar haar voeten. Ze glipte een schoen uit en afwezig beoordeelde ze haar nogal dikke aderen. Kut, dacht ze, en wurmde haar voet weer in haar schoen. Wat had die advertentie met film te maken? Dit was hoe de uren als een panische zebra op een Afrikaanse savanne voorbijvlogen, hoe Craigslist je verzwolg. Maar ja, deze advertenties waren dan ook ongelofelijk. 'Tapdancende vagina gezocht voor variétévoorstelling'? Was er niet iemand in Craigs immense imperium die deze dingen moest screenen, de halvegare baantjes moest verwijderen? Jezus, Brie zou dit geweldig vinden. En zou het niet hilarisch zijn als ze deze titels zonder enige toelichting naar Brandon zou sms'en? Anna stond op en stopte een paar bevroren Griekse spinaziedriehoekjes in de magnetron en schikte ze daarna rond een halve maan van zure room. Ze schonk een glas Tropicana in en opeens, terwijl ze het pak terugzette in de koelkast, realiseerde ze zich dat ze weer aan het afdwalen was.

Oké, zei Anna tegen zichzelf, als ik weer ga zitten, laat ik me niet meer afleiden. Ik ga alleen op berichten klikken die iets met film te maken hebben. Ik ga een nieuw document in Word aanmaken. Ik ga vandaag met minstens vijf mensen contact opnemen. Ze overwoog deze instructies daadwerkelijk op een post-it te schrijven. Of nog beter, ze kon een Intentieverklaring opstellen. Maar zelfs met de handige lijst van 'onvoltooide actiewerkwoorden' die Leslie haar had ge-e-maild durfde Anna geen Intentieverklaring op te stellen zonder dat Leslie erbij was.

Nu ze haar inspanningen had verdubbeld was het grootste probleem waar ze mee werd geconfronteerd dat de meeste advertenties vroegen om mensen met nogal specifieke vaardigheden. Mensen die 'coderingsprotocollen konden verspreiden', 'basiskennis hadden van UNIX' en wisten hoe ze een 'MPEG-2 Transportstroom' moesten gebruiken. Wat Anna te bieden had was net iets vager. Toegegeven, niet veel mensen waren op zoek naar een werkloze vrouw met een AVCCAM in een doos die toevallig vertrouwd was met de subtiliteiten in de onroerendgoedbelasting. Maar toen stuitte Anna op een advertentie voor 'productiepartner' waarin niet werd gevraagd om professionele ervaring maar alleen om 'een passie voor film'. Die schreef ze op. En toen ze haar zoekopdracht met een paar weken uitbreidde vond ze nog een paar andere mogelijkheden. 'Indieregisseur zoekt freelance crew. Assistent voor Filmdistributiebedrijf. Filmstagiaire – Productie/Postproductie.' (Wie weet had Brie toch gelijk als het om stages ging?) Ja, ze had zichzelf vijf reacties beloofd, maar nu ze er nog eens over nadacht was vier ook wel genoeg. Anna voelde zich zowaar geïnspireerd. Ze was er misschien nog niet helemaal klaar voor om de doos met de AVCCAM onder handen te nemen, maar in ieder geval wel om de microfoons uit te pakken. Ze wilde het tabblad met Craigslist net sluiten toen ze het zag:

BEN JIJ ECHT?

Pakkende titel, moest Anna toegeven. En was het niet bewonderenswaardig dat ze zich had verzet tegen die andere grappige advertentie, die ene met als titel 'Eet jij weleens krijt?' Daar had ze wel een beloning voor verdiend, dus ze klikte.

Je leeft je leven, maar je filmt het ook. Je geestesoog is een camera. Je levenservaring is je demo. Je hebt een onuitputtelijk geduld en staat voor alles open. Je geslacht, of geslachten, doen er niet toe. Het maakt niet uit tot welk ras je behoort. Je bent 19 of 99. En bovenal, JE BENT NIET BANG.

Je bent een creatieve partner die ik kan vertrouwen en met wie ik een langdurige professionele relatie kan opbouwen.

Ik weet dat Craigs List een onwaarschijnlijke plek is om verbondenheid te vinden. Jij hoort hier net zomin als ik.

(Vanwege de aard van de onderneming is deze functie helaas onbetaald. Daarom graag alleen reacties van oprecht geïnteresseerde mensen.)

Er stond geen telefoonnummer of website vermeld, alleen een automatisch gegenereerd e-mailadres: Antwoord Naar: baanxrtrtp-13588541609@craigslist.org.

Oké, dacht Anna, en opende haar Gmail, dit wordt lachen.

'Beste 13588enzovoorts,' typte ze. 'Dit bericht is geschreven door Anna Krestler. En ik ben echt.'

6

Toen Anna voor de computer zat te ontbijten ging de telefoon, maar het was Leslie maar.

'Waar ga je heen als je je bikinilijn wilt laten harsen?' vroeg ze gelijk toen Anna opnam.

'Lucky Nails op Fifth Avenue en Fifty-Eight. Bij Sunset Park.'

'Oef. Weet je niks centralers?'

'Nope.'

'Weet je wat er gebeurde toen ik laatst bij mijn adresje was? Er kwam een heel stuk huid mee.'

'Bah,' zei Anna en opende een nieuw tabblad voor Salon.com. Ze klikte terug naar Facebook en liet een berichtje achter op de pagina van een vriend van een van haar vrienden want ja, de aflevering van *Real Housewives of Dallas* gisteravond ging inderdáád helemaal nergens over. 'Zeker weten dat de borsten van die vrouw nep waren. Cassandra had gelijk :)' typte Anna terwijl ze sprak. 'Lucky Nails gebruikt een speciaal soort harde hars. Ik geloof uit Frankrijk of zo? En ze gaan ontzettend grondig te werk met het pincet.'

'De mijne doet niet aan pincetten,' zei Leslie.

'Ga weg!'

'Ik ga er inderdaad niet meer naartoe nee. Ik denk dat ik me maar gewoon scheer. Ik moet vanavond mee naar een dingetje van Josh.'

'Niet doen,' zei Anna en scrolde door haar Twitterfeed. 'Dan komt het alleen maar dikker terug.'

Harsen, moest Anna toegeven, was iets dat carrièretechnisch door haar hoofd had gespeeld. Niet omdat ze nou zo genoot van de muskusgeur van andermans schaamstreek en ook niet omdat ze graag grondig te werk wilde gaan met het pincet, maar vanwege het persoonlijke aspect. Anna vertelde Wendi, de Chinese vrouw die verantwoordelijk was voor haar schaamstreek, altijd alles. En onwillekeurig dacht Anna aan de staat van Leslies grasmat. Wendi had haar ooit eens verteld dat iemands voorkeur voor een bepaalde haardracht een heleboel over die persoon zei. Dus wat zou het zijn, een Brazilian? Een perfect St. Moritz landingsbaantje? Het zou haar niets verbazen als Leslie haar schaamstreek weleens had laten versieren met strasssteentjes. En deze gedachtegang herinnerde Anna eraan dat de boel bij haarzelf ook enigszins aan het verwilderen was. Ze moest Wendi nodig eens bellen – haar schaamhaar hing waarschijnlijk tot op haar knieën.

Leslie was nog steeds over iets aan het praten. Haar vruchtbaarheidsbehandelingen? Maar er toeterden auto's op de achtergrond en een halve minuut lang werd ze overstemd door een sirene. Anna zag dat er op *Gawker* een artikel stond over een anti-rookwet die ook de verkoop van snoepsigaretten wilde verbieden.

'... kliko met dans?'

'Wat?' zei Anna en klikte ergens op.

'... minder dan tien procent kans. Dat zei de dokter. Daarna heeft het geen zin meer. Ik heb Josh gezegd dat we een andere kliniek moeten zoeken, maar ik kan niet kiezen tussen Colombia en Cornell.'

'Staat Cornell niet in Ithaca?' vroeg Anna. Ze was vergeten wat er na iui kwam. Ivf? Of was het eerst ivf? Ze vond al die i's maar verwarrend. Zo veel i's die zich bezighielden met het maken van een nieuw iemand.

'Ze hebben ook een centrum in de stad, maar het probleem is – sorry dat het hier zo lawaaierig is...'

'Ja, ik kan je bijna niet verstaan,' zei Anna, ook al kon ze haar nu prima verstaan.

'Ik bel je later wel terug,' schreeuwde Leslie.

'Bel me later maar terug,' schreeuwde Anna en hing op.

Ze liep naar de badkamer, stak de steiltang in het stopcontact en zette hem op de hoogste stand. Toen pakte ze een tube getinte dagcrème van Aveda met SPF 15 en smeerde de crème op haar gezicht. Vandaag zou ze Brandon bellen, besloot Anna. Ze had de doos van de AVCCAM gisteravond samen met Brie willen openmaken zodra ze was thuisgekomen na de kickbaltraining, had een doos magnetronpopcorn willen opentrekken en er een huisgenotenactiviteit van willen maken. Maar Brie was niet verschenen dus de doos was bij de voordeur blijven staan waar hij stond. Ze had Brie rond half-elf zelfs een sms'je gestuurd, Joehoe?, maar ze had niks teruggekregen. Dus nu moest ze Brandon bellen. Dat was waarschijnlijk maar goed ook, dacht ze. Dit was meer iets voor Brandon.

Maar ja, was het niet beter om eerst even naar buiten te gaan en een paar boodschapjes te doen? Ze was gisteren de hele dag binnen gebleven, ze was niet eens naar beneden geweest om de post te halen.

Ze was halverwege haar straat toen haar telefoon opnieuw overging.

'Anna? Taj,' klonk een onbekende mannenstem. 'Je hebt gisteren gereageerd op mijn advertentie.'

'Hoi,' zei Anna en voelde haar hartslag versnellen.

'Leuk bedacht.'

'Bedacht?'

'Meneer 135blabla?'

'O ja,' zei Anna nerveus. 'Haha.'

'Bel ik gelegen? Ik ben sollicitaties aan het inplannen voor komende week maar ik wil je eerst een paar vragen stellen.'

'Oké,' zei Anna. Ze liep langs een sportcafé waar buiten een enorm spandoek hing met daarop KIJK HIER NAAR ALLE WED-

STRIJDEN VAN HET WK HONKBAL! Op de hoek passeerde ze een ander barretje met een handgeschreven bordje dat met plakband was opgehangen en waarop WIJ ZENDEN *GEEN ENKELE* WEDSTRIJD VAN HET WK HONKBAL UIT (GELUKKIG MAAR!) te lezen was. Toen ze weer oplette vroeg Taj: 'Sophia of Francis?'

'Eh, Sophia?' antwoordde Anna.

'Dogma Vijfennegentig of Franse Nouvelle Vague?'

'Beide?' zei Anna, die over allebei niet zoveel wist.

'Zwart-wit of kleur?'

'Dat ligt eraan...'

'Dolly of handheld?'

'Handheld.'

'Pinhole of digitaal.'

'Meen je dit nou?'

'Gedeeltelijk.'

Ze wist zowaar wat een pinhole was omdat Brie een keer een van die bouw-je-eigen-pinhole-camerakits van Urban Outfitters mee naar huis had genomen.

'Pinhole, denk ik?' Dit moest over kunst gaan, hield ze zichzelf voor. En in dat geval was het hoe gekker hoe beter, toch?

'Bolex of Pixelvision?'

'Eh...'

'Dat geeft niet,' zei Taj. 'Die wilde ik toch al veranderen. Bolex of Flip?'

'Flip.' Gelukkig wist ze in ieder geval wat een Flip was. Er viel een tamelijk lange stilte. 'Hallo?' vroeg Anna en duwde de telefoon dichter tegen haar oor.

'Ik heb alleen maar foute antwoorden gehoord,' zei Taj.

Nou, dat was het dan, dacht Anna en stelpte de bekende wond automatisch met een drukverband van onverschilligheid. Ze stond nu voor de apotheek. Ze had iets te doen. Nadat ze had opgehangen zou ze haar recept ophalen. En dan? Dan zou ze naar Earthy Basket gaan en voor de lunch een van die hippe, supergezonde luxe salades kopen en misschien een paar dingen meenemen voor later vandaag. Als ze thuiskwam zou ze Brandon bellen en ze zouden een datum prikken om de doos van de AVCCAM open te maken. In de tussentijd kon ze weer naar Craigslist surfen en nog wat herinneringsberichtjes sturen. Bezig blijven. Waarom hadden de anderen nog niets laten horen?

'Dus DINGDINGDING! We hebben een winnaar,' ging Taj verder. Er klonk een glimlach door in zijn stem. 'Je intrigeert me. Waar zullen we afspreken?'

Ze voelde haar hart samentrekken alsof iemand de korsetveters eromheen aansnoerde.

'Ben je weleens in Café Gowanus geweest?' Er volgende nog een lange pauze en Anna dacht dat de verbinding misschien uitgerekend op dit cruciale moment verbroken was. 'Hallo?'

'Die plek kunnen ze net zo goed Café Leedvermaak noemen,' antwoordde Taj. 'Ik heb liever iets authentiekers. We zien elkaar in het Halal Wireless Café op Thirty-Third en Fourth in Brooklyn. Is morgen om halfvier haalbaar voor je?'

'Ja,' zei Anna.

'Ik stuur je nog wel een sms'je met het adres zodat je dat hebt.'

'Oké.'

'Neem een trui mee. De airco staat er vaak nogal hoog,' zei Taj en hing op.

Een beetje verdwaasd liep Anna de apotheek binnen. Ze had tijd nodig om na te denken, dus ze liep door de gangpaden en keek naar verschillende artikelen. Vitaminepillen die vage beloftes deden. Haaienkraakbeenpillen. Ze zou morgen haar blauwe jurk aantrekken. Die ene gemaakt van biologische katoen die ze vorige lente op Etsy had gekocht. En in plaats van Brandon te bellen om de doos open te maken zou ze vanavond een stel films streamen om zich voor te bereiden. Anna bekeek de tandpasta en kon zich niet meer herinneren of die van hen al bijna op was. Het was pas elf uur. Wat moest ze doen? Naar Earthy Basket gaan om te lunchen en dan thuis films kijken? Ze kon ook de programma's van Film Forum en het IFC Center bekijken om te zien wat er draaide. Ze was al in geen eeuwigheid meer naar de film geweest. Ze pakte haar telefoon – een nep-iPhone die ze gratis had gekregen bij haar beroerde telefoonabonnement – om te kijken of er vanavond iets leuks draaide in Film Forum. Voordat ze het wist was er een halfuur voorbij, stond ze nog steeds in het gangpad en kuchte de winkelbediende zachtjes achter haar hand.

Anna liep naar de toonbank en overhandigde het recept voor haar schildklier. Ze had iets te vieren, dus ze gooide er ook een doosje haaienkraakbeentabletten bij. Dat zou ze doen, naar de film gaan. Misschien wilde Brie wel mee. Of Brandon. Ze zou de popcorn dit keer overslaan en in plaats daarvan wat volkorencrackers meesmokkelen in haar tas. Dat klonk nog eens als een goed plan.

7

Het was een buurt met reparatiewerkplaatsen en logge, garageach-
tige winkelpuien die je smeekten neonlichtjes onder je truck te laten installeren of je grote voertuig te laten beplakken met schreeu-
werige reclame. Al het andere – de kebabzaken, de moskeeën, de
moslimschool voor meisjes – leken slechts voetnoten in het grotere
geheel van goedkope spullen en vervallen onroerend goed. Anna
merkte ze nauwelijks op. Ze had de R-lijn naar Thirty-Sixth Street
genomen richting het zuiden, was op Fourth Avenue weer boven de
grond verschenen en had toen vijf blokken lang de slechte adem
van openluchtgarages en de zoete, verbrande teerlucht van suiker-
pindaverkopers ingeademd. Het Halal Wireless Café was een bescheiden vierkant van betonblokken die in een misselijkmakende
kleur geel waren geverfd. Het bevond zich tussen een gesloten wed-
kantoor en een bakkerij met als etalage een tableau vivant van
kunstmatige kleurstoffen. Als ze er niet naar op zoek was geweest
zou ze er straal voorbijgelopen zijn.

Binnen bewoog een plafondventilator de lucht in slome cirkels
door de ruimte en aan de muur blèrde een televisie. Van de vier
mensen in de ruimte zaten er drie op een kluitje rond een laptop.
De man die in zijn eentje aan een tafeltje in de buurt van het raam
zat had een bruine huidskleur. Hij was van onbestemde leeftijd, ergens tussen de dertig en veertig, droeg een donkere pantalon, een

overhemd met een beige kraag en een grove, zwarte zonnebril. Op de tafel lag een opengeslagen Moleskineboekje naast een halfleeg bord met eten, een mandje met pitabrood en een koffiemok. Met één hand gebaarde hij dat Anna naar hem toe moest komen. Met de andere hield hij een mobiele telefoon tegen zijn oor.

'Je bent afgestudeerd in nul-acht?' hoorde Anna hem in de telefoon zeggen. Hij zweeg even om iets op te schrijven. 'Tisch? Ken je Chi-Wei misschien? Productie en Kritiek? Ha! Dus dat wordt nog steeds gegeven door Crick...?'

Was het niet nogal onbeleefd, dacht Anna, om een ander sollicitatiegesprek te voeren terwijl hij wist dat ze elk moment kon arriveren? Ze zette haar tas neer op de stoel tegenover Taj en liep naar de toonbank waar worstenbroodjes treurig ronddraaiden onder een warmtelamp. Op de menukaart stond een bizarre mix van gerechten uit het Midden-Oosten en Amerika, wat vraagtekens zette bij de echtheid van beide soorten. Anna bestelde een gepocheerd ei en een koffie bij een vrouw met een haarnetje en treuzelde wat bij de deur van de wc waar ze deed alsof ze op CNN naar Wolf Blitzer keek tot Taj klaar was met bellen.

'Hé Anna,' zei Taj terwijl hij haar naam oplas van een lijstje in zijn Moleskine. 'Kon je het een beetje vinden?' Zijn gezicht, zag Anna, was asymmetrisch, maar wel op een sexy manier. Zijn ogen waren een donkere, vloeibare kleur bruin die haar deed denken aan moderne West Elm-meubels. 'Dit ligt nogal in een uithoek natuurlijk.'

Anna knikte en nam een slokje van haar koffie die smaakte alsof iemand er de was in had gedaan. Ze keek in de mok om te zien of er misschien een sigarettenpeuk in dreef, of er misschien iets verkeerd was gegaan.

'Oké. Waar waren we gebleven?' Taj bladerde in de Moleskine. 'Ik zie in mijn aantekeningen dat je groot fan bent van Lars von Trier.'

Aangezien ze die naam nog nooit had gehoord nam Anna maar aan dat hij haar verwarde met iemand anders.

'Om eerlijk te zijn ben ik de laatste tijd erg weg van Roemeense new wave,' piepte Anna. 'De laatste tijd' was eigenlijk pas sinds gisteren toen ze met Brandon naar het Lincoln Centre was geweest om twee films van Cristian Mungiu te zien.

'Nee toch zeker...' zei Taj met een half-verbijsterde glimlach rond zijn lippen.

'Wat?'

'Wat "wat"? Is dat wat je denkt dat ik wil horen?'

'Nee!'

'Je vindt niet dat het eerste halfuur van 12:08 East of Bucharest pak 'm beet een halfuur korter had gekund?'

'Misschien had er hier en daar wel wat in geknipt kunnen worden...' begon Anna.

'En The Death of Mr. Lazarescu, hoelang duurde die film wel niet? Vijf uur? Had je niet zoiets van "Ga nou eens dood Lazarescu, ik moet goddomme naar de wc"?'

Anna wist niet precies wat ze met deze ondervraging aan moest maar vond dat ze nu moest doorzetten. Haar keuze moest verdedigen.

'Hij heeft Cannes gewonnen,' antwoordde ze met iets minder overtuiging.

'Ja, daar hebben ze een speciale juryprijs voor de traagste film.'

Hij roerde schaamteloos met zijn vinger in zijn koffie. 'Serieus, heb je niet het idee dat dat hele Roemeense gedoe je haast lijkt te belonen voor je lage verwachtingen?'

'Je bent nu wel erg reductionistisch bezig,' antwoordde Anna en had hier direct spijt van. Dat gebeurde weleens; voordat ze er erg in had ontglipte haar soms een flard pseudowetenschappelijke onzin, een overblijfsel van haar promoveren. Maar Taj glimlachte slechts.

'Het lijkt wel of die films alleen maar zijn gemaakt om Cannes te winnen,' zei hij. 'Ik denk dat ze in Roemenië een geheim Cannes-inzendingenlab hebben staan.'

Ondanks haarzelf giechelde Anna. 'Dat lab staat vast in Transsylvanië.'

'Vind je niet dat het nogal opportunistisch aandoet?' Hij vroeg dit op samenzweerderige fluistertoon en leunde naar haar toe.

'Zoals een besmettelijke ziekte?' Ze giechelde opnieuw.

'Zoals een besmettelijke ziekte.'

Taj stak een vinger op en schreef iets in zijn Moleskine. Terwijl hij schreef bestudeerde Anna zijn gezicht: een prima neus en zijn huid was van dichtbij eerder olijfkleurig dan bruin. Ze zag dat één van zijn ogen een beetje hoger stond dan de ander. Misschien was dat waar zijn sexappeal vandaan kwam? Dat zou zomaar eens kunnen. Ze had altijd al een eigenaardig zwak gehad voor jongens met een lui oog.

Toen ze besefte dat Taj het warempel léúk vond om met haar te sparren kon Anna zich een beetje ontspannen. Ze bracht haar ei een fatale messteek toe waardoor het eigeel over het bord stroomde. Vrijgevig duwde Taj zijn pitamandje in haar richting. Ze kon niet geloven hoe goed het ging.

'Ik was bang dat je zou lijken op die andere vent die hier net was,' zei Taj. 'Hij had zijn scriptie over semiotiek voor me meegenomen. Moet je dit eens zien.' Taj pakte het bovenste vel van een stapel papier die op de tafel lag. ' "Procesidentificatie en *The Shawshank Redemption* – een microanalyse," ' las hij. 'Wie snapt dat nou? Ik heb zoiets van, wat heb ik nou aan wóórden, ik wil gevóél, weet je?'

'Ik weet wat je bedoelt,' glimlachte Anna. 'Het gaat mij ook om gevoel.' Eigenlijk kon ze het net zo goed nu vertellen. 'Dat is ook zeg maar waarom ik heb gereageerd op je advertentie. Heb je weleens gehoord van Paul Gilman?'

'Gilman?' herhaalde Taj.

'Hij is de maker van *Rurik, Rurik, Traffic Cop* en *87 Love Street* met...'

'Zit je me nou in de zeik te nemen?' onderbrak Taj haar.

'N-nee...'

'Ik ken Paul,' zei Taj.

'O! Dus je weet...'

'Wat ik niet precies weet is hoe jullie me godverdomme steeds weer weten te vinden.' Zijn stem was nu zacht, dierlijk haast. 'Ik laat Pauls naam of zelfs die van Simone nooit vallen, maar jezus, het is telkens weer hetzelfde liedje met jullie. Óngelofelijk, weet je?' Hij leunde voorover. 'Leg me nou eens uit hoe het werkt, oké? Hebben jullie nou echt niets beters te doen dan de hele dag op het internet rondlummelen? Het is net een stuk stront dat ik maar niet van mijn schoen geveegd krijg.'

Anna voelde hoe haar gezicht warm werd en was geschokt door de agressie van deze ommezwaai. 'Echt, ik heb geen idee waar je het over hebt.' Hemel, ze kauwde nog steeds op Tajs pitabrood. Niet bepaald het lichaam van Christus, maar ze hadden een moment van verbondenheid gedeeld, toch? Ze vroeg zich af hoe snel ze hier weg kon, want dit was echt ontzettend ongemakkelijk, zeker nu de vrouw met het haarnetje die achter de toonbank had gestaan de tafel naast hen aan het afnemen was. Ze zou het nog vijf minuutjes aanzien, dacht ze, en China proberen te imiteren.

'Echt wel,' zei Taj.

'Nee,' zei ze. 'Dat weet ik niet. Ik heb laatst *The Age of Consent* gezien en door die film ben ik, ik weet niet, heel anders gaan denken over dingen. En toen zag ik je advertentie. Daarna, bedoel ik. De volgende morgen.'

'Ik wed dat je die film bekeek en dacht, dat kan ik ook!' zei hij met een zelfgenoegzaam lachje.

Anna zweeg, ook al was dat inderdaad precies wat er in haar was opgekomen.

'Weet je echt niet wie ik ben?'

'Een man die een advertentie op Craigslist heeft gezet?' antwoordde Anna omdat ze niet wist wat ze anders moest zeggen.

Hij bestudeerde haar gezicht een tijdje en leek toen eindelijk iets bij te trekken.

'Oké, dus je wilt wat horen over Paul?' Hij opende een cupje koffiemelk ook al was zijn koffiekopje al leeg.

'Nee, dat hoef je niet...'

'Natuurlijk wil je dat,' zei Taj zakelijk. 'Goed, ten eerste, Paul komt uit een welvarende familie. En ik weet dat die films "niets hebben gekost". Maar films die "niets kosten"? Die kosten allemaal mínstens twintig mille. Dus die meedogenloze eerlijkheid van "voorstedelijk realisme" of hoe hij het ook noemt klopt van geen kanten. Het was allemaal familiegeld.'

Anna zag niet helemaal in wat dat met alles te maken had, maar ze liet Taj uitpraten.

'En het probleem met Paul is... oké, het draait bij hem allemaal om esthetiek, en ik moet toegeven dat het voor hem werkt, maar hoe nu verder? Hij heeft zijn eigen spelletje bedacht: is het een documentaire of fictie, is het echt of nep? Is dat wel interessant? Een suffe, gefingeerde intrige. Zelf vind ik dat het onderscheid glashelder is. Iets is overduidelijk helemaal echt of overduidelijk compleet nep, als je snapt wat ik bedoel?'

Anna knikte maar begreep er niks van. Ze had Taj gegoogled maar zijn naam had vreemd genoeg geen zoekresultaten opgeleverd.

'*Age of Consent*, hè? Dat is gewoon een trucje. Paul gebruikt al zijn foefjes, zijn valse realisme, om alles uitermate, je weet wel, onheilspellend te houden. En je denkt dat je eerlijkheid krijgt. Maar weet je wat je echt krijgt? Denk eventjes na over wat je echt krijgt. Weet je het antwoord?'

Anna schudde zwijgend haar hoofd en voelde zich zoals ze zich op de universiteit van Colombia had gevoeld wanneer ze onmogelijke vervoegingen en de ingewikkelde morfologie van Slavische verbuigingen probeerde te begrijpen.

'Je krijgt seks,' zei Taj. 'Je krijgt seks verpakt als kunst zodat je naar de bioscoop kunt gaan en daar gezellig kunt zitten met je vrienden en je intelligent kunt voelen en naderhand ergens kunt gaan zitten praten over neuken zonder dat het voelt alsof je iemand uitbuit, omdat het kúnst is. Maar raad eens? Al die films, *Calista* en alle anderen, zijn niets anders dan porno. Het zijn allemaal verschillende soorten porno. En hou op over Simone,' zei Taj, ook al was het overduidelijk dat hij zelf liever niet ophield over Simone. 'Als er iets is dat haar verhaal bevestigt is het wel dat er geen snellere manier is om in de aandachtsmaatschappij van vandaag beroemd te worden dan door het laten zien van je roze roosje.'

'Wat maakt het uit dat het prikkelend is?' vroeg Anna, en verbaasde zich erover dat ze de discussie aanging. 'Het laat je tenminste iets voelen. Als die vent in *Age of Consent* was geobsedeerd geweest door, weet ik veel, loodgieters, en met een zak over zijn hoofd voorlas uit loodgieterstijdschriften over pijpleidingen en zo zou het niet hetzelfde zijn. Het zou mensen niet interesseren. Juist omdat hij iets intíéms laat zien...'

'Je hebt gelijk,' zei Taj.

'Ik bedoel, misschien is het minder kunstzinnig, of oppervlakkiger of wat dan ook,' ging Anna aangemoedigd door, 'maar ik zou die film ook niet willen zien als hij over loodgieters zou gaan. Ik vind het niet erg dat Gilman seks gebruikt als lokkertje.'

'Niemand ontzegt je het recht op prikkeling, goed? Ik snap het. Prikkeling is belangrijk, noodzakelijk zelfs. Maar het kan niet op zichzelf staan. Je hebt prikkeling nodig plús iets anders. Als je me je balzak wilt laten zien, zorg er dan voor dat het de Michelangelo onder de balzakken is. Blaas me omver met je vakmanschap, je inzichten, je íéts – shit...' Taj greep zijn pen en krabbelde iets neer. 'Dat is eigenlijk best een goed idee: prikkeling-plus. Wat als we het zo eens zouden noemen?'

'Wat zo eens zouden noemen?' zei Anna.

'Een nieuwe aanpak voor kunstkritiek,' zei Taj en bleef doorschrijven. 'Iets is alleen maar prikkelend, of prikkelend-plus.'

'Of het is helemaal niet prikkelend,' voegde Anna toe.

'P, pp of np dus?'

'Zoiets.'

Taj hield even stil om met een driehoekje pitabrood wat bonen-dip in zijn mond te lepelen.

'Ik zal je eens iets vertellen over Paul,' zei Taj, 'maar het is waar-schijnlijk niet het soort verhaal dat hij wil dat de ronde gaat doen.'

'Ik beloof het,' zei Anna en probeerde haar opwinding te verber-gen. Het drong nu pas tot haar door: ze zat hier met een man die Gílman kende! Dat tilde dit allemaal naar een heel ander niveau, of niet soms? Maar toen realiseerde Anna zich iets anders. Ze was niet alleen opgewonden omdat Taj Gilman kende; ze was opge-wonden omdat alles op het punt stond volledig te ontsporen. Ze waren al struikelende beland op het terrein van ongepaste intimi-teiten – en dat zonder dronken of high te zijn. Ze kon dingen aan Taj kwijt. En Taj kon dingen aan haar kwijt. Niet alles misschien, maar wel een heleboel. Dingen die ze niet aan iemand anders ver-telden omdat ze hen te goed of juist niet goed genoeg kenden. Waarom had ze dit gevoel nooit bij andere vrouwen? Brandon kwam nog het dichtst bij. Maar zij en Brandon hadden iets gemeen. Ze waren allebei loonslaven geweest in hun hokjes bij Pinter, Chinski and Harms. Ze noemden het een 'sukkelverbond'. Hun baantjes daar waren namelijk niet van het soort dat je ambieert maar van het soort waar je verleid door de beloftes van ziektekos-tenverzekeringen en metrokaarten met korting gewoon in te-rechtkwam. Je verzon smoesjes om te verantwoorden dat je er werkte totdat de smoesjes zelf de redenen werden. Dus zij en Bran-don hadden Chinski and Harms, maar wat hadden zij en Taj?

'... had zich opgegeven voor een speciale, zes weken durende se-minar in L.A. met Herzog,' zei Taj. 'Het heette Eendagsfilm of Film Uit Een Dag of zoiets en elke week moest iedereen in de cursus een filmpje van drie minuten maken en het vervolgens meebrengen om te laten beoordelen. Paul was net naam aan het maken in be-paalde kringen maar er was nog geen sprake van een echte door-braak. In die tijd ging hij door een Mario Giacomelli-fase waarbij hij 's nachts met hoog contrast in acht millimeter filmde. Praktisch in het donker. Zo korrelig dat het leek alsof hij door rijst heen filmde.' Taj trok tijdens het praten een zakje zoetstof open en goot de inhoud op tafel. 'Volgens mij heb ik er ergens nog steeds een paar in een doos liggen.'

Anna had geen idee waar Taj het over had, maar het klonk allemaal erg interessant. Ze at haar ei.

'Dus elke week liet Paul tijdens de beoordeling zijn saaie films zien en niemand vond ze goed. Dan komt hij op een dag thuis en ligt zijn huisgenoot met een of andere gast te neuken. Hij had in onderhuur een goedkope studio gevonden maar die was voor twee personen dus hij en die andere man woonden zeg maar samen in één grote kamer.'

'Ik had ook ooit zo'n huisgenoot,' begon Anna. 'Op de universiteit waren we...'

'Ja,' ging Taj verder en negeerde haar. 'Ik weet niet meer precies hoe het zat, maar ik geloof dat die vent een Puerto Ricaanse nicht was. Of een Vietnamese nicht?'

'Een exotische nicht?' droeg Anna behulpzaam aan.

'Zoiets. En misschien neukte hij die andere vent wel voor geld? Ik weet het niet. Ik herinner me dat Paul vertelde dat er iets raars mee was. Misschien waren ze verkleed als de Pilgrim Fathers of aan het vingerverven met hun ballen of zo – wat het ook was, het was niet bepaald normaal. En ze stonden natuurlijk allebei helemaal stijf van het een of ander. Paul zou de volgende dag worden beoordeeld en hij had zijn filmpje nog niet gemaakt, dus hij denkt, waarom ook niet? En pakt zijn Nizo. Hij zet de camera ergens neer en drukt op OPNEMEN. Hij filmt ze drie minuten lang in één take. Ze hadden het waarschijnlijk niet eens door, en als ze het wel doorhadden kon het ze niks schelen.'

'Dat is echt ziek...'

'Inderdaad, de menselijke geest heeft weleens betere prestaties geleverd.' Taj zweeg even om de inhoud van nog een zakje zoetstof op tafel te gieten en begon met zijn vinger een spiraal te trekken in de suiker, een soort *Spiral Jetty*. Net land art, dacht Anna, maar dan tafel art. Nadat ze Yagihashi's drolsculpturen in City Park was tegengekomen had ze wat online speurwerk verricht naar moderne beeldhouwkunst en ze herinnerde zich nu dat een van Smithsons andere werken *Broken Sugar* heette. Zou het grappig zijn, vroeg ze zich af, als ze als antwoord op de *Spiral Jetty* van Taj stilletjes *Broken Sugar* zou nabootsen met de suiker op tafel? Misschien ook niet, besloot ze.

'Maar goed,' ging Taj verder, 'de volgende dag had Paul zijn beoordeling en natuurlijk maakte zijn "film" diepe indruk. Heel veel mensen vonden het verschrikkelijk. Herzog was geïntrigeerd. Maar – en dat is het belangrijkst – het dééd de mensen iets. Ze gingen in discussie. Toen hij zijn superslome "abstracties" liet zien deed het de mensen niets. Nu de verbale afranselingen niet van de lucht waren, iedereen zich erover opwond en Paul er middenin zat vond hij het geweldig. Hij zei dat het zich toen aan hem openbaarde.'

'Wauw,' zei Anna zachtjes en vroeg zich af hoeveel hiervan op internet stond, hopelijk niets.

'Wauw is het juiste woord. In zekere zin was dat de geboorte van het nowisme.'

Anna was in de war – bestond het maoïsme niet al veel langer? – maar ze hield haar mond.

'Ik herinner me dat ik zelfs toen al dacht, weet je, dit is een cliché dat nog een cliché moet worden. Het is iets dat je net hebt ontdekt maar dat er eigenlijk altijd al is geweest. Dit grijpt allemaal terug op onze theorie. Waar is de plús? Geef me de plus man. Het lijkt verdomme allemaal veel te simpel. En dit zeg ík hè, de hyperrealismefanaat, weet je wel?' Taj schoof zijn stoel naar voren, dichter naar Anna toe. 'Net zoals, voordat je ging zitten zat ik te denken, zie je die mensen?' Taj wees naar het trio aan de aangrenzende tafel en liet zijn stem een octaaf zakken. 'Hen zou ik nou graag eens willen filmen.'

Twee vrouwen en een man zaten gezamenlijk achter een laptop. De vrouwen zagen eruit, zoals haar moeder zou zeggen, 'alsof ze al twee levens achter de rug hadden.' De man had vlassig haar en was hier en daar roodverbrand, waardoor hij Anna deed denken aan kerels die rondhangen in de bushaltes van kleine dorpjes en je vragen of je een briefje van twintig kunt wisselen.

'Ze kijken naar filmpjes van zeemeerminnen op YouTube. Ze zitten hier al de hele dag,' siste Taj fluisterend. De drie hoofden bewogen tegelijk naar het scherm toe. 'Zie je? Stel je dat eens van bovenaf gefilmd voor. Hun hoofden die samenkomen in een soort windmolentje van blank uitschot...'

Zo had ze het nog niet eens bekeken, van bovenaf gefilmd. Maar, bedacht Anna nu – en ze was er vrij zeker van dat ze nu discrimineerde – ze had niet verwacht dat dit soort mensen een laptop had. Wat een ontwikkeling, dat zelfs mensen in buurten als deze – plekken met te veel notariskantoortjes en winkels die je een voorschot konden geven op je salaris en waar je bij alle buurtsupers kon betalen met voedselbonnen – tegenwoordig laptops en cafés met wifi hadden. En toen dacht Anna opeens, wat is een notaris nou eigenlijk? En waarom moesten arme mensen voor zoveel dingen naar hem toe? En waarom beschouwde ze hen trouwens als arm en zichzelf niet terwijl ze nog steeds negentienduizend dollar studieschuld had en zonder werk zat? Waar kwam díe logica vandaan?

'Dat is het! Dat is het! Het is maar heel even, zie je?' zei de dikke vrouw tegen de andere twee. 'Kut met peren. Tony, ga eens terug. Ja... daar! Dat is niet zo'n neppakje. Dat kan je zien aan de manier waarop het zwiept.' Anna keek hoe de vrouw met haar wijsvinger op het scherm tikte en dacht: dat hoor je niet aan te raken.

'Mijn nicht zegt dat er een park in Florida is waar ze dat doen. Meisjes in zeemeerminnenpakjes. Ze hebben een hele onderwatershow,' zei de man met het vlassige haar. 'Dat staat in de buurt van waar ze woont, in Tampa.'

'Vind je ook niet?' vroeg Taj.

'Hm?'

'Dat alles een camera zou kunnen zijn? Dít zou een camera kunnen zijn, weet je,' zei hij en wees naar zijn pen. 'Of dit,' zei hij en tikte tegen zijn bril. 'Je kunt opnemen wat je maar wilt, maar je moet het wel vormgeven. Anders is het geen film. Dan is het slechts beeldmateriaal.'

'Ik snap wat je bedoelt,' zei Anna. Het was waar dat Gilmans films misschien beter zouden zijn als er iets meer vorm in zat.

'Waar ben je trouwens naar de filmacademie geweest? NYU? USC?'

'Nee...'

'Miami?'

'Nee, ik bedoel, geen filmacademie,' zei Anna. Naar de blik op Tajs gezicht te oordelen kon dit haar weleens fataal worden. 'Ik heb een tijdje een promotieplek gehad bij Slavische Talen en Culturen maar...'

'Je bedoelt dat je nooit zelfs maar les over theorie hebt gehad?' Taj sprak elk woord langzaam en duidelijk uit, alsof Anna een Japanse toeriste was die had gevraagd hoe ze bij Century 21 kwam.

'Nou, geen kúnsttheorie, nee,' zei Anna. Terwijl ze wachtte tot hij haar zou wegsturen wendde ze haar ogen af naar haar mok. Die leek degelijk genoeg om een jihad te kunnen doorstaan.

'Eindelijk,' zei Taj haast tegen zichzelf. 'Ik kan je wel zoenen.'

Anna keek op omdat ze zich afvroeg of ze dat goed had gehoord en zag dat Taj met glimmende ogen naar haar keek.

'Er is één vraag die ik aan iedereen stel. Ik ben niet op zoek naar iemand met vakmanschap, of ervaring, of zelfs maar talent, al zou dat wel prettig zijn,' voegde Taj kauwend toe. 'Niet dat jij niets van dit alles bezit, maar ik heb vooral iemand nodig die ik volledig kan vertrouwen. Honderd procent. En iemand die mij vertrouwt. Dit is allemaal al stressvol genoeg en ik kan er geen mensen bij hebben die achteraf kritiek op me leveren.' Taj duwde zijn lege bord opzij.

Hij zette zijn koffiemok boven op zijn bord en legde daar zijn servet, vork en mes weer op. 'Denk je dat je me dat kunt geven?' vroeg Taj waarbij hij nog steeds niet naar Anna keek maar naar de ketchupfles die hij verplaatste zodat hij een rechte lijn vormde met de peper- en zoutvaatjes. 'Je volledige, volste vertrouwen?'

Anna merkte zijn tics op en besefte dat zij aan zet was. 'Natuurlijk.' Haar stem klonk helder en resoluut. 'Ja.'

'Oké?'

'Oké.'

'Cool,' zei Taj. 'God, het spijt me – ik heb niet eens naar jouw dingen kunnen vragen.'

Anna maakte een afwijzend gebaar met haar hand en hoopte dat dit uitdrukte dat haar 'dingen' imposant genoeg waren om zijn desinteresse te kunnen overleven.

'Maar goed,' zei Taj, en wierp met één oog een blik op zijn telefoon. 'Het is bijna drie uur. Ik moet je maar eens laten gaan.'

Aangezien ze niet wilde dat hij haar liet gaan deed ze haar mond open om nog een koffie voor te stellen, maar een knappe brunette was al naast hun tafel verschenen.

'Sorry. Ben jij Taj?' Ze glimlachte naar hem.

'En jij bent vast...' zei hij terwijl hij zijn lijst raadpleegde. 'Béla Tarr?'

Het meisje zwaaide haar koerierstas op een stoel. 'Dat ben ik!'

'Nou, bedankt,' zei Anna en stond op om haar spullen te pakken. Maar Taj glimlachte nu tegen Béla Tarr. Het was duidelijk dat zij haar kans had gehad.

8

Toen Anna thuiskwam googelde ze Simone helemaal binnenstebuiten. Haar echte naam bleek Gerda Bergner te zijn. Gerda's levensverhaal was zo simpel en complex tegelijk dat het haast Bijbels te noemen was. Als negentienjarige Duitse uitwisselingsstudente had ze een fanvideo gestuurd naar een regisseur die ze bewonderde, een man veel ouder dan zij, waarin ze aanbood naar de stad te vliegen waar hij woonde om seks met hem te hebben. In de video (die tot grote ontzetting van *Gawker* van YouTube was verwijderd) scheen Gerda slechts gekleed in kniesokken door een studentenkamer te dartelen terwijl ze *De elegieën van Duino* voordroeg. De regisseur deed net of hij haar afwees maar stemde er toen toch mee in en Gerda stapte in het vliegtuig om hem te ontmoeten. De drie daaropvolgende dagen filmde ze met haar mobiele telefoon hun afspraakjes in de toiletten van vliegvelden, op spreien in motelkamers en boven op een keur aan triplex oppervlakken. De uiteindelijke filmpjes, die ze eerst naast een reeks zeer expliciete dagboekfragmenten op haar Tumblr had geplaatst, zagen eruit als een advertentiecampagne van American Apparel. Waarom de regisseur toestemming had gegeven om te worden gefilmd was voor iedereen een raadsel, ook voor zijn vriendin met wie hij al jaren samen was, maar zodra de tepelklemmen bevestigd waren en de schacht van zijn penis bedekt was met Nutella kwamen dat soort toezeggingen misschien gemakkelijk los. Desalniettemin gaf Gerda de regisseur het pseudoniem James Franco en verving ze zijn hoofd door een onheilspellende zwarte stip. Geen van beiden had de stortvloed aan publiciteit kunnen voorzien die ontstond na de publicatie van de filmpjes op *Squeee!*, een obscuur online tijdschrift waarvan het publiek, hoewel klein, volledig bestond uit fanatieke retweeters. Een week en acht miljoen views later was iedereen woedend en opgewonden dat Gerda de man had geneukt terwijl ze wist dat hij een vriendin had, de filmpjes online had gezet, het kunst noemde en daarna ook nog het lef had om de naam van de christelijke, zichzelf pijnigende mystica Simone Weil als pseudoniem te gebruiken. Iedereen behalve Gerda, die haar beruchte status verrassend koelbloedig aanvaardde, zoals bleek uit een interview met *Gawker* dat Anna had opgeduikeld.

GAWKER: Ze haten je. Vind je dat erg?

SIMONE: Nee.

GAWKER: Waarom niet?

SIMONE: Als ze me haten, betekent dat dat ze vrouwen haten.

GAWKER: Maar heel veel vrouwen haten je.

Simone haalt haar schouders op.

GAWKER: Is Franco's vriendin hier niet de echte verliezer?

SIMONE: De waarneming van de toeschouwer bepaalt wat de werkelijkheid is en als je daarvan uitgaat, kan ik van alles zijn. Ik vind niet dat ik iets fout heb gedaan.

GAWKER: Er is kritiek op de goedkope manier waarop je artistieke geloofwaardigheid probeert te verkrijgen.

SIMONE: Is dat een vraag?

GAWKER: Ben je niet gewoon een slet met een mobiele telefoon?

SIMONE: Ik heb het recht kunst te maken over mijn leven met het gezicht en het lichaam dat mij is gegeven, net zoals ik het recht heb mijn eigen visie te ontwikkelen. Als James Franco mij had verleid in plaats van andersom en als ik die ontmoetingen had gefilmd vanuit het oogpunt van het slachtoffer had men het veel gemakkelijker geaccepteerd. Dan zouden ze me misschien prijzen voor 'het omkeren van het mannelijk perspectief'. Maar bestaat die 'omkering van het mannelijk perspectief' uit een geloofwaardig vrouwelijk perspectief? Ik wil niet dat mijn films slechts worden gezien als tegenovergesteld aan het mannelijke oogpunt. De kijker voelt zich bedreigd omdat ik een vrouw ben die niet bang is haar seksualiteit te uiten, te onderzoeken en vast te leggen. Mijn advies? Pech gehad.

GAWKER: Laatste vraag: Wie is James Franco?

SIMONE: James Franco is Paul Gilman.

Toen Brie twee dagen later thuiskwam en haar vroeg naar de doos was Anna al bijna vergeten dat die nog steeds bij de deur stond.

'Goed om te zien dat je je ergens in verdiept,' zei Brie en Anna hoorde de onuitgesproken 'eindelijk' midden in die zin. Brie wilde echter niet over Anna praten maar vooral over de situatie op haar werk, die de laatste tijd nogal uit de hand gelopen was. En over haar baas, Pom, die door de andere stagiaires zo werd genoemd omdat ze elke dag vier Pom Wonderful-granaatappeldrankjes achter haar bureau dronk – een sapgewoonte van 112 dollar per week, merkte Brie op.

'Dus Pom geeft me haar telefoon en zegt dat ik sterretje twee moet bellen en haar internationale databundel moet activeren vanaf middernacht op de tiende tot de achttiende als ze in IJsland is. Prima, denk ik, dus ik bel die vent en geef hem de code en hij zet het in het systeem.' Anna stond in de deuropening van Bries kamer en keek hoe Brie de kleding uitzocht die ze vanaf Rishi mee naar huis had genomen en aan kruizen, zitvlakken en oksels snuffelde.

'Toen, gisternacht, kreeg ik een telefoontje uit fucking Reykjavik. Het is drie uur 's ochtends of zo en zij is het natuurlijk. Ze begint te schreeuwen dat haar telefoon niet werkt en dat het groene lichtje maar blijft knipperen.' Brie hield een jegging tegen het licht. 'Jezus, ik heb deze echt één keer gewassen en hij is nu al hartstikke vaal.'

'Foute boel,' zei Anna.

'Dus ze zegt: "Bel de klantenservice." En ik heb zoiets van: "Maar jíj bent degene met de telefoon. Wat als ze willen dat je ergens op drukt of zo?" En ze begint te gillen: "Dat kan me geen reet schelen, bel ze! Zeg dat mijn groene lichtje knippert!"'

Natuurlijk speelde Anna met de gedachte Brie erop te wijzen dat dit nou niet het soort baantje was waar je zeg maar daadwerkelijk voor werd betááld. Als ze wilde kon Brie toch gewoon opstappen, of niet soms? Maar dat zou alleen maar leiden tot een hartstochtelijke preek over wat een fantastische netwerkmogelijkheid dit was, hoe alle stagiaires die het vorig jaar tot april hadden uitgehouden naar het Bonnaroo-festival waren gestuurd, hoe enorm een aanbeveling van Pom zou helpen om nog betere stages te bemachtigen bij bedrijven waar Anna nog nooit van had gehoord. Ze zou zich er alleen maar oud door voelen, en trouwens, ze had er helemaal geen tijd voor. Ze had nog maar één avond om Tajs opdracht af te maken en ze was nog niet eens begonnen.

Hij had haar gisterochtend gebeld toen ze nog voor haar computer zat te ontbijten.

'Anna? Taj.'

'Ik dacht niet dat je nog zou bellen.' Het was tenslotte al een paar dagen geleden. Ze had zich voorgehouden dat dingen nou eenmaal zo liepen.

'Sorry. Een hoop gedoe,' schreeuwde hij en Anna kon hard lawaai horen op de achtergrond, iets drilboorachtigs. 'Ik sta op de set en het is hier nogal een gekkenhuis.'

'Als je het te druk hebt...'

'Nee. Ik heb eens zitten denken, voordat we beginnen is het misschien een goed idee om je een beetje in te werken.'

'Wat houdt dat in?'

'Je wat minder gevoelig maken. Mijn werkwijze is nogal... nou ja, volgens mij heb ik je dat al verteld. Het vraagt een andere manier van denken.'

En toen legde hij de opdracht uit: ze moest inloggen op Chat Roulette en twee uur achtereen al haar videogesprekken opnemen. Er was maar één regel: ze moest doen alsof ze iemand anders was.

'Maak je maar geen zorgen, dit is iets wat ik van iedereen vraag,' had Taj gezegd, waardoor Anna zich natuurlijk alleen maar meer zorgen maakte omdat ze nu wist dat er een 'iedereen' was.

Chat Roulette. Ze kon zich dat verschijnsel nog vaag herinneren. Wanneer was dat geweest? 2008? 2010? Ze was verbaasd te horen dat het nog steeds bestond. Wat gebeurde er met zulke sites als de hordes internetverslaafden weer verder trokken? Het moest onderhand wel de Gobiwoestijn onder de internetsites zijn.

'Is Chat Roulette niet een en al, eh, penissen en zo?' vroeg Anna en struikelde jammerlijk over het woord 'penissen'. Ze zei streng tegen zichzelf dat ze niet zo kinderachtig moest doen.

'Praat daar dan maar tegen,' zei Taj. Anna kon niet bedenken wat ze tegen een piemel die was gescheiden van het hoofd van een bekende zou willen zeggen. 'Dit gaat over het loslaten van je remmingen,' voegde hij toe.

Haar ogen gleden schuldbewust naar de deur en de doos van Pandora die was gevuld met films die ze nooit zou maken, films die net zo onverschrokken en rauw waren als die van Gilman. De diagnose van Taj trof zijn doel met uiterste precisie – ze wás geremd.

'Doe maar net alsof je de ster bent in een van Gilmans films,' zei Taj alsof hij haar gedachten las. Anna dacht na over dit idee en voelde een onverwachte golf van opwinding bij het vooruitzicht van een avontuur.

'Wat doe ik met de opnames?'

'Je brengt de dvd morgen naar me toe,' antwoordde Taj. 'Ik mail je de routebeschrijving. We filmen in Williamsburg.'

Toen Anna zichzelf eindelijk zo ver had gekregen om haar vermomming te gaan kopen in de één-dollarwinkel zag de avondlucht boven Fifth Avenue er door de lichtjes van de buurtsupers al uit als een goedkoop, vlekkerig aquarel. In dezelfde straat vond ze twee 99-centwinkels recht tegenover elkaar – een kunststof prullenversie van het klassieke Burger King/McDonald'sduel. Ze verkoos Lucky Gift 99¢ boven 99¢ Plus and Gifts, terwijl in beide winkels alles inclusief btw eigenlijk 1 dollar en 8 cent kostte. Binnen rook het naar naftaleen en luchtverfrisser en je kon je er nauwelijks bewegen. Alles ademde die trieste sfeer van goedkope rommel die bij de eerste de beste aanraking uit elkaar valt. Eenmaal in het gangpad met feestartikelen zag Anna dat haar mogelijkheden nogal beperkt waren. Halloween was al tijden voorbij. Het enige masker dat nog in het schap lag tussen de *paddleball*-spelletjes en de speelgoedpistolen was een uit de kluiten gewassen vlinderbril met groene pailletten en een bijpassend toverstokje. Buiten gooide Anna de toverstok weg en zette de bril op om alvast in de stemming te komen. Tegen de tijd dat ze bij haar huis was had ze er al spijt van; de plastic pootjes drukten diep in haar slapen en bezorgden haar hoofdpijn. Boven liep ze langs Bries gesloten slaapkamerdeur en zelfs door de deur heen kon ze haar duidelijk het verhaal van Poms Blackberry tegen iemand aan de telefoon horen vertellen.

Brandon had haar geholpen met het installeren van het screencastprogramma zonder te vragen waar ze het voor nodig had. Nu typte ze het adres in en het groene lampje naast haar webcam sprong automatisch aan. Het vierkante schermpje onder in beeld vulde zich met een korrelige versie van haarzelf, een persoon die ze in eerste instantie niet herkende. Ze nam even de tijd om de camera bij te stellen, het lage perspectief van net onder de kin was nogal deprimerend, en verplaatste zich toen naar het bed waarop ze ging liggen met de computer balancerend op haar knieën. Dit maakte het bijna onmogelijk om iets te typen maar haar gezicht leek er in

ieder geval iets slanker door. Ze keek naar de klok op het scherm –
22.07 – en klikte op NIEUW SPEL.

Op zoek naar een chatpartner, eventjes geduld

Een redelijk jonge man met een sikje dook op in het andere
schermpje. 'Verbonden,' zei het scherm. 'Begin gerust een gesprek.' Anna probeerde zich gerust te voelen. De man zwaaide naar
Anna en Anna zwaaide terug waarbij haar hand een spoor van onscherpe spookvingers trok en haar huid leek los te laten alsof ze
aan cyberlepra leed. De man boog zijn hoofd om een berichtje te
typen.

> VREEMDELING: slm
> JIJ: slm?
> VREEMDELING: Hoi
> JIJ: O hoi.
> VREEMDELING: nerden uit
> JIJ: nerden uit?
> VREEMDELING: turkiye
> JIJ: o! Amerika.
> VREEMDELING: waar ben je
> JIJ: Texas
> VREEMDELING: 78stanbul
> JIJ: leuk!

Over het liegen maakte Anna zich nog het meest zorgen. Ze hoopte
dat het masker haar een deel van de vereiste leugens uit handen
zou nemen, maar ze had ook besloten dat ze zou doen of ze uit
Texas, Californië of Minnesota kwam, staten die ze in ieder geval
met haar ouders had bezocht toen ze klein was. Dat waren niet zulke grove leugens, maar stel dat ze beweerde dat ze uit Vancouver
kwam en de ander bleek ook uit Vancouver te komen? Dan zouden

ze willen weten waar ze woonde of op welke basisschool ze had gezeten en doorkrijgen dat Anna loog. Maar dat sloeg nergens op. Waarom zou het erg zijn dat mensen doorhadden dat ze loog als ze geacht werd te liegen en waarschijnlijk werd beoordeeld op de kwaliteit van haar leugens, hun brutaliteit en de zelfverzekerdheid waarmee ze ze opdiste? Trouwens, deze mensen waren niet eens echte mensen maar een stel Rorschach-inktvlekken die bestonden uit zielige, anonieme pixels.

De Turkse man typte: 'Naam?'

'Clarissa,' antwoordde Anna. De leugens van ieder ander zouden beter zijn dan die van haar, dacht ze en ze raakte plotseling in paniek en klikte op VOLGENDE SPEL. De Turkse man verdween.

Een zwarte man met een ukelele en een paar meisjes van een jaar of tien flitsten voorbij. Ze zwaaide naar ze; beiden verbraken de verbinding. Daarna drie mannen die aan een tafel zaten te kaarten en geen enkele keer naar het scherm keken. Deze dan: een man zonder gezicht die masturbeerde met een koolblad. Hij hield beide uiteindes van het blad voorzichtig tussen duim en wijsvinger en wreef het van boven naar beneden langs zijn imposante apparaat. Onwillekeurig merkte Anna de overeenkomsten op tussen de ribbels op het bleke, rubberachtige vel van het koolblad en de schilferige windvaanachtige pik van de man – die antropomorfiserende flora-ongein van Georgia O'Keeffe kreeg opeens een letterlijke wending. Respect, dacht Anna. Een koolblad erotische lading geven is makkelijker gezegd dan gedaan.

'Hallo,' typte Anna. En tot haar grote verrassing hield het koolblad op met bewegen. Langzaam zweefde een hand richting het scherm en begon over het toetsenbord te dansen.

VREEMDELING: je hebt een mooie lach
JIJ: Dank je

De hand keerde terug naar het koolblad en hervatte zijn taak. Anna wachtte, maar meer leek er niet te komen. Met tegenzin drukte ze op volgende.

Ze had zich geen zorgen hoeven maken over het liegen. Er bleken vrij weinig leugens nodig te zijn. De gesprekken waren kort en volgden veelal hetzelfde, nietszeggende patroon. Er waren mannen met gebroken Engels en onthoofde mannen die zich aftrokken. De vrouwen drukten altijd op volgende. Ze had er spijt van dat ze niet wat eten naast de computer had neergezet, wat bleekselderij en een bakje roomkaas. Haar maag knorde.

'Hoi,' typte een torso.

'Ja,' typte Anna terug.

VREEMDELING: IK ben op zoek naar veilige plezier

JIJ: Je bent op z'n kop

VREEMDELING: ben jij ook op zoek naar veilige plezier?

JIJ: Ligt eraan

VREEMDELING: wil je een grote zwarte lul zien?

JIJ: sorry maar je ziet er niet erg zwart uit

VREEMDELING: is dat genoeg bewijs?

JIJ: best bijzonder dat je tegelijk kan typen en dat kan doen

VREEMDELING: mag ik voor e komennnn?

Verbonden, begin gerust een gesprek

VREEMDELING: Hé

JIJ: Hoi

VREEMDELING: Hoe oud ben je?

JIJ: 108

VREEMDELING: hahah neeh :;d

Anna was moe. Ze wilde verschrikkelijk graag een nieuw tabblad openen en de *Huffington Post* bekijken. Sterker nog, ze wilde verschrikkelijk graag een heleboel nieuwe tabbladen openen en Gmail, Facebook en haar Twitteraccount checken. Ze wilde opstaan, zich uitrekken, naar de plee gaan en daarna een dik kwartier iets fysieks en gedachteloos doen zoals de kleren van de vloer oprapen of de rand van dode huidcellen uit de badkuip schrobben of de sprei pluisvrij maken. Ze wilde haar hoofd in de koelkast begraven en eten, eten en nog eens eten. Ze wilde zelfs Leslie terugbellen die een treurig bericht had achtergelaten over haar mislukte ivf-poging waar Anna drie seconden naar had geluisterd voordat ze het had gewist.

Terwijl ze maar zat te wachten op een verbinding had ze om de paar minuten een kleine geestelijke hapering. Wat ben ik ook al weer aan het doen, bijvoorbeeld, of waarom doe ik dit? Het was het tegenovergestelde van een déjà vu, een soort jamais-vu, een ongeloof dat ze überhaupt aan deze stomme oefening was begonnen, laat staan dat ze nog steeds online en nog steeds zichzelf was. Ze was haar tijd aan het verdoen voor Taj. Omdat Taj haar dat had opgedragen. Maar wie was Taj? Ze wist het niet precies. Ze wist niet eens waarom ze het wilde weten, alleen dat ze het wilde. Maar ja – zou dat het kunnen zijn? – misschien wilde ze gewoon morgen wakker worden en iets te doen hebben, ergens heen moeten. Ik heb morgen een filmshoot, zou ze tegen Brie zeggen, haar toon zorgvuldig luchtig houdend maar stiekem opgetogen door de snelheid waarmee dit nieuwe, vreemde woord haar mond verliet. Was het zo simpel? Nou, als ze echt naar de opnames wilde moest ze haar best doen op de opdracht zodat ze het niet, zoals zo vaak, zou afleggen tegen de onzichtbare 'iedereen'. Ze dacht aan 'Béla Tarr' en vroeg zich af of het niet tijd werd voor een hogere versnelling. Tijd, zoals Brandon het zou zeggen, om eens wat dichter bij dat verrekte eindlevel te raken.

Verbonden, begin gerust een gesprek
VREEMDELING: hoihoi
JIJ: hallo
VREEMDELING: je mist de finale

JIJ: kan ik ook tegen jou zeggen

VREEMDELING: en in plaats daarvan koos je voor chatxroulette

JIJ: uitstekende keuze

VREEMDELING: finale of sexy chatgesprek...?

JIJ: Wat dacht je van niet-sexy, normaal chatgesprek?

VREEMDELING: waarom dan chatxroulette?

JIJ: Haha

VREEMDELING: we zijn toch volwassenen?

JIJ: Oké, vertel me dan maar over je opwindende seksleven. ik ben
    EEN EN AL oor.

VREEMDELING: ja?

VREEMDELING: oké

VREEMDELING: ik ben single

JIJ: oké

VREEMDELING: al een jaar of zo

VREEMDELING: geen vriendin

JIJ: jammer

VREEMDELING: een paar meisjes waar ik mee uit ben geweest

JIJ: ja?

VREEMDELING: maar niemand de moeite waard om contact mee te
    houden

VREEMDELING: ze waren leuk

VREEMDELING: maar geen blijvertjes

JIJ: aha

VREEMDELING: en nu het jouwe

JIJ: Nou, het is goed om te horen dat je de lat hoog legt

VREEMDELING: ja

VREEMDELING: ik heb een grappige slimme sexy onafhankelijke
    vrouw nodig

JIJ: misschien heb je een contactadvertentie nodig

VREEMDELING: ja!

VREEMDELING: ik heb nog nooit aan online dating gedaan

JIJ: mag ik OkCupid aanraden?

VREEMDELING: is dat jouw favoriet?

JIJ: ik zweer dat ik niet voor ze werk

VREEMDELING: tuurlijk niet

VREEMDELING: je logt hier gewoon in en verkoopt de hele dag lidmaatschappen

VREEMDELING: het is allemaal oplichterij!

JIJ: Haha. Natuurlijk. Als ik niet naar het WK honkbal kijk

VREEMDELING: dat shirtje wil uit

JIJ: subtiel

Hij was niet lelijk, dacht Anna, ondanks de kale plek. En hij had op z'n minst een klein beetje humor en was zelfs een soort van normaal, toch? Maar het was de manier waarop hij het zei – dat shirtje wíl uit – alsof de verlangens van haar shirtje losstonden van die van haarzelf. En onbewust dacht ze aan haar tieten en wat die wilden. Ze leunde een beetje naar het scherm toe zodat ze hen zwaar tegen haar onderarmen voelde drukken en vroeg zich af hoe het zou zijn om haar shirt omhoog te trekken en de koele lucht daar te voelen. Was dit niet waar Taj om had gevraagd? Dat ze dingen lós zou laten? Ze kon voelen hoe ze in de draaikolk van waanzin werd meegezogen en bedacht wat Taj zou denken als hij zag wat ze had gedaan, wat hij zou denken als hij wist waartoe ze bereid was. Maar deed ze nog wel alsof ze iemand anders was? Wat maakte het ook uit, dacht Anna, zolang Taj maar dacht dat ze dat deed. Ze keek naar de klok: nog zeven minuten te gaan. Tijd genoeg.

Er verscheen een meedogenloze, nieuwe vastberadenheid op het gezicht van de man in het schermpje.

VREEMDELING: Laat me je tieten zien

Dus dat deed ze.

9

Ze had magere jongens in vale bandshirts en slonzig-sexy Greta Gerwig-achtige types verwacht die uit een kunstzinnig studenten-complex-annex-pakhuis kwamen tuimelen. Maar het adres dat Taj haar had ge-sms't lag in de verste verte niet in de buurt van het hippe Bedford Avenue. In plaats daarvan bevond ze zich diep in het zuiden van Williamsburg en was ze verdwaald in een onbestemde buurt met goedkope tacorestaurants en flats met spekstenen voorgevels. Uiteindelijk hield ze een man aan die een ijskar door de straat duwde en liet hem het adres zien.

'Dat zijn de Morris Martin Houses op Krueger Street. Je bent er al voorbij. Omkeren en links afslaan.' De man nam haar achterdochtig op. 'Ken je daar iemand?'

Anna bedankte hem en liep lichtelijk verontrust terug naar Krueger Street. Vijf minuten later kwam ze aan bij een torenflat van rode bakstenen die een eind van de straat af stond en waarop het logo van de sociale woningbouw boven de deur was bevestigd. Ze wilde Taj net sms'en om te vagen of ze het goede adres had toen ze op het gazon een man ontdekte die een lichtmeter ophield richting het gebouw. Hij droeg een beige outdoorvest van het soort met een miljoen zakken. Ze liep naar hem toe en hij negeerde haar zorgvuldig.

'Pardon,' zei ze. 'Weet u misschien waar Taj is?'

De man draaide zich om zodat hij haar kon aankijken en toen Anna zag dat hij al ouder was, veertig misschien, voelde ze zich gelijk stukken minder mislukt.

'Jij bent nieuwe PA?' De man sprak met een zwaar Russisch accent.

'Geen idee,' zei Anna. 'Ik denk het.'

'Jij bent laat.' De man gebaarde met zijn hoofd naar de ingang. 'Tweede verdieping.'

Anna liep terug naar het betonnen pad met nep-antieke lantaarnpalen. De zware deuren, die eruitzagen alsof ze onverwoestbaar waren, vielen met een te harde klap achter haar dicht. Binnen stond ze oog in oog met een braille-achtig oerwoud van belknopjes op een metalen plaat. Door de glazen ruit zag Anna een oude vrouw de vloer van de lobby boenen met een natte tennisbal op een metalen stok. Ze zwaaide. De vrouw zag haar maar zwaaide niet terug. Ze probeerde de deurklink, je wist tenslotte maar nooit, maar de deur zat op slot.

Buiten wendde ze zich nogmaals tot de Russische man met de lichtmeter.

'Pardon,' zei Anna dit keer in het Russisch.

'Wat?' snauwde de man duidelijk geïrriteerd terug in het Engels.

'Is er een code?' zei Anna, en schakelde haastig ook zelf weer over op het Engels.

'Ik gisteren instructies naar PA's gestuurd.' De man bleef bars aan zijn wijzers draaien.

'Sorry,' zei Anna.

'Flat zefen-B. Sam Leung.'

'Sam Leung,' herhaalde Anna.

'Hier,' zei de man en trok een portofoon ter grootte van een mobiele telefoon uit een van zijn vele zakken. 'Neem walkie.'

Anna nam hem zwijgend aan en gaf zichzelf in stilte een uitbrander omdat ze de man in het Russisch had begroet. Hadden toevallige ontmoetingen als deze niet bijgedragen aan de ondergang van haar promoveren? Russisch studeren was zinloos. Ze had net zo goed een studie kunnen volgen om te leren hoe ze zwart moest zijn. Ze had net zo goed AAET2-vakken kunnen volgen – Afro-Amerikaans Engels als Tweede Taal – en haar jaar in het buitenland kunnen doorbrengen in Harlem. Volstrekt belachelijk. Ze was halverwege de lift toen de walkietalkie piepte en haar gedachtestroom onderbrak.

'Sasha, waar ben je?' zei een stem. 'We hebben een hele slechte verbinding.'

'Dit is Anna.'

'Anna? Wat doe je op Kanaal Een?'

'Taj?'

'Pff. Laat maar. Kom maar gewoon naar boven.'

'Kamer zeven-B?'

'Wie heeft dat gezegd? Tweede verdieping. Veertien-A.'

'Oké,' zei Anna tegen de ontvanger die al weer was uitgeschakeld.

De tweede verdieping zag er precies zo uit als de begane grond, maar dan met meer deuren. Dezelfde verf, hetzelfde zeil op de vloer, dezelfde wazige afdrukken van zeeschelpen en witte tuinkoepeltjes in aftandse lijstjes. De geur van boenwas en tijgerbalsem. Een opklaptafel met wat eten was neergezet in het raamloze, doodlopende deel van de hal. Gedesoriënteerd liep ze naar het eten in de hoop dat een ontbijt de tijd wat zou vertragen. Er stonden dienbladen met zweterige plakjes kaas en kalkoenfilet en boterhammen die aan de bovenkant al waren uitgedroogd. Ze trok een zakje Yogi Berry DeTox Tea open en mikte het in een wegwerpbekertje. Dat was haar nieuwe ding: drankjes zonder calorieën. Dat kwam door een interessante theorie die Brie had geopperd, namelijk dat Anna ruim een kwart van haar calorie-inname kon schrappen door te stoppen met frisdrank en sap en (dit was nog het moeilijkst) al die koolhydraatrijke alcohol. Ze was naar Caloriecounter.

com gesurft en had op basis van haar drankconsumptie van de week ervoor de volgende tabel samengesteld:

Cranberrysap, 100 ml	120 calorieën (maar een echt glas cranberrysap was eerder 200 ml, wat betekende dat dit eerder 220 calorieën was)
Frisdrank met vruchtensap (rode druif), 355 ml	120 calorieën
Gemberbier, 355 ml	124 calorieën
Bier, Stella Artois, 100 ml	221 calorieën
Limonade (gezoet), 475 ml	328,3 calorieën
Margarita (frozen, fruitsmaak), 415 ml	450 (!)

Het bewijs was nogal overtuigend, moest Anna toegeven. Brie had ook voorgesteld Master Cleanse te proberen – het scheen dat Beyoncé zo tien kilo was kwijtgeraakt in tien dagen – maar Anna was bang dat ze nog niet klaar was voor Master Cleanse.

'Hé!'

Anna draaide zich om en zag een peervormige man in een groen uniform naar haar kijken.

'Hoor je bij de crew? Pak wat te eten en ga terug naar de kamer.'

'Sorry,' zei Anna, en greep ondanks haar gezondere voornemens naar een suikerrijke scone. Ze glipte langs hem heen om naar kamer 14A te komen, maar de man bleef maar dingen naar haar roepen.

'Hier word ik niet voor betaald! Ik hoor niet eens uit de ketelkamer te komen!'

De deur van kamer 14A zat dicht maar Anna kon stemmen horen. Ze hief haar hand op om te kloppen maar bedacht zich toen. Wat als ze midden in een scène zaten? Ze besloot te wachten en blies in de hal in haar thee. Verveeld bestudeerde ze de spreuk op haar theezakje: 'Je leven is gebaseerd op de hoeveelheid innerlijke energie, niet op energie van buitenaf.' Wat dat ook mocht betekenen.

Achter de deur was gekijf te horen dat klonk als een Chinese vrouw die bevelen naar iemand blafte. Waarom, vroeg ze zich af, klonken Chinese mensen altijd boos? Waarschijnlijk was dat haar eigen vooroordeel. Bestond er bijvoorbeeld zoiets als een Chinees slaapliedje? Dat zou nog eens interessant zijn om te weten. Vergelijk het boos klinkende Chinees nu eens met het zeer rustgevende en bescheiden Japans. Maar wacht eens, hadden de Japanners de Chinezen niet verslagen in een of andere oorlog die Anna zich niet kon herinneren? Ze probeerde het zich voor te stellen: een leger van beleefd-heerszuchtige mensen met vriendelijke stemmen die de baas speelden over boze Chinezen, maar het lukte haar niet. Als ze thuis was zou ze 'Chinees slaapliedje' googelen.

'Au!'

Een slanke vrouw met een klembord had de deur opengegooid en was frontaal tegen Anna op gebotst waardoor de thee over de voorkant van Anna's shirt vloog.

'Allejezus!' zei de vrouw en klopte op haar natte arm.

'Kut.' Anna zette haar bekertje op de grond. 'Gaat het?' vroeg ze, maar ergens kwam de vraag bij haar op of zíj niet degene was die haar borsten had verschroeid? Toen besefte Anna dat de vrouw haar bekend voorkwam. Misschien een van Bries kickbalvriendinnen, die ene die een kipschotel met marshmallowkorstje had meegenomen naar het cowboy & western-themafeestje vorige maand?

'Anna!' Taj kwam achter het meisje tevoorschijn met een reusachtige koptelefoon om zijn nek. Hij zag er anders uit zonder die grove zonnebril, dacht Anna. Beter.

'Ik heb mijn dvd voor je meegenomen,' zei Anna.

'Geef maar aan Lauren. Lauren, zet Anna in mijn telefoon.' Taj gaf zijn iPhone aan Lauren. 'Ik ben zo terug.'

Anna stak de dvd uit naar Lauren. 'Sorry,' herhaalde ze onnozel.

De vrouw typte met haar duim iets op de iPhone zonder antwoord te geven.

'Je bent zevenendertig,' zei ze.

'Hè?' Hoe wist Lauren hoe oud ze was?

Lauren hield het scherm op naar Anna en ze kon zien dat ze inderdaad nummer 37 was – het laatste snelkeuzenummer. Ze nam de dvd aan, trok een stift van het klembord, stiftte het nummer 37 erop en omcirkelde het. Toen beende ze zonder iets te zeggen naar de lift.

Nu merkte Anna dat er een bejaarde, Chinese mevrouw in de deuropening stond. Had ze daar de hele tijd al gestaan? Ze was heel klein – kleiner dan Anna – en haar gezicht had de gepokte structuur van een amandel in de dop. Ze droeg een katoenen ochtendjas op een broek met trekkoord en flinterdunne pantoffels. Flarden witte hoofdhuid schemerden door een slecht uitgevoerde thuiskleuring. De vrouw wees naar de donkere vlek die zich uitbreidde op Anna's shirt. Anna keek naar beneden en streek hulpeloos met de mouw van haar jasje over de natte plek.

'Jij schoon shirt,' zei ze en greep Anna's arm vast. Anna bukte om haar bekertje te pakken en liet zich door de deuropening mee naar binnen trekken.

Ze had een lichtstellage verwacht, een vloer bezaaid met een wirwar van kabels. Maar binnen was nergens een spoor van een filmshoot te bekennen, geen extra crewleden. In plaats daarvan zat een Chinese man van middelbare leeftijd zich aan een keukentafel door een stapel krasloten heen te werken. Hij keek op naar Anna en zei toen iets in het Chinees tegen de vrouw, die onmiddellijk iets terug blafte. Ze klonken boos, dacht Anna.

'Zit!' zei de oude vrouw tegen Anna. 'Zit! Zit!' Ze duwde Anna richting de bank die was bekleed met een goedkope en kriebelende maar brandschone gebloemde stof en verdween in de slaapkamer. Vanaf haar plek op de bank kon Anna in de hoek, waar een altaar was opgericht, een kleine boeddha zien. Een paar verschrompelde partjes sinaasappel, een verwelkt boeket anjers, zoutjes in een glimmende schaal. Dat is wat je kreeg als alwetende god, dacht Anna. De flat rook naar gekookte kip; Anna besloot door haar mond te ademen.

De vrouw kwam zwaaiend met een fladderend, rood pyjama-shirt weer uit de slaapkamer.

'O. Dat is erg aardig van u,' maakte Anna bezwaar terwijl ze probeerde niet te nasaal te klinken. 'Maar dat hoeft niet.'

'Hoeft wel!' blafte de vrouw. 'Past wel.' Ze ontvouwde de top als een parachute.

'Ik hou wel alleen mijn jasje aan. Ziet u?'

'Jij vlek!' De vrouw liet het shirt in Anna's schoot vallen en prikte met een vinger in haar borst. 'Vies.' Hierbij keek de man op en stortte een lange stroom verwijtend Chinees uit over de vrouw, die zich weer terugtrok in de slaapkamer.

'Sorry voor mama,' zei de man in accentloos Engels. 'Ze is de hele dag al opgewonden door de aanwezigheid van de crew.'

'Geeft niet,' zei Anna.

'Ze heeft de hele avond staan koken en nu blijkt iedereen vegetariër.' Hij schudde zijn hoofd. 'Chinese gastvrijheid.'

Voordat Anna kon antwoorden ging de deur weer open.

'Sam, sorry man, de buurtsuper had alleen Sweet Million, Take Five en Quick Draw,' zei Taj. Hij liep de keuken in, op de voet gevolgd door Lauren.

'Speel ik niet.'

'Sorry. Dat waren de enige die ze hadden.'

'Ik heb je al gezegd dat ik Mega Millions wil hebben. De enige andere die ik speel is New York Power Ball. Behalve op zondag. Zondag is Power Play.' Sam nam een stapel krasloten aan van Taj en bestudeerde ze bedenkelijk. 'Ik weet niet eens wat ik hiermee moet doen.'

'Ik denk dat je ze open moet krassen,' zei Taj met een uitgestreken gezicht.

'Het maakt niet zoveel uit hoe je ze openkrast,' voegde Lauren toe. 'Doe maar net alsof het Mega Millions zijn.'

'Morgen nemen we Millions voor je mee,' zei Taj. 'Waar is mevrouw Leung? Mevrouw Leung!' Taj liep naar de deur en stak zijn hoofd door de deuropening. 'Sasha?'

Mevrouw Leung kondigde zich aan met het droevige geluid van sloffende pantoffels. 'Weer take?' vroeg ze. Zonder een antwoord af te wachten slofte ze naar het aanrecht. 'Take, take,' mompelde mevrouw Leung tegen zichzelf. Ze plukte een aardappel uit de vergiet in de gootsteen en begon hem te schillen.

'Sasha!' riep Taj opnieuw terwijl Lauren een *boom*microfoon achter de kapstok vandaan trok. Taj gaf haar zijn zware koptelefoon die ze aansloot op het opnameapparaat dat aan haar riem vastzat.

Blij dat ze een aanleiding had om iets te doen te hebben glipte Anna de wc in om van shirt te wisselen. Toen ze terugkwam stond Sasha in de deuropening met een papieren bord vol minimuffins.

'Regent buiten,' zei Sasha monotoon.

'Heb je de camera?' vroeg Taj.

'Yep.' Sasha nam naast Sam zijn positie in bij de tafel en trok een camera uit de krochten van zijn outdoorvest. Het was een kleine toeristencamera die gemakkelijk in een handpalm paste – een Kodak Zi8, besefte Anna.

'Anna, let goed op Sasha als je wat technieken wilt leren. Hij is een genie,' zei Taj. Toen wendde hij zich tot Sasha. 'Klaar?'

Sasha knikte.

'Sam? Mevrouw Leung?'

'Take, take,' mompelde mevrouw Leung tegen de aardappelen.

'Mooi. Oké jongens. Scène één, A, take drie.' Taj klapte twee keer in zijn handen. 'Actie!'

'Jij net duif met loten,' zei mevrouw Leung en legde een geschilde aardappel in een kom met water die naast de vergiet stond. 'Tshjk, tshjk, tshjk! Altijd krassen.'

'Ma, wanneer ben je ook al weer jarig?' vroeg Sam met zijn muntstuk in de aanslag boven een Mega Millions-lot.

'Altijd krassen, altijd arm.'

'Ik weet al weer wanneer je jarig bent,' zei Sam. Hij boog zijn hoofd en begon te krassen.

'Ik te oud voor verjaarsdag.' Mevrouw Leung schudde wat aardappelschilletjes van haar dunschiller.

'Vier en twaalf en negentien en vierentwintig. Volgens mij is dit mijn geluksdag, ma.'

'Is ongeluksdag, duif.'

'Ik heb nog één nummer nodig. Hoeveel aardappelen heb je daar?' Maar mevrouw Leung gaf geen antwoord, dus Sam liep naar het aanrecht en telde ze zelf.

'Altijd geld lenen,' mompelde mevrouw Leung.

Sam ging weer zitten en begon te krassen.

'Ik heb er twee van de vijf, ma.' Sam hield zijn lot omhoog naar mevrouw Leungs rug maar die verroerde zich niet.

'Ma?'

'Je broer, hij in China blijven, hij veel geld verdienen. Veel geld in Chína. En jij hier! Jij in Amerika en nog steeds arm.'

'Ik denk dat ik iets heb gewonnen – we winnen al iets bij vier... vier nummers ma!'

Lauren en Sasha verkleinden hun cirkel rond Sam en mevrouw Leung zoals Taj ze vanaf de muur instrueerde. Anna, die zich zeer bewust was van het shirt dat groot genoeg was om in te kamperen en haar eigen inactiviteit, voelde zich plotseling erg ongemakkelijk.

'Ik denk dat ik heb gewonnen ma,' zei Sam op steeds hoger wordende toon.

'Vier. Twaalf. Negentien. Vierentwintig. Acht.' Sams muntstuk bewoog over het lot terwijl hij telde, zijn stem vol ongeloof. Er had zich een hoopje zilveren schilfers verzameld op tafel.

Lauren ging vlak voor haar staan om de microfoon dichter bij Sam te krijgen en op dat moment, toen ze haar van opzij zag, schoot er een schok van herkenning door Anna heen – het was het Celtxmeisje uit Café Gowanus!

'Jij straks naar Key Food, garnalen halen en bakbanaan,' zei mevrouw Leung en gooide nog een aardappel in de kom.

'Ma,' zei Sam. 'Ik heb gewonnen! Ik heb gewonnen, ma!' Hij stond op en zwaaide met het lot. De metaalkleurige vierkantjes glommen zwakjes in het licht. Hij keek recht in de camera. 'We zijn rijk!'

Mevrouw Leung zei niets. Ze draaide de kraan open en schraapte met haar nagels wat viezigheid van een aardappel.

'Ik weet niet,' zei mevrouw Leung.

'Cut! Het staat erop,' schreeuwde Taj. 'Fantastisch.'

Lauren liet de *boom* zakken en trok de koptelefoon van haar hoofd. 'Mensen, helemaal super.'

'Ik heb drie dollar gewonnen,' grijnsde Sam en liet het lot aan Sasha zien.

Sam stond op en liep naar het Boeddha-altaar waar hij het lot tussen twee appels in klemde.

'Heb je dat?' riep Taj naar Sasha. Sasha knikte.

'Wil je dat ik het nog een keer doe?' vroeg Sam. 'Ik wilde ook een wierookstokje aansteken.'

'Sam, jij naar Key Food,' zei mevrouw Leung, maar niemand luisterde.

'Nee, laat maar zitten,' zei Taj. Hij nam Laurens *boom*stok en begon de microfoon eraf te schroeven.

Anna bleef op de bank zitten en voelde zich zowel opgetogen als verward. Moest ze aanbieden te helpen? Moest ze iets vragen? Ze had er spijt van dat ze gisteren geen Moleskine had gekocht.

'Hoe voel je je?' vroeg Taj toen hij onverwacht naast haar op de bank plofte.

'Nou...' begon Anna.

'Volledig overdonderd? Maak je maar geen zorgen,' glimlachte Taj. 'We gaan straks wat drinken en dan leg ik het uit.'

'Oké,' zei Anna en voelde wat van de ongemakkelijkheid uit zich wegsijpelen. 'Hoe voel jíj je?' Maar het was Lauren die in zijn plaats antwoordde.

'Zoals iemand die voor de Gugg gaat?' zei Lauren en glimlachte naar Taj. Ze legde een hand op zijn schouder, maar iets in zijn blik zorgde ervoor dat ze hem weer liet vallen.

'Zevenendertig?' Het duurde eventjes voordat Anna doorhad dat Lauren het tegen haar had. Ze knikte naar de deur. 'Je mag de ontbijttafel voor ons afruimen.'

Anna slenterde terug naar de tafel met koud eten en begon de koffiebekertjes op te stapelen. Door het raam zag ze hoe de schaduwen van de identieke rode torens van de Morris Martin Houses twee identieke stukken vergeeld gazon doormidden kliefden. Onder tafel vond ze een doos hersluitbare zakjes waar ze de muffins en de scones in deed en ze stopte de theezakjes weer terug in de doos. Ook al werd ze geplaagd door het gevoel dat ze hier te oud voor was, Anna deed haar best om zich op dit detail te concentreren in plaats van uit te zoomen en zichzelf als zevenendertigjarige met een masterdiploma minimuffins in zakjes te zien stoppen in een doodlopende hal van sociale woningbouw in Brooklyn. In een crew is geen plaats voor ego's, bracht ze zichzelf in herinnering. Dit was dan misschien niet ideaal, maar toch voelde het goed om weer bevelen in ontvangst te nemen. De inflatiespiraal die de uren van haar structuurloze dagen van alle waarde had beroofd was in ieder geval afgeremd. Natuurlijk voelde ze de online dagaanbiedingen en trending topics nog steeds zachtjes aan de randen van haar bewustzijn trekken, maar ze had tijdens de shoot niet één keer op haar telefoon gekeken. Was dat niet reden genoeg voor een feestje? Deze gedachten werden verstoord door het geluid van voetstappen die snel dichterbij kwamen. Ze voelde een vlaag van inschikkelijkheid die niets voor haar was. Ze had 'een onuitputtelijk geduld en stond voor alles open'. Als het Taj was zou ze hem een dikke knuffel geven. Als het Lauren was zou ze haar vergeven dat ze zo mooi was. Als het Sasha was zou ze hem complimenteren met zijn technieken en zijn camera, ook al was het maar een kloterige Zi8. Anna draaide zich al stralend om. Maar het was mevrouw Leung maar. En ze wilde haar shirt terug.

10

Waarom was het nooit ook maar in haar opgekomen om naar een plek als deze te gaan? Waarom had ze er nooit bij stilgestaan dat al deze hotels, die vijfhonderd dollar per nacht kostten en als gloeiende kubussen ingeklemd zaten tussen de schaduwen van door uitlaatgassen geblakerde gebouwen, beschikten over bars en restaurants die voor iedereen toegankelijk waren? Ze zaten in een nis met leren bankjes gepropt en uit de speakers boven hen bonsde loungemuziek. Verlichte rijen wodka, whisky en Blue Curaçao gloeiden op achter de bar als de skyline van Manhattan uitgevoerd in flessen sterkedrank.

Het waren dromen. Daar kwam ze tijdens het eerste drankje achter. Of misschien tijdens het tweede, toen Sasha er nog bij was. Taj vond ze via flyers die hij ophing in supermarkten en wasserettes in de onwaarschijnlijkste buurten. Mensen belden hem en hij interviewde ze over hun dromen. Hij koos de beste uit en maakte er films van. Of werden juist de slechtste verfilmd? Dat was Anna nog steeds niet helemaal duidelijk.

Sam Leung had Tajs flyer gezien bij de Key Food in Greenpoint en had gelijk gebeld. Zijn droom was het winnen van de loterij, en zijn moeder – die in haar jeugd slechts stokjes en modder had gehad om mee te spelen – een crèmekleurige Aston Martin met een pepermuntblauw, leren interieur cadeau te doen. En aangezien een deel van elk verkocht lot naar de overheid ging had hij zichzelf wijsgemaakt dat Mega Millions spelen een uiting was van patriottisme of liefdadigheid die gelijkstond aan wat kleingeld in een collectebus naast de kassa stoppen. Deze combinatie van hebzucht, patriottisme en kinderlijke toewijding had Sam een schuld van 83.000 dollar opgeleverd. Toen hij zijn huis verloor vertrokken zijn vrouw en dochter ook. Pas jaren en een flinke daling op de sociale ladder later was hij met zijn moeder naar de Morris Martin Houses verhuisd.

'Ik heb een boekje, nou ja, eigenlijk drie boekjes, Moleskines, waarin ik alle dromen opschrijf,' zei Taj. 'En ik zit eraan te denken ze tentoon te stellen in vitrines als het tijd is voor de vertoning, als een soort kunstobjecten.'

'Dat vind ik echt een prachtig idee.' Anna wist dat ze moest stoppen met 'prachtig' te zeggen. Toen Taj uitlegde dat hij mensen de kans gaf om de hoofdrol te spelen in hun eigen dromen had ze het woord al twee keer gebruikt, net zoals gul. Goddank was ze verstandig genoeg om de grens te trekken bij nobel. Ze was een beetje dronken.

'Het idiote is dat de dromen van sommige mensen zo – ik bedoel, zulke dingen verzin je niet. De werkelijkheid is soms te mooi om waar te zijn...'

Anna knikte, pakte haar cocktail en dronk gulzig. Onmiddellijk had ze spijt van de calorieën. Ze was begonnen met een redelijk slanke wodka-tonic, maar omdat ze eerder op de dag geen mini-muffins van het buffet had gegeten had ze daarna besloten zichzelf te belonen met een sangria. Na een snel rekensommetje realiseerde ze zich dat dit de eventuele winst van die dag alweer tenietdeed en bij deze gedachte gleden haar ogen over Tajs schouder naar de spiegelmuur waarin ze werd geconfronteerd met een aantal harde feiten. Het was waar – ze was dik. Ze had nog steeds sprekende, blauwe ogen en deze avond was het zwarte lijntje eromheen goed gelukt. Bovendien werden de twee grootste pluspunten van zwaarlijvigheid flink benadrukt door het diepe decolleté van haar tanktop die ze onder haar met thee bevlekte blouse had aangehad. Tot haar niet geringe tevredenheid had ze gemerkt dat Tajs ogen die avond een paar keer naar beneden waren geduikeld. Eerst toen ze haar tas opende om een pepermuntje te zoeken en later nog eens toen ze deed alsof ze de dessertkaart bekeek. Nu ze zichzelf in de spiegel zag hoopte ze wat ze altijd hoopte, namelijk dat mannen haar zagen als een Rubensvrouw. Vrouwen, wist ze, zagen haar alleen in hypothetische zin, als knap-als-ze-wat-af-zou-vallen.

Het 'kwetsbaarheidsspel', zoals Brandon het noemde, was nog niet begonnen, maar ze was tussen drankje nummer één en drie al veel te weten gekomen. Taj had haar verteld dat hij was geboren in India, maar dat hij zich het land helemaal niet meer kon herinneren en met zijn twee zussen was opgegroeid in Kansas City. Noch zijn hobby's (squash, Final Fantasy), noch zijn hoofdrichting op de universiteit (economie), noch de achtergrond van zijn familie (zijn beide ouders waren artsen die gespecialiseerd waren in de onderste buikregionen) verklaarden hoe hij een experimentele filmregisseur was geworden. Hij verschilde eigenlijk niet zoveel van de slimme Indiase jongens die bij haar op de middelbare school hadden gezeten en allemaal geneeskunde of rechten waren gaan studeren en die, nu ze erover nadacht, haast door hoger hand leken voorbestemd voor succes. Maar Tajs verhaal vertoonde een gat: de periode na de universiteit tot aan het heden waarin hij zijn roeping had gevonden. Hij liet echter niet al te veel los over deze tijd, dus Anna vertelde hem over haar moeder en hoe ze was opgegroeid in een voorstad van Connecticut waar de straten als verveelde huisdieren om elkaar heen cirkelden tot ze in een doodlopende weg tot stilstand kwamen. Ze kwam ook tot de ontdekking dat de gehele tijd die ze bij Pinter, Chinski and Harms had doorgebracht grofweg kon worden samengevat in één depressief Twitterbericht.

'En hoe heb je Gilman ontmoet?' vroeg ze uiteindelijk. De komst van drankje nummer vier had haar daar de moed voor gegeven.

'Toen ik zijn iPhone jailbreakte,' antwoordde Taj.

'Ook toevallig,' zei Anna. Haar Google-zoektochten hadden tot nu toe niets opgeleverd. Volgens Google bestond er geen verband tussen Gilman en Taj. Geen verband tussen Taj en Simone. Bestond Taj helemaal niet, eigenlijk. Hoe kon dat? Het leek haast onmogelijk dat iemand die niet op internet bestond überhaupt bestond. Zelfs Anna bestond op internet, al was dat alleen maar op Facebook, in oninteressante vermeldingen in de nieuwsbrief van PC&H en, het allerergst, op de website van de Vereniging ter Bevordering van Oost-Europese, Slavische en Euraziatische Taal- en Letterkunde, waar ze nog steeds op de lijst van promovendi stond. Ze porde met een rietje in haar ijsklontjes en probeerde te achterhalen hoe de verhouding tussen Gilman en Taj zich van een ontmoeting tussen twee hipsters had ontwikkeld tot, nou ja, wat het nu ook was.

'Was het een vooropgezet plan voor een van zijn films?' grapte ze.

'0800-Jailbreak. Nee, dat zou zelfs voor Gilman te saai zijn geweest.' Eventjes betrok zijn gezicht. 'Mensen vernederen is het enige waar Paul intens plezier aan beleeft.' En terwijl Taj zijn ogen over de drankjesdragende torso's die langs hun nis liepen liet glijden besefte ze dat het gevoel tussen hen, die schitterende, ongrijpbare spanning, langzaam wegglipte. Ze had er spijt van dat ze Gilman ter sprake had gebracht. 'Maar genoeg over mij,' zei hij en sloeg zijn drankje in één keer achterover.

'Nee!' piepte Anna en ook al wist ze dat ze het gesprek tot de laatste druppel aan het uitwringen was, ze kon het niet laten. 'Nog lang niet genoeg.'

Maar het was al te laat. Het was duidelijk dat Taj al op een of andere interne resetknop had gedrukt.

'Weet je wat ik zo fijn vind aan deze tent?' vroeg hij. Anna wist dat er slechts een minuscuul kansje was dat het antwoord háár, hén was, maar toch leunde ze naar voren. 'De wc's,' ging Taj door en stak een vinger op naar de serveerster. 'De muren zijn gemaakt van doorkijkspiegels. Te bezopen voor woorden. Je moet maar eens gaan kijken.'

De volgende morgen vroeg Anna in de badkamer aan Brie waarom ze de spiegel eigenlijk nooit wat lager hadden gehangen. Ze stonden allebei hun tanden te poetsen bij de wasbak en staarden naar hun wenkbrauwen in de spiegel. De spiegel hing van begin af aan al te hoog. Als ze lippenstift opdeden moesten ze springen om een glimp van hun mond op te vangen.

'Ik dacht dat hij aan de muur zat vastgeschroefd, maar ik geloof dat het gewoon grote spijkers zijn,' zei Anna en wees met haar tandenborstel naar het kletsnatte behang onder het plafond en de twee roestige schijfjes waarop de spiegel rustte.

'Kloteklus,' Brie spuugde en droogde haar mond aan Anna's handdoek. 'Wat was die bizarre herrie waar je gisteravond naar luisterde?'

'Geen idee hoe je het uitspreekt,' antwoordde Anna. 'Het was een Chinees slaapliedje.' Ze had 'Chinees slaapliedje' gegoogeld toen ze thuis was gekomen en wist nu dat Chinezen niet tegen hun baby's schreeuwen. De liedjes klonken lieflijk, haast weeïg. Anna hoopte dat deze momenten van verlichting haar sluimerende racisme zouden doen verdwijnen. Het sterkte in ieder geval haar besluit te streven naar de Gulden Middenweg. De Chinezen waren beslist ondoorgrondelijk in hun verzoenende omarming van op het eerste oog paradoxale extremen.

'Hm. Het deed me denken aan zo'n nieuwe band waar we mee werken. Ze zijn opgegroeid in Florida maar ze klinken onwijs Chinees.'

'Hoe heten ze?'

'Gratis Seks,' antwoordde Brie. 'Briljant. Electrofeest met Gratis Seks. Snap je 'm?'

'O,' antwoordde Anna en zweeg even om te spugen. 'Haha.'

'Als je mijn introducé wil zijn, ze spelen vanavond in Santos House.'

'Ik kan niet,' zei Anna. 'Ik heb al iets.' Toen ze gisteravond uit elkaar gingen had Taj gezegd dat ze vrijdag naar hem toe moest komen in Bushwick en haar dag vrij moest houden.

'Oké,' zei Brie. 'Volgende keer dan.'

Maar toen Anna terugliep naar haar kamer vroeg ze zich af wanneer de volgende keer zou zijn. De laatste keer dat Brie haar ergens mee naartoe had gevraagd was al een eeuwigheid geleden. In het begin – in de wittebroodsweken van hun huisgenootschap – had Brie haar overal mee naartoe gesleept. Openingen van kunsttentoonstellingen, lezingen, rollerderbywedstrijden, optredens van indierockbandjes. Maar Anna had lopen mokken, of niet soms? Er was geen beter woord voor. Op de afterparty's had ze niemand gehad om mee te praten en dwaalde ze maar wat rond met haar zielige bord vol kaas en toastjes terwijl ze zich zonder succes bij verschillende groepjes probeerde aan te sluiten. Een maan zonder planeet. Ze had de lezingen saai gevonden. (Miste ze iets of ging dit over iemand op een klapstoel die een uur lang uit een boek voorlas?) En poëzie dan? God, poëzie! Ze wilde het mooi vinden – kon zich zelfs herinneren dat ze op de universiteit fraaie dingen had gelezen – maar naar haar idee klonk het alsof deze mensen gewoon willekeurige woorden uit een bingotrommel trokken. Hoe bedroevend de opkomst ook, er was altijd een man die een camera had met een lens die op safari niet zou misstaan en die om het sjofele joch, dat onderhouden werd door zijn pappie en toevallig op het podium was beland, heen cirkelde om elke minuut van het tenenkrommende non-optreden vast te leggen.

Het maakte haar niet uit wie de rollerderbywedstrijden won en naar haar idee kwam het publiek sowieso eerder opdagen uit bloeddorstige overwegingen. Optredens van indierockbandjes vond ze maar niets als ze de liedjes niet kende, en die kende ze nooit. Dan was het net alsof ze werd gedwongen om in het souterrain van een middelbare school naar iemands hele lievelings-cd te luisteren. Uiteindelijk staarde ze altijd maar naar de op en neer bewegende achterhoofden van andere mensen en liet haar bier doodslaan. Als er een cosmetische operatie bestond die haar gezicht een permanent geïnteresseerde uitdrukking kon geven zou Anna dit serieus overwegen.

Brie leek er aan de andere kant nooit een probleem mee te hebben om van iets te genieten. Haar waardering voor elk sociaal evenement bestond dan ook onherroepelijk volledig uit hoofdletters. Feestjes waren zonder uitzondering GEWELDIG!, optredens waren altijd ZOOOO LEUK! Het probleem was – en Anna haatte het dat ze dit vond – leuke dingen waren niet leuk. Vroeg of laat begonnen de onvermijdelijke ongemakken te schuren: de vertragingen op de F-lijn, de veel te dure drankjes, de wachtrij bij de ingang en de rij voor het bier en de rij voor de dames-wc's, de houding waarin je het hele optreden moest zitten en de verplichting om dezelfde versleten vragen over en weer te stellen aan een slaapverwekkend persoon links of rechts van je, aan hem te vragen waar hij vandaan kwam en hem te vertellen waar jij vandaan kwam, wanneer hadden jullie die armzalige gehuchten allebei direct verlaten zodra de mogelijkheid zich aandiende naar de grote stad te verhuizen? Vragen wat hij 'deed' en uitleggen wat jij niet deed. Ze werd constant gedwongen ermee in te stemmen dat iets supertof was, terwijl het eigenlijk hoogstens middelmatig was. Sterker nog, ze was ervan overtuigd dat er een soort linkse samenzwering gaande was die middelmatige dingen tot supertof omvormde. En dat Brie op de een of andere manier lid was van deze beweging die middelmatigheid op een voetstuk zette, een beweging die werd gedreven door dolenthousiaste *Flavorpill*-nieuwsbrieven en gesponsorde recensies die geschreven waren op een overdosis cafeïne in een of andere kwaliteitskrant voor hipsters. Het was altijd de marketing van iemand anders die haar in een club/café/winkel/skatebaan/piercingshop deed belanden. Ergens stond iemands baan op het spel. Iemand werd betaald om ervoor te zorgen dat er billen in de stoelen kwamen. Deze mensen probeerden puur uit eigenbelang van alles een zo groot mogelijke hype te maken maar feitelijk was de plezier-quota die ze beloofden onmogelijk te halen, in ieder geval niet zonder een postzak cocaïne. Waarom werden haar favoriete bezigheden nooit met zoveel bombarie aangekondigd? Ze was half-en-half van plan haar eigen stomme flyers op te hangen: 'Blijf thuis en hou met een vriend een lang gesprek dat nergens over gaat!' 'Waarom zou je niet eens in bad gaan?' 'Slaap maar lekker uit! Uitslapen is supertof!' De agressieve aanpak was er alleen maar op gericht om haar los te wrikken van wat ze eigenlijk wilde doen, namelijk thuis-blijven en achter haar laptop nog bleker worden dan ze al was. En sinds wanneer was dat iets om je voor te schamen? Waarom kon ze niet op dezelfde manier opscheppen over de uren die ze surfend achter de computer had doorgebracht als Brie over het aantal mai tais dat ze achterover had geslagen? Waarom was de gefluisterde bekentenis 'ik was zooooooooo dronken gisteravond' een teken van een goed uithoudingsvermogen of roekeloosheid of dan in ie-der geval gegiechel waard, terwijl het equivalent 'ik heb zitten sur-fen tot mijn ogen uitgedroogd waren' haar slechts een treurige blik, een ongemakkelijke stilte of een uitnodiging naar iets waar ze helemaal niet heen wilde bezorgde?

De ochtend na zo'n nachtje doorhalen stond Brie altijd vroeg op om zichzelf te googelen en te lezen over het plezier dat ze had ge-had. Aan de keukentafel vond dan een schuldige ontmoeting plaats waarbij Anna smoesjes verzon voor het feit dat ze zo vroeg was weggeglipt. 'Toen ik terugkwam van de wc kon ik je opeens nergens meer vinden!' Maar Brie vond het niet erg dat Anna eerder was weggegaan, ze vond het erg dat Anna de sfeer in de korte tijd dat ze er was geweest volledig had verpest. Nee, de sfeer zelfs op gruwelijke wijze had afgeslacht. Dus het was al maanden geleden sinds Brie haar ergens mee naartoe had gevraagd. Soms vroeg Anna zich af of haar anti-plezierinstelling eigenlijk gewoon de kille hand van agorafobie was die in haar nek lag. Erger nog, vanwege al haar sfeerafslachtingen was Anna bang dat haar relatie met Brie haast onmerkbaar was bekoeld.

Toen Anna aan haar levenscoachsessies met Leslie was begonnen had Anna verkondigd dat ze meer zoals haar huisgenoot wilde zijn. Leslie had haar natuurlijk gewezen op de voor de hand liggende zaken: Brie was tien jaar jonger, een draaideurstagiaire zonder enige richting in haar leven en vernoemd naar een kaas. Leslie kon het ook niet laten hieraan toe te voegen dat Anna Brie pas een jaar geleden op internet had gevonden. Het was niet alsof ze samen waren opgegroeid zoals zij en Leslie.

'Ja, maar ik hou van de manier waarop ze dingen doodserieus kan doen, gewoon omdat ze zin heeft om ze te doen. Gewoon omdat ze ze léúk vindt,' had Anna gezegd.

Dat was waar. Brie had eens een maand lang doodserieus opplaknagels gedragen. Niet op een opzichtige, ik-steek-de-draak -met-het-proletariaat-terwijl-ik-net-doe-of-ik-bij-ze-hoor-manier, maar gewoon op een zou-het-niet-leuk-zijn-als-mijn-nagels-op-enorme-tictacs-leken-manier. Brie had een bepaalde luchtigheid over zich. Ze leek dingen nooit te overanalyseren. En haar elfachtige manier van doen omhulde haar als een cocon, maakte haar eigenaardig onbereikbaar. Iedereen paste zich altijd aan Brie en haar willekeurige grillen en oordelen aan, niet andersom. Iedereen inclusief Anna, ook al haatte ze zichzelf erom. Zelfs nu moest Anna de neiging onderdrukken om terug te nemen wat ze had gezegd en mee te gaan naar dat verschrikkelijk slechte indierockbandje – en zich uitgebreid aan Brie te verontschuldigen voor al haar andere sociale mislukkingen. In werkelijkheid zou ze zoiets nooit doen omdat zij en Brie niet echt met elkaar praatten. Brie zorgde ervoor dat hun gesprekken slechts over het oppervlak scheerden, zoals het balletje dat over de tekst op een karaokescherm danste.

Er klonk een gedempte bons uit de woonkamer.

'Kut,' gilde Brie. 'Anna, wanneer haal je die troep bij de deur eens weg?'

'Sorry!'

De deur sloeg dicht. Ze vergat de doos van de AVCCAM steeds, maar die moest nog even wachten – ze moest nu bedenken wat ze aan zou trekken naar de lunch met haar moeder.

11

Eén keer per maand kwam haar moeder vanuit Connecticut naar de stad om te winkelen bij Century 21 en met Anna te lunchen. Ze bleef dan uptown bij haar vriendin Margaret slapen, een vrouw die haar voorliefde voor energiedrankjes en winkels zo groot als vliegtuighangars deelde. Vandaag had haar moeder midtown in een Frans restaurant willen afspreken ook al wist ze dat Anna vegetariër was. Anna veronderstelde dat haar moeder haar op deze manier subtiel probeerde aan te zetten tot het bestellen van een salade. De juiste outfit kon Anna echter helpen bij het trotseren van deze verraderlijke wateren. Haar moeder was altijd al het soort vrouw geweest dat eerst naar je schoenen keek en daarna pas naar je gezicht. De kritische beoordeling van een duur sjaaltje dat ze tijdens de jaarlijkse magazijnopruiming van Barney's had weten te bemachtigen had haar meer dan eens behoed voor een nadere inspectie van het gevaarte dat zich daar vlak onder bevond.

Er waren uiteraard vertragingen geweest op de A-lijn, dus Anna moest dravend haar weg vervolgen waarbij ze al rennend de verhouding tussen straten en minuten probeerde in te schatten – deprimerende rekensommetjes die speciaal waren bedacht voor New Yorkse laatkomers. Billboards met knokige vrouwen die van oncomfortabele meubels bungelden of knokige vrouwen die om onverklaarbare redenen op sieraden sabbelden of mannen met geprononceerde jukbeenderen die explosief in hun TAG Heuer-horloges lachten flitsten voorbij. Ze keek omhoog naar de wolkenkrabbers en dacht aan de magnaten daarboven die miljarden in elkaars mond braakten. Toen ze eindelijk aankwam bij La Petite Folie zat haar moeder al aan een tafeltje.

'Anna,' zei haar moeder, en glimlachte voor zover haar onbeweeglijke voorhoofd dat toeliet. Anna gaf haar een kus op haar wang. 'Hoe gaat het met je?'

'Goed,' zei Anna.

'Ik vind het niet erg als je er niks over wil zeggen.'

'Het gaat goed.'

'Maar de vorige keer ging het niet goed.'

'Dat kwam omdat het toen ook niet goed met me ging.'

'Dus je hebt een nieuwe baan gevonden?'

'Nee.'

'Hoe kan het dan goed met je gaan?'

'Heb je liever dat ik zeg dat het slécht met me gaat?'

'Natuurlijk niet!'

'Dan gaat het goed.' Anna's geduld was al bijna op en ze zat nog niet eens aan tafel. 'Heb je al iets besteld?' vroeg ze.

'Alleen een glas water,' zei haar moeder en bond iets in.

Nou, dacht Anna toen ze zich tussen de stoel en het tafellaken schoof, dat was alvast een lekker begin. Ze sloeg de menukaart open en zag dat het aantal calorieën tussen haakjes achter elk voor- en hoofdgerecht werd vermeld. Toen ze de bladzijde omsloeg ontdekte ze nog een gedeelte met een rood subkopje: Maaltijden onder de zeshonderd calorieën.

'Voor mij de salade niçoise graag,' zei Anna tegen de serveerster die op sensei-achtige wijze verscheen zodra de menukaart de tafel raakte.

'Twee,' zei haar moeder.

'Dus...' zei Anna en zette zich schrap voor de ontmoedigende kant die hun gesprek onvermijdelijk op zou gaan.

'Zeg maar niks; je gezicht spreekt boekdelen.' Haar moeder haalde een pakje Capri-sigaretten uit haar tasje en legde het op tafel. 'Morgen ben ik weer weg. En is het nou echt te veel gevraagd om wat make-up op te doen?'

'Hoe was Century 21?' Anna paste al jaren een antigespreksstrategie toe waarbij ze het overgrote deel van wat haar moeder zei negeerde.

'Daar ben ik nog niet geweest.'

De afgelopen achttien jaar had Anna's moeder gewerkt als voorzitter van de toelatingscommissie op een mbo net buiten het stadje in Connecticut waar ze was opgegroeid. Nu ze met pensioen was verkocht ze kleding op eBay.

'Ik ben hier vooral om jou te zien.'

'O?'

'Nou ja, ik ben bezorgd om je.'

'O.'

Als er iets was wat Anna haatte was het haar moeders bezorgdheid. Die wolk van ongerustheid die afwachtend rondzweefde om door andermans rampspoed te worden opgeladen. Als het niet Anna's rampspoed was, dan wel die van mensen die ze nauwelijks kende. Of nog beter, de rampspoed van onbekende familieleden van nauwelijks bekende mensen die ze nog nooit had gezien. De zoon van Denis Dystck ging voor de derde keer naar de afkickkliniek, verkondigde Anna's moeder dan vergenoegd. Bij de baby van Eva Rohneson was non-ketotische hyperglycinemie vastgesteld en nu moest hij de rest van zijn leven in een luier lopen. Valerie Omarshadian had haar man en de babysitter betrapt terwijl ze bij het verkeerslicht naast een Starbucks stonden te zoenen. De anale tumor van Meneer Kim? Kwaadaardig. Verschrikkelijk. Het is toch haast niet te geloven? Dit was hoe hun lunches meestal verliepen, haar moeder die met ogen glimmend van gespeelde sympathie een litanie aan gruwelijkheden opsomde.

Maar op dat moment verschenen tot Anna's grote opluchting

hun salades en werd haar moeder afgeleid door de afwezigheid van de dijonmosterd waar ze om had gevraagd. De daaropvolgende discussie met de serveerster gaf Anna de zeldzame gelegenheid haar moeders gezicht eens onopgemerkt te bestuderen. Ze maakte de laatste schade op. De eerste facelift van haar moeder stamde uit de jaren tachtig – het stenen tijdperk van de plastische chirurgie – en achter haar oorlelletjes waren de littekens van die twee incisies nog steeds duidelijk zichtbaar. Anna herinnerde zich dat ze het indertijd had afgedaan als een symptoom van verveling van het wonen in Connecticut. De 'vakanties' naar Antigua begonnen pas toen Anna afgestudeerd was aan de universiteit. Daarna bleven haar gelaatstrekken zich in gestaag tempo in noordelijke richting bewegen, alsof iemand ze in Photoshop had geselecteerd en ze met de muis een nieuw plekje had gegeven. Eerst kwamen haar ogen hoger op haar voorhoofd te zitten. Toen leken haar jukbeenderen dichter naar de bovenkant van haar oren te groeien. Haar neus wees richting de hemel. Was dit de geheime sleutel tot schoonheid? Ogen, neus en jukbeenderen die een wedstrijdje hielden wie de haargrens als eerste bereikte? Anna wist zeker dat ze nog meer had laten doen – daar beneden – maar ze had het nooit aan haar moeder gevraagd omdat ze simpelweg niet met haar moeder sprak over welk van haar operaties dan ook. Nooit. Zelfs niet over de botoxbehandelingen die soms zo recent waren dat haar gezicht eruitzag alsof het door bijen was gemolesteerd. Trouwens, waarom zou Anna ze ter sprake brengen als erover zwijgen haar beter uitkwam? De onbesproken operaties lagen als een pistool op de tafel voor hen. Ondanks haar gesneer over Anna's gewicht en de bitse opmerkingen over haar werkloosheid wist haar moeder dat er voor iemand zoals zij, die ergens met Joan Rivers en Michael Jackson door de geplastificeerde jungle dwaalde, grenzen waren aan hoe ver ze kon gaan.

'Wat?' vroeg haar moeder en Anna besefte dat ze haar had betrapt op haar gestaar.

'Niks.' Toen zei ze haastig: 'Nee, er is wel iets.' Want opeens wilde ze niet meer dat het zo ging. Wat leverde het hun op om zich te blijven gedragen als twee vijandige spelers die verbittering gebruikten als de inzet van een potje roulette? Wat had Leslie ook al weer gezegd? Gedraag je zoals je graag wilt zijn.

'Mam, wat was jouw droom?'

'Vannacht? Ik droom niet zo vaak, Anna.' Haar moeder trok haar twee identieke boogjes op, pikzwarte grafstenen die aangaven waar haar wenkbrauwen ooit hadden gezeten. 'Alleen als ik 's avonds chocolade eet en je weet dat ik dat nooit doe.'

Anna schoof haar gedachtes over de respectieve snelheid waarmee ze hun salade niçoise aten aan de kant. 'Nee, toen je jong was. Je dróóm.'

'Waarom vraag je me dat?'

'Omdat ik het wil weten.'

Even was Anna ervan overtuigd dat haar moeder haar vraag zou afdoen met een van haar passief-agressieve snedige opmerkingen: Hou op met dat geklets en kauw eens wat langzamer – dan heb je straks een voller gevoel. Maar dat was niet wat haar moeder zei.

'Ik wilde een uitvaartcentrum beginnen,' zei ze. En toen lachte ze, verbaasd over haar eigen bekentenis. 'Wat een grap, hè?'

'Waarom?' Het was het minst onwaarschijnlijke antwoord dat ze haar moeder vandaag had horen geven. Misschien wel ooit had horen geven.

'Op de weg naar school zat een uitvaartcentrum waar elke dag dure auto's stopten. Mercedessen, limousines, Cadillacs. Altijd zwart. Er waren ook lijkwagens, maar ik dacht altijd dat dat gewoon chique auto's waren. De vrouwen stonden buiten op de stoep sigaretten te roken in lange jurken en een hoedje op. Ik vond het er deftig uitzien, het was net alsof ze een etentje hadden. Maar we hadden het toen niet breed en ik was maar een dom kind,' zei haar moeder. Ze kauwde op haar salade en voegde toen toe: 'Je vroeg het zelf.'

'Huilden ze dan niet?'

'Van een afstandje lijkt huilen net lachen.'

Dat geloofde Anna graag.

'Toen ik ouder werd realiseerde ik me wat voor gebouw het was. Kun je het je voorstellen?' Haar moeder stootte een blaffend lachje uit. 'Ik wed dat de dampen de lak spontaan van je nagels zouden laten bladderen.'

'Oké, en wat was daarna je droom?'

'Daarna? Geen idee. Voor de toelatingscommissie werken denk ik. Met je vader trouwen.' Ze prikte wat in haar olijven. 'Maar dat was natuurlijk voordat ik wist wat dat inhield. Misschien was ik beter af geweest met het uitvaartcentrum. Heb je trouwens nog wat van hem gehoord?'

'Pap?'

'Sinds de vorige keer?'

'Niet sinds de vorige keer.' Anna's vader had haar een jaar geleden gebeld vanuit Thailand. Om halfvier 's ochtends was haar telefoon overgegaan en hadden ze het over een krakende verbinding een kwartier lang voornamelijk over haar vaders zakelijke investeringen gehad. Iets over het exporteren van souvenirs gemaakt van kokosnoten en de waarde van de baht – ze had er niets van begrepen. Hoe kon het dat zo'n bepalende, huiselijke tragedie, haar vader die haar moeder verliet, hun levens zo geruisloos was binnengeslopen? Hij ging steeds langer en vaker op zakenreis totdat hij op een dag gewoonweg uit hun levens was weggesleten. Er werden geen papieren ingediend, er was geen scheiding. Als Anna haar vaders afwezigheid aan anderen uitlegde klonk het bizar, maar thuis werd het onderwerp behandeld als een oudbakken feitje, alsof het om de oppervlakte van de garage ging.

'Maar goed,' zei Anna's moeder terwijl ze hard uitblies. 'Ik heb je een tijdje geleden een e-mailtje gestuurd en je hebt me niks teruggestuurd.'

'Welke e-mail?' vroeg Anna, al wist ze precies welke e-mail dat moest zijn.

Zonder een woord te zeggen haalde haar moeder een folder uit haar tas en schoof hem over tafel naar Anna. Het was een folder van het Aveda Hair Institute.

'Mam...'

'Ik betaal. Lesgeld. Boeken. Knipgerei of hoe dat in dat wereldje ook heet. Twintigduizend dollar, Anna.'

'Het is...'

'Acht maanden. Dan maak je een toets en krijg je je diploma. Voilà!'

'Maar ik wíl geen haren knippen.'

'Misschien is het niet wat je eigenlijk had willen doen met je leven. Ik weet dat we allemaal een voorstelling hebben van onszelf, onze "dromen", maar Anna, het is tijd om volwassen te worden. Kijk eens om je heen.' Haar moeder keek theatraal om zich heen. 'Iedereen heeft haar. Iedereen moet geknipt worden.'

'Iedereen moet ook begraven worden,' zei Anna.

'Je wordt maar één keer begraven, als je dood bent, maar haar blijft groeien. Zelfs na je dood.' Haar moeder verplaatste het ei van boven op haar salade naar de rand van haar bord alsof het een kankergezwel was. 'Die Brie heeft ook nog steeds geen baan, toch?

De kans op verbondenheid, besefte Anna, glipte langzaam weg. Zonder erbij na te denken flapte ze eruit: 'Ik heb iemand ontmoet.'

Haar moeders hand bevroor op weg naar de resterende aardappelpartjes in haar salade. 'Weer eentje van internet.' Dat was geen vraag.

'Nee,' zei Anna. Het lag eraan hoe je ontmoet definieerde, maar technisch gezien was dat niet gelogen. Hadden ze elkaar niet voor het eerst in hoogsteigen lijve ontmoet in het Halal Wireless Café?

'O, Anna, ik weet niet of...'

'Wat weet je niet? Ik heb je nog niks verteld!'

'Maar ik kén je.'

'Dus?'

'Dus ik maak me zorgen.'

'Hou op met je zorgen te maken. Alsjeblieft. Hou ermee op.'

'In plaats van naar een baan zoek je op internet naar mannen.'

'Hij ís niet van internet.'

'En die ene uit Delaware dan?'

'Dat was vijf jaar geleden. Waarom moet je daar altijd weer over beginnen?'

'Omdat hij twee kinderen had.'

'Dat wéét ik.'

'Hij is een volslagen onbekende, Anna. Je kent hem niet.'

'Iedereen is een onbekende tot je hem leert kennen!' gilde Anna bijna.

En omdat zelfs haar moeder daar geen weerwoord op had veranderde ze van onderwerp.

'Hoeveel van tante Clara's geld heb je nog over?'

'Veel.'

'Hoeveel?'

'Mam...'

Haar moeder blies luidruchtig uit. 'Ik heb achttien jaar bij de toelatingscommissie gewerkt, Anna, en of je het nu wil geloven of niet, ik ben niet op mijn achterhoofd gevallen. Jij hebt nu een gat in je cv en doet niks om het op te vullen. In ieder geval niets dat je kan toelichten aan een mogelijke werkgever. Je gat groeit. Denk daar maar eens over na. En denk hier eens over na,' voegde ze toe en tikte veelbetekenend op de folder. Terwijl haar moeder tikkend naar haar staarde kon Anna het niet helpen zich af te vragen met welke relatieve snelheden haar haren en het gat in haar cv groeiden.

Opeens werd het duidelijk dat deze korte speech het beetje zelfbeheersing dat haar moeder nog restte had opgebruikt. Een blik waaruit 'jullie kunnen me wat' af te lezen viel trok over haar gezicht waarna ze een sigaret uit het pakje graaide dat op tafel lag en hem aanstak. De serveerster stond onmiddellijk naast hen.

'Het spijt me, mevrouw,' begon ze, al klonk ze helemaal niet spijtig. Maar het deed er niet toe; de lunch was voorbij.

12

'Vroeger woonde hoop in boekwinkels, in platenzaken,' zei Taj. 'Nu denken mensen dat hoop een fucking webadres heeft.'

Anna knikte simpelweg en volgde hem de metrotrap op.

'Maar daar klopt niks van,' ging hij door en wuifde zijn hand in het rond. 'Dit is waar hoop woont. Precies op deze plek.'

Dat kon ze maar moeilijk geloven. Ze waren net opgedoken uit het Halsey Street metrostation in Bushwick en liepen nu langs een rij deprimerend armoedige gebouwen met ambitieuze namen. Roman Court. Wyckhoff Manor. Zonder de moeite te hebben genomen zich om te draaien stond een man in een halletje te plassen.

'Kijk uit!' zei Anna en wees naar een hondendrol op de stoep. Taj kon hem maar net ontwijken.

'Ik heb je gered,' glimlachte Anna.

'Je bent mijn drollenradar,' zei Taj en kneep in haar schouder. Haar door het Bushwickse leiden was vandaag blijkbaar goed voor zijn humeur. De zon scheen een beetje feller op de met goedkoop hout bedekte zijkant van het rijtje huizen en ze voelde een rilling van plezier. Ze stopten bij een broodjeszaak waar Anna een koffie met magere melk, zoetjes en een banaan nam – iets dat ze 'bananensplit voor de armen' had gedoopt. Het had een eeuwigheid geleken voordat woensdag na vele saaie dagen eindelijk aanbrak.

Haar moeder was nog een dagje blijven plakken en had erop gestaan dat ze werd meegenomen naar slaapverwekkende musea waardoor Anna niet naar J&R had kunnen gaan om de AVCCAM en de geluidsapparatuur terug te brengen. Brie was ook weer verdwenen en reageerde niet op sms'jes of belletjes. Anna vroeg zich af of dat iets te maken had met de groeiende stapel ongeopende rekeningen die op tafel lag. Vooral de rekening voor de airconditioning was de hele zomer al buitensporig hoog geweest, waarschijnlijk grotendeels omdat ze beiden geen snars begrepen van de symbolen op de afstandsbediening.

'De zonnebloem doet niks,' zei Brie dan terwijl ze wanhopig op de knopjes drukte. 'Zal ik het druppeltje proberen?'

Het mocht dan wel een frustrerend en stom ritueel zijn, Anna besefte dat ze het toch miste. Het was de hele week eenzaam en stil geweest in de flat, wat had geleid tot middagdutjes en avonden vol existentiële crises.

Links tilden twee mannen een bank die op straat was gezet om door het grof vuil te worden opgehaald door een zwaar met graffiti bekladde deuropening. Ze knikten beiden naar Taj en lieten hem voorgaan. Met zijn hand lichtjes op haar onderrug leidde hij Anna naar binnen. Ze at haar banaan, waardoor ze zich op de een of andere manier weer een kind voelde. Een man lag te slapen in een fauteuil in de gang. Aangezien hij zijn jas nog aanhad en zijn gezicht tegen de leuning zat geplakt lag hij daar waarschijnlijk al sinds de vorige avond. Hij bewoog niet, zelfs niet toen het bandje van Anna's rugzak over zijn arm sleepte.

'Wie zijn dit allemaal?' fluisterde Anna.

'Leden. Het is een coöperatie.'

Later zou Anna beseffen dat de Nederzetting, waarvan de kelder dienstdeed als Tajs studio, in feite een metafoor was voor de levens van zijn bewoners: een voormalig pakhuis verwikkeld in een eindeloos 'overgangsproces' met onverlichte gangen die nergens heen leidden, dat niet was bestemd om in te wonen. Een kraakpand, beter gezegd. Maar nu knikte ze slechts en voelde eenvoudigweg de opwinding van de nieuwigheid.

Openstaande deuren onthulden met hipsterambities gevulde micro-universums. Een badkamer die opnieuw was ingericht als thuisbrouwerij. Bandspullen, camera-apparatuur en onafgemaakte schilderijen die door de gangen verspreid lagen alsof het stofnesten waren. Het enige raam was bedekt met zo veel stickers dat het een soort glas-in-loodeffect gaf. Taj leidde haar een trap af die werd verlicht door een reeks lampen in ijzeren constructies. Ze kwamen uit in een grote, raamloze ruimte waarin tegen de achterste muur een podium was gebouwd. Midden op dit ondergrondse plein stond een gigantische triplex doos. Een kamer in een kamer. Uit de vierkanten, glazen raampjes straalde een warme, gele gloed. De triplex deur sprong open onder Tajs aanraking en toen Anna naar binnen stapte voelde het net alsof ze terechtkwam in een gigantisch poppenhuis.

Binnen zaten Lauren, Sasha en twee in hoodies gehulde jongens – waarvan Anna er eentje herkende als de jongen uit Café Gowanus – rond een tafeltje op stoelen waarvan de vulling als darmen aan alle kanten uit de stof puilde. Iedereen 'hoi'-de naar elkaar en Anna maakte een wuivend gebaartje naar de haar onbekende jongens.

'Dit zijn Vijftien en Zestien,' zei Taj, doelend op de jongen uit Café Gowanus en de andere jongen. De twee mannen knikten vanuit de duisternis van hun capuchons waaruit twee paar glimmende ogen blonken. Als de onthoofde ruiters van de Apocalyps vandaag de dag ten strijde zouden trekken, dacht Anna, zouden ze allemaal in dezelfde zwarte hoodies gekleed gaan.

'Dus, Anna,' zei Taj, 'nadat we je opnames hadden bekeken waren we het er allemaal over eens: je bent aangenomen.' Anna voelde de warmte vanuit haar nek omhoog stralen. 'Vanaf vandaag zal je worden betrokken bij alle productiefases.'

Lauren, die de blauwe nagellak van haar duimnagel had zitten pulken, wierp Anna een blik toe. Sasha trok niet onvriendelijk zijn wenkbrauwen naar haar op.

'Dank je wel,' zei Anna. Rond de tafel was een golf van 'cool's' te horen.

'En net op tijd,' voegde hij toe. 'Want het gaat vandaag weer volledig uit de klauwen lopen.'

'De band is er om tien uur,' zei Lauren terwijl ze op haar iPhone keek.

'Het podium is waarschijnlijk rond achten klaar,' zei een van de in hoodies gehulde jongens. 'Dan komt die PA van de geluidsverhuur.'

'Sasha, Anna? Die ruimte moet om acht uur volledig bedekt zijn met aluminiumfolie,' zei Taj en maakte een paar woeste aantekeningen in zijn Moleskine.

'Sorry, maar waar is dit voor?' vroeg Anna, die zich iets zelfverzekerder voelde nu ze 'bij alle productiefases betrokken zou worden'.

'We bouwen de toekomst na. Vanavond filmen we hier een live optreden. Maar het moet eruitzien alsof het in de toekomst plaatsvindt.'

'Aluminiumfolie ziet eruit alsof iets in de toekomst plaatsvindt?'

'Op film wel,' antwoordde Taj.

'Al dat folie past nooit in mijn Civic, Taj,' zei Lauren.

'Ja, voor Costco hebben we vrachtwagen nodig.' Dit kwam van Sasha, die door zijn Russische accent bij alles wat hij zei klonk alsof hij auditie deed voor de goelag. Alsof Stalin je hoogstpersoonlijk belde om te vertellen dat je zojuist een volledig verzorgde reis naar Dudinka had gewonnen.

'Heeft deze film misschien een script dat ik kan doornemen?' vroeg Anna.

'Anna,' zei Taj, 'je moet op zoek naar een vrachtwagen.'

'Ik ken niemand met een vrachtwagen.'

'Denk als een dichter,' zei Taj en ging staan. 'Laat de beperkingen je naar nieuwe inspiratiebronnen leiden.'

'Het is al laat,' zei Lauren.

'Oké jongens, aan de slag!' Anna was de laatste die opstond. Lauren, Taj en de twee in hoodies gehulde mannen marcheerden de deur uit waardoor zij en Sasha alleen achterbleven.

'Ken jij iemand met een vrachtwagen?' vroeg ze hem.

'Nee,' antwoordde Sasha.

'Wat kunnen we hieraan uitgeven? Kunnen we er niet gewoon een huren?'

'Geen geld,' antwoordde Sasha.

'Kut.' Waarom zat ze opgescheept met Sasha als Sasha duidelijk nutteloos was? Toen kreeg ze een briljante inval. Anna haalde haar telefoon tevoorschijn en belde nummerinformatie.

'New York,' zei ze. 'Brooklyn. Home Depot.' Een ogenblik later werd ze doorverbonden.

'Ja hallo, ik bel namens Habitat for Humanity en ik vroeg me af of een van uw vrachtwagens vanmiddag misschien beschikbaar is voor een donatie? We hebben een lading gipsplaat die naar Bay Ridge moet voor een huis dat we daar aan het bouwen zijn... ja... Krestler. Anna.' Anna hing op.

'Wauw,' zei Sasha. Het klonk als 'Vouw.'

'Op de universiteit deed ik vrijwilligerswerk voor Habitat. Als niemand de vrachtwagen van Home Depot had gehuurd mochten wij hem gratis gebruiken.'

'Jij bent erg doortrapt,' zei hij. Zijn glimlach onthulde een nogal dubieuze brug en een gouden snijtand.

'Dank je,' zei Anna, al wist ze niet zeker of dat een compliment was.

Op weg naar Home Depot vroeg Anna aan Sasha hoe hij Taj had ontmoet en verwachtte dat hij de naam van een website zou noemen. Maar Sasha vertelde dat ze elkaar twee jaar geleden voor het eerst hadden ontmoet op een filmavond voor amateurs die Taj vroeger organiseerde in Quantum, een filmzaal in Williamsburg die niet meer bestond. Anna probeerde deze nieuwe informatie te rijmen met haar beeld van Taj. Want was het organiseren van open podium-avonden voor amateurfilmmakers niet nogal suf? Minder suf dan daadwerkelijk meedoen, maar dan nog. Ze stelde zich de bezoekers voor met hun sneue, gigantische dromen die daar hun biertjes met een nasmaak van mislukking achteroversloegen. Maar misschien oordeelde ze veel te hard. Anna herinnerde zich de doos bij de deur en dacht na over hoe het zou zijn om een film te maken die net zo rauw en sober was als die van Gilman, om ongezien in een vreemde menigte te zitten terwijl ze hem in het donker verslonden. Een lichte rilling schoot langs haar rug.

'Die avonden waren slecht,' zei Sasha. 'Heel slecht. Films die mensen meebrachten waren verschrikkelijk. Ze hadden lotingssysteem. Jij kwam binnen en kreeg nummer. Soms maar halfuur wachten om je film te zien. Soms vier uur. Wanneer ik daar wachtte vond ik mezelf heleboel verschillende dingen.'

'Waarom deed je het dan?' vroeg Anna.

'In Rusland hebben we uitdrukking: zitten weken in je eigen sappen. En ik wilde niet alleen thuis met films zitten weken. Ik had ambities maar kon nergens heen. Wat kan je doen als alle deuren dichtzitten en jij bent zonder netwerk? Quantum nam iedereen, dus ik ging naar Quantum.' Anna moest toegeven dat ze hierin iets gemeen hadden. 'Op een avond gaf hij me prijs. Koffiemok,' ging Sasha verder. 'Voor beste film. Die avond praten wij heel lang aan bar. Volgende week praten wij weer. Snel daarna huurt hij me in.'

'Je krijgt betaald?'

Sasha wierp Anna vanuit zijn ooghoek een blik toe. 'Beetje.'

'Maar wat doet Taj dan om, nou ja, geld te verdienen?' Ze vermoedde familiegeld, dacht dat zijn wrok tegenover Gilman werd aangewakkerd door schaamte voor zijn eigen gespreide bedje. Dat was nou eenmaal menselijk.

'Hij heeft een poëzieprogramma,' antwoordde Sasha. Toen, nadat hij Anna's onbegrijpende blik zag, 'GeBePo. Genootschap ter Bevordering van Poëzie.'

'Taj leidt een poëziegenootschap?'

'Eén keer per maand houdt genootschap wedstrijd en beste gedicht krijgt prijs.'

'Jemig,' zei Anna. Dit had ze echt niet verwacht. Aan de andere kant, als ze er eens over nadacht, de afstand tussen experimentele film en poëzie was waarschijnlijk klein en beide bevatten hetzelfde slag zeer intelligente mensen die zich de blubber werkten om een steeds kleiner wordend publiek van zich te vervreemden.

'En wat doet het genootschap nog meer?'

'Niks.'

'Niks? Alleen maar een wedstrijd?'

'Taj is ermee begonnen. Hij jureert wedstrijd gratis.'

'Hoeveel kost het om mee te doen?'

'Vijfendertig dollar.'

'Oké, en wat is de prijs?'

'Je wordt getweet.'

'En verder?'

'Taj heeft goed zakelijk inzicht. Hij heeft economie gestudeerd.'

'Wacht, je gedicht wordt getweet en dat is het dan?' vroeg Anna met ongeloof in haar stem dat ze niet wist te verhullen.

Sasha wierp haar nog een blik toe. 'GeBePo heeft meer dan zevenduizend volgers, hoor.' Vijfendertig dollar om misschien getweet te worden? Waren de prijzen bij wedstrijden meestal niet iets tastbaarder: geld, een reisje ergens naartoe of een prullerige trofee van perspex? 'Maar één winnaar per maand,' ging Sasha verder. Misschien dacht hij te constateren dat rekenen niet haar sterkste kant was, want hij voegde toe: 'Twaalf winnaars per jaar.'

Anna liet dit eens goed op haar inwerken. Tajs aansporing om 'te denken als een dichter' kreeg zo een heel nieuwe betekenis. Dus hij verdiende grof geld met het uitbuiten van een sukkelgemeenschap door een kunstmatige schaarste aan poëtisch prestige te creëren? Maar goed, het was niet alsof Taj net zoals Brie gevangenzat in een zich herhalende cyclus van stageplaatsen waar geen einde aan leek te komen. Hij was een echte kunstenaar die simpelweg nog tot bloei moest komen maar al wel glasheldere doelen had. Als hij eenmaal net zo beroemd was als Gilman zou het geld niet langer onrechtmatig verdiend lijken. Het zou worden gezien als een noodzakelijke investering. Nog zo'n aandoenlijke, eigenaardige vorm van oplichterij waartoe kunstenaars hun toevlucht nemen om hun dromen te kunnen financieren. Zo verdedigde Anna de zaak voor zichzelf op weg naar Costco waar ze vijf winkelwagentjes vulden met driehonderd rollen aluminiumfolie.

Tot Anna's grote opluchting haalde Sasha bij de kassa een American Expresskaart zonder kredietlimiet tevoorschijn. Ze keek toe hoe hij tekende voor het aluminiumfolie en vroeg zich af waarom ze niet gewoon een vrachtwagen hadden gehuurd als er dus iets van een budget was. Was dit nog steeds een test, nam ze het nog steeds op tegen 'iedereen'? En als dat inderdaad zo was, dan was Sasha een samenzwerende samenzweerder die alleen maar deed alsóf hij nutteloos was, waardoor hij iets in Anna's achting steeg. Ze vond het hoe dan ook niet onredelijk dat er een crisisje was veroorzaakt om uit te vinden of Anna deze kon bezweren of onder de druk bezweek. En het was haar gelukt, toch? De wetenschap dat ze op de een of andere manier was 'geslaagd' motiveerde haar en toen ze weer bij de Nederzetting aankwamen droeg Anna armen vol aluminiumfolie met een nieuwe dosis zelfvertrouwen door de gangen.

Nu woonde ze pas echt in Brooklyn, dacht Anna. Het was niet langer haar verblijfplaats – waar ze de metro heen en weer naar haar werk nam en de vier korte straten die haar altijd weer naar apotheek, supermarkt en café leidden doorkruiste – het was haar wóónplaats geworden. Ze herinnerde zich dat Brie laatst op een avond sprakeloos was teruggekomen van een feestje in iemands penthouse. Er hadden een minidraaimolen en een fontein met absint op het dak gestaan. Er waren bekende kunstenaars geweest. Nou ja, niet echt bekend, maar bekend in New York, zoals de kunstenaar wiens penis-afgietsel van hars was opgenomen in de 'Younger Than Jesus'-tentoonstelling in het New Museum. En terwijl Brie vertelde over haar avond – het geflikflooi met de beroemdheden, het dansen, het afsluiten en opzeggen van kortstondige vriendschappen – en haar Instagramfoto's met Anna deelde, dacht Anna: ik maak helemaal geen gebruik van deze stad. Op dat moment beloofde ze zichzelf plechtig dat ze deze periode van gedwongen inactiviteit zou ombuigen tot een mogelijkheid om op ontdekkingstocht te gaan. Toen Brandon haar de volgende dag belde om te vragen of ze in het weekend mee wilde op expeditie langs galerieën in Chelsea had ze de uitnodiging gretig aangenomen. Maar op zaterdag belde ze Brandon om af te zeggen. Het was veel te heet buiten. Het was een uur reizen naar Chelsea. Er zaten geen lekkere, goedkope etenszaakjes. Enzovoorts. Wat was er mis met haar als ze geen depressie had? Agorafobie? Claustrofobie? Levensfobie? Wat het ook was, het leek te zijn verdwenen sinds ze Taj had leren kennen. Ze voelde een haast hulpeloze dankbaarheid jegens hem.

'Gekreukt of plat?' vroeg Sasha aan Lauren toen hij aan de rand van het podium de eerste rol aluminiumfolie afrolde.

'Zo plat mogelijk,' antwoordde Lauren zonder op te kijken van haar mobiele telefoon.

De volgende vijf uur bedekten Anna en Sasha eerst het podium en daarna de rest van de ruimte met aluminiumfolie. Ze droegen handschoenen van canvas die hen beschermden tegen de scherpe randjes en hielpen bij het vastzetten van de vellen met zilveren punaises. Iemand zette LCD Soundsystem keihard aan. Iemand anders bestelde Thais. Anna at pad kee mao met krokante tofu van een papieren bord en maakte grapjes met de in hoodies gehulde jongens terwijl Taj het plafond zilver spoot. Taj ging inderdáád voor de Gugg; dat vertelde Vijftien haar. De Guggenheimbeurs. En als een ronkende motor van productiviteit loodsten zij hem vakkundig naar dit doel toe. Zestien begon zelfs een karaokeversie van Notorious B.I.G.'s 'Hypnotize': 'Guggie, Guggie Guggie, zie je niet? Taj is de man die alles kan, hij heeft een tomeloze potentie voor de kunstwereld, een mega-importantie.' Voor het eerst in lange tijd voelde Anna zich gelukkig.

Toen de kamer klaar was en ze de bandspullen op het podium hadden gedumpt viel de crew voor een bierpauze neer op een bank in vergevorderde staat van ontbinding. Ervan overtuigd dat ze met het ophangen van het aluminiumfolie net zoveel calorieën had verbrand als tijdens een pilatesles nam Anna niet eens de moeite om de voedingswaarden op het flesje te bekijken voordat ze een biertje achteroversloeg.

'Allemachtig, gruwelijk mooi,' zei Anna toen ze vol ontzag de ruimte rondkeek.

'Het is net alsof er een miljoen discoballen zijn ontploft,' viel een van de in hoodies gehulde jongens haar bij.

'Of een videoclip van Lady Gaga,' zei Sasha.

'De band komt eraan.' Lauren, die haar Thaise maaltijd nauwelijks had aangeraakt, zag Anna, stond nog steeds in de zakelijke modus. 'Sorry mensen, maar die lichten moeten echt nog even worden opgehangen.'

Er klonk aarzelend geschuifel toen de mannen opstonden en zich uitrekten waarbij de haartjes op hun onderbuik en de versleten elastieken band van hun boxershorts tevoorschijn piepten. Anna en Lauren bleven alleen achter.

'Anna, we hebben je ergens voor nodig,' zei Lauren. Voor de verandering keek ze eens niet op haar telefoon; ze keek Anna recht aan. En ze had haar geen Zevenendertig genoemd, wat Anna opvatte als een goed teken.

'Prima. Waarvoor?'

'We hebben je nodig voor de proefopnames – we gaan een technische doorloop doen.'

'Oké,' zei Anna, wat dat dan ook mocht betekenen, ook al had ze half-en-half gehoopt dat ze samen met Taj achter de camera kon rondhangen.

'Super. Je moet dit aan.' Lauren boog voorover en haalde een plastic tas onder de bank vandaan waarop 'Vandaag is vrolijk' stond. Deze gaf ze aan Anna. In de zak zat een rode, buisvormige, glimmende catsuit die was gemaakt van een soort rubberachtig materiaal. Precies het soort kleding dat elk rolletje van Anna's rugvet zou accentueren, waarin het spek dat aan de onderkant van haar bovenarm bungelde zich nadrukkelijk zou aftekenen en haar algehele, gloeilampvormige figuur op z'n allerslechtst zou uitkomen.

'Eh...'

'Neem nog een biertje,' zei Lauren en trok er eentje met een hoog alcoholpercentage uit de koelbox. 'Maak je maar geen zorgen. Hij zal je super staan.'

Omdat Anna dolgraag wilde dat Lauren haar aardig vond en ze deze fijne dag niet wilde verpesten zag ze zichzelf de zak oppakken en naar het kantoor lopen om zich om te kleden. Terwijl Anna haar royale hoeveelheid vet in de rode catsuit probeerde te vlijen arriveerde de band. Drie in het zwart geklede mannen. Tegen de tijd dat Anna uit het kantoor tevoorschijn kwam hadden ze hun plek op het podium al ingenomen, waarbij hun haar, dat in een hanenkam was gemodelleerd, als tekenfilmwegwijzers bij een kruispunt in verschillende richtingen wees.

'Wat moet ik doen?' riep ze naar Taj, die in de zoeker van een camera keek die bij het podium was neergezet. De ruimte was zo groot dat hij haar woorden leek in te slikken zodra ze haar mond verlieten.

'Je ziet er geweldig uit,' schreeuwde hij terug. 'Ga maar naar het podium. Pak de microfoon.'

Zich extreem bewust van het scheetachtige gepiep dat elke keer dat haar dijen langs elkaar wreven werd voortgebracht door de lagere regionen van haar catsuit liep Anna door de ruimte. Er was geen trap, dus ze was gedwongen om onhandig op het houten platform te klimmen. Toen ze eenmaal op het podium stond begon de band opeens een vals en zeer agressieve soort postpunk-samba te spelen. Ze bewogen schokkerig, alsof ze een ingestudeerde dans deden.

'Ontspan je,' riep Lauren haar toe. 'Improviseer!'

'Ik weet niet hoe dat moet,' riep Anna terug. Maar schoorvoetend begon ze van links naar rechts te wiegen – dat afgezaagde dansje dat alle blanke meisjes deden.

'Waar moet ik naar kijken?' riep ze tegen het donker. De lichten die in het aluminiumfolie weerkaatsten hadden haar volledig verblind. Ze zag niet meer waar Taj, Lauren en de camera stonden.

Als antwoord hoorde ze een verre lach en daarna de stem van Taj.

'Recht vooruit,' riep hij, 'naar de toekomst!'

13

De eerste stap om haar zaakjes op orde te krijgen, besloot Anna, was Bries advies op te volgen en op internet een bestelling te plaatsen voor afslankpillen die eigenlijk alleen op recept te verkrijgen waren. Brie had het over de site gehad toen ze net bij Anna woonde. Hoe kon ze anders aan Ambien komen zonder een psychiater tweehonderd dollar per sessie te betalen? Volgens Brie was dat sowieso een schijnvertoning. Iedereen die de stap nam om een afspraak te maken bij de psychiater had toch al uitgebreid onderzoek gedaan op Google en wist wat hij wilde hebben. Brie vond dat je de tussenpersoon beter kon overslaan.

Anna had niet echt een complex over haar volslanke figuur, maar de opnames die gisteravond van haar waren gemaakt, ook al waren het er maar heel weinig en was het alleen maar voor de 'doorloop', hadden nieuwe onzekerheden aangeboord. En het hielp ook niet dat ze de hele dag in de buurt was van Lauren, die de bouw had van een kleerhanger waardoor kledingstukken elegant om haar heen slobberden. Dat soort kleding werd niet eens in Anna's maat gemáákt. De ervaring had gedachten in Anna's hoofd geplant, een nieuwe hoop op slank-zijn. Waarom zou ze tijdens haar transformatie naast metaforisch gewicht ook niet wat fysiek gewicht kunnen verliezen?

De site stond bij Anna's favorieten. Maar toen ze op CanadianPharmaPharm.com klikte werd ze doorgelinkt naar een andere site die Masculus heette en waarop een prominente plaats was gereserveerd voor een halfnaakte glamourvrouw. In eerste instantie leek de website alleen maar ProViagra, MaxViagra, Procialis en, voor de besluitelozen, een voordeelverpakking met alle drie de soorten aan te bieden. Pas toen ze helemaal naar beneden scrolde ontdekte ze het piepkleine linkje naar 'andere medicijnen'. Zoals Brie al had gezegd was het bestellen van een maandvoorraad fentermine een fluitje van een cent.

Toen ze dat had gedaan ging Anna verder met de hoofdactiviteit van haar dag. Taj had haar een lijst met regisseurs gegeven die hem hadden beïnvloed en ze had ze allemaal braaf gestreamed op Netflix. Wat waren mensen toch raar, dacht Anna terwijl ze keek naar een pratend ponyhoofd op een stok dat voorkwam in een film van regisseur Ben Coonley. Hoe kwamen ze erop? Taj, Gilman, iedereen deed alsof het doodsimpel was jezelf in vuur en vlam te laten zetten door een willekeurige passie maar Anna wist nog steeds niet waar ze films over wilde maken. Soms wenste ze dat ze gewoon naar Earthy Basket kon gaan om een hittebestendig zakje artistieke inspiratie of een sixpack ideeën te halen. Een paar korte weken geleden, toen ze Yagihashi's drollenbeelden bekeek, vermoedde ze dat inspiratie helemaal geen mysterie was dat nou eenmaal in de natuur van de mens zat maar dat er iets veel commerciëlers achter zat. Uit cynisch oogpunt was het makkelijk voor te stellen dat Yagihashi eenvoudigweg gebruikmaakte van een leemte in de kunstwereld door er een esoterische, uitwerpselvormige niche voor hemzelf uit te hakken. Het idee dat kunst misschien wel een levensstijl was schoot door haar heen; drollen konden Yagihashi geen reet schelen, maar rondbanjeren in kunstgaleries, afspraakjes maken met meisjes zoals Lauren en zijn bevallige Japanse kont laten kussen door de directeuren van diverse pretentieuze instellingen beviel hem wel.

Maar nu ook Anna door deze vreemde koorts was bevangen begreep ze het eindelijk. Ze begreep Gilmans bizarre voorliefdes en ook die van Yagihashi en die van zichzelf. Gilman filmde mannen die vingerverfden met hun testikels om dezelfde reden dat Anna zeven uur lang een kelder had behangen met aluminiumfolie en piepend had rondgelopen in een strak, rood pakje: omdat jezelf verliezen in een idee – welk idee dan ook! – het leven de moeite waard maakte. En bewezen fetisjwebsites niet dat álles een object kon zijn dat liefde, een obsessie, een beurs waard was? Amputaties? Punthakken? Makakenstront? Een nieuwe gedachte viel haar in: benaderde ze het maken van kunst niet als een ontzettend passieve consument door hier de hele nacht te zitten met haar Netflix en haar e-books? Boekenwijsheid had zo z'n voordelen, maar ze gokte dat de broertjes Duplass, Andre Bujalski, Lynn Shelton, Ramin Bahrani, die Coonley en natuurlijk Gilman hun vak al doende hadden geleerd. Het maken van met emotie doordrenkte, impulsieve films met een rafelrandje waar Taj zo hoog van opgaf vroeg om de opwinding die je voelt bij het ontdekken van iets nieuws. Toch?

Met een bevredigende klik sloot Anna haar laptop. Ze liep naar de gang en klopte op Bries deur. Brie was gisteravond eindelijk thuisgekomen, maar had zich de hele ochtend al opgesloten in haar kamer.

'Wat?' klonk Bries gedempte stem.

'Hé. Heb je zin om samen met mij die doos open te maken?'

'Gaat niet. Voel me niet lekker.'

'O jee. Kan ik iets voor je doen?'

'Nee.'

'Oké, beterschap,' zei Anna met gespeeld medeleven waarvan ze hoopte dat het haar argwaan dat Brie haar afpoeierde maskeerde. Ze kreeg Brandon midden op de dag in geen miljoen jaar hiernaartoe – hij klampte zich met alle macht vast aan zijn baantje bij Pinter, Chinski and Harms. Zij en de doos van de AVCCAM waren toch echt tot elkaar veroordeeld.

Ze maakte alles in één keer open en scheurde de dozen aan stukken alsof ze zich overgaf aan een jarenlang onderdrukte kartonfetisj. De uiterste datum waarop ze de AVCCAM had kunnen terugbrengen was verstreken en de verpakkingen zodanig aan flarden scheuren dat er geen weg meer terug was voelde als een soort inwijdingsritueel. Tot haar verrassing bleek de camera gemakkelijk in elkaar te zetten. Hij bestond maar uit drie onderdelen die moeiteloos in elkaar klikten. Als je door de lens keek was alles verbluffend duidelijk en helder. De AVCCAM leek mistroostigheid op haast magische wijze te laten verdwijnen. Zelfs de smerige, donzige spleet tussen de verwarming en de muur veranderde in een mysterieus, Mordor-achtig landschap toen ze er volledig op inzoomde. Met de camera aan één oog vastgeplakt liep Anna naar de koelkast. Geïnspireerd door een paar rottende stukken fruit schikte ze in een schaal drie half vergane bananen rond een overleden tomaat. Het was prachtig. Mooier dan welk stilleven van Morandi, Zubarán of Steenwijck ook.

Toen de telefoon ging nam Anna zonder na te denken op omdat ze er op de een of andere manier zeker van was dat Taj belde en ze hem wilde vertellen over de AVCCAM en het prachtige rottende fruit. Maar het was Leslie maar.

'Ik bel even om te zeggen dat ik tien minuutjes later ben. De metro staat weer eens vast op de brug.'

Kut, dacht Anna. Haar sessie met Leslie. Die was ze helemaal vergeten en nu moest ze een taxi nemen.

'Ik ook,' zei ze. 'Doe maar rustig aan.'

Ze hing op en plaatste de camera met flinke tegenzin terug in zijn schuimrubberen kribbe alsof het een relikwie was.

Bij Gorilla Coffee was het nog erger gesteld met de zitplaatsen dan bij Café Gowanus. Laptoppers vulden iedere stoel aan de vier lange tafels die tegen de achterste muur stonden. Ze overwogen weer te vertrekken, maar waarheen? Die zaak waar ze pitabroodjes verkochten? De sapbar? De sfeer was belangrijk, en de pitabroodjes-zaak was op haast Palestijnse wijze bezet door een agressieve sekte borstvoedingsactivisten die hun op springen staande borsten dreigend op kinderloze voorbijgangers richtten. De sapbar was een kernreactor van schuldgevoelens. Anna voelde zich altijd ver-plicht om iets met tarwegras te bestellen, maar vroeg dan uiteinde-lijk toch om een kokos-mangoshake met gemalen amandelen. Trouwens, het was moeilijk om lang over een sapje te doen. Anna bracht Leslie dus maar op de hoogte over haar stage bij Taj terwijl ze naast Gorilla's melkopschuimer wachtten tot er twee stoelen vrijkwamen.

'Oké, het klinkt alsof je weet wat je wilt, nu moet je dus nog een manier vinden om er geld mee te verdienen,' zei Leslie.

'Precies,' antwoordde Anna, ook al had ze nog geen moment na-gedacht over geld verdienen.

'Ik bedoel, is er uitzicht op een baan?'

'Volgens mij krijgt een deel van z'n crew betaald...'

'En waar hebben we het dan over?' vroeg Leslie zakelijk. 'Genoeg geld voor een avondje in de kroeg? Voor de huur? Ziektekostenver-zekering? Pensioen?'

'Nee. Weet ik niet. Waarschijnlijk niet zo veel,' gaf Anna toe.

'Dit klinkt als een aanwinst voor je cv, maar we moeten ook na-denken over een ontsnappingsplan.'

'Les, ik hoor pas net officieel bij de crew.'

'Ik moedig je gewoon aan om over de lange termijn na te den-ken. Voor een carrière in de kunsten – welke kunst dan ook – moet je je handen flink uit de mouwen steken. We kunnen het ook op twee manieren in kaart brengen: films maken als baan en films maken als hobby.' Leslie had al een pen tevoorschijn gehaald en was nu op zoek naar een servetje.

'Het is echt geen hobby, hoor,' zei Anna en was geïrriteerd dat Leslie haar niet liet uitpraten.

'Oké, prima. Vorige week was het criminologie, weet je nog?' zei

Leslie en stak haar handen gekscherend omhoog alsof ze zich overgaf. 'Ik probeer je alleen maar bij te houden.'

Toen Leslies blik naar de rij voor de wc gleed gaf Anna haar overspelige gedachten vrij spel. Wat wist Leslie er nou van? Had Leslie niet het gebaande pad genomen dat via de universiteit en een studie bedrijfskunde naar McKinsey had geleid? Leslie, die minstens zes kledingmaten dunner was dan Anna, zou zichzelf nooit in een rubberen catsuit persen om voor een onbetaald kunstproject op een podium met haar heupen te zwiepen. Nee, Leslies adviezen hadden geen nut meer. Ze misten het kunstenaarsperspectief. En opeens besefte ze dat er geen kaart wás. Het kón niet in kaart worden gebracht. Alles wat ze wilde bereiken, alles wat het bereiken waard was, had geen coördinaten, maar lag tussen het onkruid of in het water. Lag op het soort plekken waar Leslie niet wilde dat ze eindigde. Op het soort plek waar ze Anna op dit moment vandaan probeerde te trekken.

Voordat het tijd was om Dora naar een volgende activiteit te karren kreeg Anna van Leslie een boek dat *Onvermijdelijke onvolkomenheid* heette en dat was geschreven door een vent in een labjas. Anna maakte nog een tochtje naar de toonbank om een testikelachtige knoop van gesuikerd deeg en een latte te bemachtigen en liep toen terug om eens in het boek te neuzen. De stelling van de man in de labjas, onthulde haar geblader, was dat iedereen onvermijdelijk een onvolkomenheid had in zijn persoonlijkheid. Niemand wilde je echter vertellen wat de jouwe was, zeker niet de psychiater die je zwijggeld in ontvangst nam. Labjas gaf de voorkeur aan een rigoureuzere en wetenschappelijkere aanpak. Hij stelde dat de precieze aard van je hufterigheid alleen aan het licht kon worden gebracht door een anonieme en representatieve enquête onder vrienden, familie, geliefden, collega's en vage bekenden. Anna bekeek de achterflap waarop een advertentie voor het adviesbureau van Labjas stond. Hij had een uitstekend team om zich heen verzameld dat bestond uit het soort mierenneukers die de databases van universitair afgestudeerden bijhielden en in ruil voor een pepermuntje de kostbaarheden uit je rivier van berouw visten, waarbij ze de losse stukjes teleurstelling van de chronische onvrede scheidden.

Ze dacht na over de mensen die ze kende. Leslie, Brie, Taj, Brandon – wat waren hun onvermijdelijke onvolkomenheden? Of interessanter nog, dacht ze toen ze een slokje van haar latte nam, als ze een soort koffie waren, wat zouden ze dan zijn? Leslie zou ongetwijfeld iets duurs zijn, een van die ingewikkelde koffies waarbij het water handmatig op het filter wordt geschonken en die in die nieuwe zaak verderop zes dollar kostte. Brie? Iets zoets met melkschuim. Een cinnamon dolce frappuchino met room en een beetje hazelnootsiroop. Brandon, die alles altijd snel af wilde hebben, zou oploskoffie zijn. Taj... Taj was een lastige. Misschien zou hij een van die exotische fairtrade koffies zijn waar de barista altijd over doorzaagde waardoor je nog langer moest wachten. Geteeld in een dorpje in de Himalaya waar de bonen elk in een mousselinen doek worden gewikkeld, door maagden van de berg worden gedragen en vervolgens in eenhoorntranen worden ondergedompeld voordat ze in de zon te drogen worden gelegd. Maar wat voor koffie was Anna? Iets niet al te bitters en een beetje waterig, een gewone koffie misschien. Of een latte, dacht ze mijmerend boven haar latte.

Toen Anna thuiskwam waren de lichten in de flat uit, dus ze schrok toen Bries stem uit het donker klonk.

'Hé.'

'Hé!' antwoordde Anna. Ze deed het licht aan en daar zat Brie op de bank in een joggingbroek waarin ze duidelijk had geslapen en een T-shirt dat werd opgeleukt door een dansend blok tofu. Haar vinger zat vast in een van de gaatjes van een cassettebandje dat ze aan het terugdraaien was en waarvan de magnetische ingewanden in een kluwen op de vloer lagen. De hele tafel lag bezaaid met cassettebandjes. Bandjes en hun stoffige doosjes, waarvan er vele gebarsten en sommige met iets gelijmd waren, maar die er stuk voor stuk uitzagen alsof ze met een staalborstel waren afgeborsteld. Brie zat erbij alsof ze er altijd al had gezeten en voor altijd zou blijven zitten en ze leek op een personage uit de Griekse mythen – Cassettodite.

'Gaat het?'

Brie schudde van nee.

'Wat is er? Is er iets gebeurd op je werk?'

Brie schudde opnieuw.

'Rishi?'

'Nee.'

'Kickbal?'

Brie begon te huilen. 'K-kickbal kan de k-klere krijgen,' antwoordde ze.

Het was nogal schokkend om Brie te zien huilen – ze was een van die mensen die een boek weglegden als ze dachten dat 'er iets zieligs aankwam'.

'Zal ik wat pepermuntthee voor je zetten?' Anna besloot Bries zwijgen op te vatten als een ja. Blij dat ze even kon ontsnappen aan de verstikkende wolk van narigheid die om Brie heen hing liep ze naar de waterkoker en maakte zichzelf nuttig. Een ogenblik later kwam ze terug met een dampende mok.

'Te heet,' snufte Brie.

'Dat weet ik. We wachten wel even.'

Ze wachtten.

'Ik blaas wel.'

'Prima,' zei Anna. Toen, na een ongemakkelijke stilte: 'Ik heb afslankpillen besteld bij die website die je me had aangeraden.'

Brie knikte en blies in haar thee.

'Ze zeiden dat ze over een paar weken worden verstuurd.'

Stilte.

'Je had gelijk, het was hartstikke makkelijk.'

Omdat de tranen nu harder stroomden en zich onder haar kin verzamelden kon Brie als antwoord alleen haar ogen sluiten.

'Brie, wat is er aan de hand?'

'D-durf ik niet te z-zeggen.'

'Oké.'

Alleen Bries gesnotter en gesnuf was te horen.

'Ik schrijf het wel voor je op,' zei ze uiteindelijk.

'Oké,' zei Anna. Ze groef een pen op uit haar tas en gaf Brie een bonnetje van de buurtsuper.

Brie krabbelde met één hand iets op het bonnetje en schoof het papiertje over de salontafel. Ze liet de cassettebandjes op de grond kletteren – ze had nog helemaal niet uitgelegd waar die voor waren – en liet Anna alleen om het te lezen. Anna las het briefje en las het toen nog een keer, ook al stonden er maar drie woorden op: 'Ik ben zwanger.'

14

Achteraf vroeg Anna zich af of haar relatie met Taj ooit zo intiem zou zijn geworden als Brie niet zwanger was geraakt. Zou ze Taj die avond hebben uitgenodigd als Brie niet naar haar ouders in Framingham was gegaan en ze de flat niet helemaal voor zichzelf had gehad? Ze moest toegeven dat ze zich eenzaam voelde sinds Brie weg was. Aan de andere kant was het bijna nog erger geweest toen Brie er nog was. Na het gesprek op de bank was Brie niet meer over haar zwangerschap begonnen waardoor er een rare spanning in de flat hing en de achtergehouden bekentenissen hadden ervoor gezorgd dat Anna's stembanden een stille dood waren gestorven. Een week later vond Anna bij thuiskomst van opnames in de Nederzetting een handvol cheques onder de pepermolen voor Bries deel van de rekeningen en was Brie vertrokken. Het sms'je uit Framingham kwam pas twee dagen later.

Toen Taj belde was Anna net haar fruitopnames aan het monteren. Brandon had haar een exemplaar van Final Cut Pro gegeven dat eigenlijk was bestemd voor promotiedoeleinden en die hij van een vriend van de filmacademie had gebietst. Telkens als Anna het programma opstartte verschenen er dreigende pop-ups en dan klikte ze maar op oké, wat het tot haar opluchting gelukkig ook leek te zijn. Het idee dat ze gestolen software gebruikte beviel haar niet zo, maar een nieuw exemplaar van FCP kostte een paar honderd dollar en aangezien ze had besloten de AVCCAM niet terug te brengen zat ze nogal krap bij kas. Brandon verzekerde haar dat niemand die zich serieus bezighield met film daadwerkelijk voor montagesoftware betaalde, dus als zij er wel voor zou betalen zou dat haar armzalige zelfbeeld alleen maar bevestigen. Daarmee zou ze haar eigen ruiten ingooien.

'Ik sta op instorten,' had Taj gezegd zodra ze de telefoon had opgenomen.

'Nee toch zeker!' had Anna gezegd, blij dat zij degene was die Tajs instorting mocht stutten.

'Ik denk dat jij de enige bent die me weer overeind kan helpen.'

'Hoe dat zo?'

'Omdat je nieuw bent,' antwoordde Taj. Klonk logisch, vond Anna.

'Wil je even langskomen? Dan maak ik soep voor je.' Of beter gezegd, dacht Anna, ze zou soep voor hem opwarmen. Ze had die middag een liter maissoep en een halve liter erwtensoep gehaald bij Earthy Basket.

'Je wilt soep voor me maken?' vroeg Taj. Hij beloofde binnen een uur bij haar te zijn.

Ook al had hij aan de telefoon openhartig en zelfs een beetje gevoelig geklonken, toen hij binnenkwam was er iets veranderd en leek hij alleen maar boos.

'Wanneer heb je die AVCCAM gekocht?' vroeg hij en wuifde wat vijandig naar de camera op tafel.

'Een tijdje geleden,' antwoordde Anna en voelde zich vreemd genoeg schuldig. Om de een of andere reden had ze nog geen tijd gevonden om Taj over de AVCCAM of dat gedoe met Final Cut Pro te vertellen.

'Fucking zonde van je geld.'

'Ja maar, ik had iets nodig met twee microfooningangen...'

'Je had beter een Kodak Zi8 kunnen nemen. Die heeft een hele goede lens. Het geluid kan je altijd nog apart opnemen met een Tascam DR-100.'

Ze zou Taj eens moeten voorstellen aan Brandon, dacht Anna. Waarom konden mannen gesprekken voeren waarin uitsluitend reeksen letters en cijfers werden uitgewisseld? Toen schoot haar opeens iets te binnen. Goede lens. Kut. Misschien was dat wat de verkoper bij J&R haar had proberen duidelijk te maken over de Zi8.

'Wil je soep?' vroeg Anna, zowel om Taj te behagen als om te voorkomen dat ze zou berekenen hoeveel geld de Zi8 haar zou hebben bespaard.

'Whisky.'

'Misschien ligt er nog wat wodka in de vriezer.'

En die lag er, begraven onder twee stokoude zakken bevroren edamamebonen. Anna schonk een borrelglaasje voor Taj in dat hij direct achteroversloeg.

'Ik ben afgewezen,' zei hij.

'Nee toch. Voor de Gugg?' vroeg Anna van haar stuk gebracht. 'Want daar moet je je niets van aantrekken. Die krijgt nooit iemand.'

'God nee. Het komt niet eens in de buurt van de Gugg. Eén of ander suf festival.'

'Klote zeg.'

'Meervoudig klote, zelfs. Maar dat is niet wat me dwarszit. Ze hebben me afgewezen, maar dat hebben ze me niet eens laten weten. Ik kwam het via Lauren te weten, want haar belabberde korte film is wel geaccepteerd en overigens weet zij niet dat ik ook iets heb ingezonden, dus dit heb ik je niet verteld.'

'Ik weet van niks,' zei Anna. Ze liep naar de kast en haalde de lekkere chocolaatjes die ze voor Brie had verstopt tevoorschijn. Ze zette de chocolaatjes op tafel, maar Taj nam er geen. 'Wat is er gebeurd?'

'Lauren vertelt me dat ze mee mag doen en ik heb nog niks gehoord, dus ik bel naar de mensen van het festival en die zeggen: "Je aanmelding staat hier helemaal niet geregistreerd." En ik zeg: "Echt niet? Want ik zag twee maanden geleden al dat het inschrijfgeld was afgeschreven." En zij zeggen geïrriteerd: "O? Oké, we komen hier later op terug," alsof ik een vervelend klusje ben dat ze nu moeten afhandelen. Zo van: "O help, nou hebben we door deze stomme, irritante sufkop alleen maar meer werk te doen..."'

'Nee!'

'Ja. De volgende dag krijg ik een telefoontje van een klotestagiair van de kunstacademie of zo en die knul zegt: "Spreek ik met Taj?" En ik zeg: "Ja, daar spreek je mee," en hij zegt: "Je bent afgewezen." Verder niks. Hangt weer op. Hoe fucking onprofessioneel is dat? Wie dóét zoiets nou?'

Anna blies uit en schudde haar hoofd. Niemand deed zoiets. Niemand zou zoiets mogen doen. Het klonk verschrikkelijk. Ze wilde Taj onderbreken om hem te vertellen over die dag dat professor Kagan een hele lunch lang naast haar had gezeten en er gezellig op los had gekletst over die geweldige seminarreeks die de faculteit had georganiseerd voor het herfstsemester – het semester waarvoor Anna niet meer terug zou mogen komen – en haar daarna binnen gehoorafstand van twee van haar klasgenoten, beiden Slaven natuurlijk, in de promovendi-lounge belachelijk had gemaakt. Maar Anna voelde aan dat het niet haar beurt was om te praten. Bij Taj wist ze nooit precies wanneer het haar beurt was, dan wel of ze überhaupt ooit aan de beurt zou komen.

'Ik meen het, niks tegen Lauren zeggen,' zei hij.

'Ik hou m'n mond,' zei Anna. 'En er zijn nog een heleboel andere festivals, weet je. Je kunt je altijd nog ergens anders aanmelden.'

Hij schonk zichzelf nog wat wodka in.

'Je hebt South by Southwest, je hebt Sundance, Toronto,' somde Anna op. Ze begon zelf maar aan de chocolaatjes.

'Ze kunnen de tering krijgen,' zei hij. 'Tribeca en Slamdance en Toronto kunnen allemaal de tering krijgen. Weet je, als puntje bij paaltje komt? Dan is het iets tussen de maker en de toeschouwers.' Tajs ogen glommen zoals ze altijd deden wanneer hij op zijn praatstoel klom. 'Eigenlijk hebben geen van die zelfverklaarde poortwachters – agenten, managers, advocaten, vertegenwoordigers van producenten, festivalprogrammeurs, talentenscouts – al die fucking kakkerlakken en omhooggevallen strebers, genoeg invloed om je tegen te houden of te helpen. Ze bestaan alleen als je in ze gelooft. En ik zal je nog iets vertellen,' zei Taj, 'maar alleen als je belooft dat je het niet doorvertelt.'

'Ik noteer het bij de rest,' zei Anna en hoopte dat een grapje hem zou opvrolijken.

Maar Taj keek haar met een strak gezicht aan. 'Ik meen het.'

'Ik beloof het,' antwoordde ze, snel gevolgd door: 'Dat wéét ik.'

'Gilman zat in de jury.'

Anna hapte geschrokken naar adem. 'O.'

'Ja. O.'

'Misschien wist hij niet dat jij het was?'

'Dat wist hij wel.'

'Maar waarom zou hij dat doen? Heeft hij iets tegen je?'

'Ik weet het niet. Blijkbaar. Wie zal het zeggen?'

'Toch weet ik zeker dat het niet jouw schuld is.'

Hij keek haar indringend aan. 'Hoezo?'

Anna deed haar best om een van de uitspraken terug te halen die Leslie misschien ooit had gedaan over de Kracht van Ja of hoe optimisme een spier is die je moet trainen, maar besloot het plots over een andere boeg te gooien.

'Nou, eigenlijk denk ik dat jij Gilman overstijgt. Conceptueel gezien dan.'

'Anna, je bent dól op Gilman. Je droomt over Gilmans pik in je mond!'

'Dat was eerst zo, dat ik dol op hem was bedoel ik,' zei Anna verward, 'maar dat was voordat ik met jou begon te werken.'

'Dus je hebt het licht gezien,' zei Taj vlak. 'Halleluja.'

'Het is zoals je zei, weet je nog?' ging ze door. 'Over het verschil tussen prikkeling en prikkeling plus. Ik denk dat jij het hebt. Jij hebt de plús.'

Taj dacht hier eventjes over na en zette een paar voorwerpen in een rechte lijn op tafel; een waxinelichtjeshouder in de vorm van een boomstam, een piepklein notitieboekje van Muji, een doosje vochtafdrijvende thee. Toen keek hij op. Ze keek hoopvol terug.

'Kom hier,' zei Taj. Ze stond op en ging naar hem toe. Hij trok haar dichterbij voor een innige omhelzing. 'Dank je wel,' zei hij en ademde diep in haar trui.

Het leek alsof ze urenlang zo bleven zitten.

Twee drankjes later waren Anna en Taj op het dak, dat streng verboden terrein was. Het dak had geen reling en was bedekt met teerpapier dat aan alle kanten losliet. Vreemde uitsteeksels die leken op kalligrafische tekens van een onbekende taal braken door de korst van het maanlandschap. De skyline van het centrum van Brooklyn hurkte laag aan de horizon alsof hij bukte om de kont van Manhattan af te vegen. Taj en Anna zaten onder een schotelantenne te zoenen. Het was koud buiten, maar de combinatie van wodka en Tajs warme mond joegen een vloeibare hitte door haar aderen.

'Ik weet niks over je,' fluisterde Taj. 'Ik ben een egoïstische hoop stront.'

'Nietes!'

'Jawel.'

'Ik hoef niet zo nodig over mezelf te praten,' zei Anna en dat meende ze. 'Ik ken mezelf al.'

'Je hebt een mooi uitzicht op de kerktoren vanaf hier.'

'Ja.'

'Vertel me iets. Iets dat je nog nooit aan iemand anders hebt verteld.'

Tajs handen bewogen zich nu over haar hele lichaam waardoor Anna bepaalde vetplooien betreurde. Ze probeerde haar houding te veranderen zodat Taj overal beter bij kon en dacht na over Tajs vraag. Ze kon hem vertellen over Kyle, haar vriendje tijdens haar eerste jaar op de universiteit met wie ze een jaar samen was geweest maar die ze nooit had gezoend. Of over die keer dat ze een aantal eicellen had verkocht om haar zomer in Europa te betalen. Ze kon uit de doeken doen hoe ze op de middelbare school een mislukte zelfmoordpoging had gedaan, dat ze een halve fles van haar moeders waterstofperoxide had gedronken en toen onmiddellijk het alarmnummer had gebeld – maar in plaats daarvan zei ze: 'Ik ben verslaafd aan internet.'

'Jij en de rest van de wereld.'

'Nee. Ik ben echt serieus verslaafd. Ik-ik krijg niets gedaan. Ik denk dat ik daarom zo'n... puinhoop ben. Misschien ben ik daarom wel van de universiteit geschopt.'

'Internetverslaving is het modeverschijnsel van onze generatie.'

'Het is niet alleen dat ik niks gedaan krijg,' ging Anna door. 'Het is alles bij elkaar. Het leven, relaties. Ik heb één telkens terugkerende dagdroom. Wil je hem horen?' Taj zweeg dus Anna besloot gewoon door te gaan. 'Dat is dat Google op een dag een manier bedenkt om de werkelijkheid net zo in te richten als Gmail, zodat je slechte gesprekken kunt opruimen en mensen door filters kunt halen, ze kunt verwijderen...'

'Je geheugen kunt opschonen?' voegde Taj toe. 'Je favorieten in de prullenbak kunt gooien?'

'Ja.' Anna lachte. Taj lachte ook. Opeens was het grappig, ook al was er stiekem niets grappigs aan.

'Ik sta 's nachts op en dan check ik mijn e-mail...'

'Ssst,' zei Taj. Maar dat was irritant, want nu wilde Anna praten.

'... alsof ik een oude vent ben met een slecht werkende prostaat die de hele tijd moet plassen. Soms wel twee of drie keer per nacht.'

De wind liet een dakgoot rammelen en Anna keek op. Ergens ver weg klonk het geloei van een ambulance en opeens schaamde ze zich voor haar verschrikkelijk bekrompen geklaag. 'Maar ach, het stelt waarschijnlijk niets voor in vergelijking met andere verslavingen, denk je ook niet?' voegde ze toe.

'Het is niet alsof je ten onder gaat aan levercirrose,' zei Taj. 'Dat ziet mijn vader veel.'

'Nee,' stemde ze in. Toch vermoedde ze dat precies dit soort gênante, triviale onthullingen haar en Taj dichter bij elkaar zouden brengen. Brandon zou trots op haar zijn; zonder het te beseffen speelde ze het kwetsbaarheidsspel.

'Ik denk trouwens dat Gilman ook heel veel afwijzingen heeft gekregen, weet je. In het begin.'

'Kan, maar Gilman heeft een achterdeur gevonden,' zei Taj cryptisch.

'Je moet je films blijven insturen. Je bent hartstikke goed,' zei Anna, die allang niets meer om Gilman gaf. Tajs vingertoppen raceten als koude visjes over haar borsten.

'Ik stuur nooit meer iets in naar waar dan ook.'

'Taj...'

'Ze kunnen mijn rug op. Ik ben er klaar mee. Klotepoortwachters.'

'Maar de Gugg...'

'De Gugg kan mijn rug op.'

'Dat is maar een – o!'

'Ssst...'

'Maar je...'

'Hoe voelt dat?'

'L-lekker...'

'Hier?'

'Mmm, ja.'

'Of hier misschien?'

'O!' Anna ademde verrast in Tajs nek. Verslaving, dacht ze. De wodka liet haar gedachten als vingerverf in elkaar overlopen. Ver. Slavink. Ze giechelde. Het was al erg lang geleden.

'Ja, ja... daar...'

15

Terwijl Taj reed zat Anna stilletjes achterin en staarde uit het raam, de gedachte aan de tijd die ze samen hadden doorgebracht liefkozend. De twee dagen na het voorval op het dak voerde ze in gedachten constant gesprekken met Taj. Ze belde hem met opzet niet, maar probeerde in plaats daarvan te genieten van de Taj-kleurige filter die hij op haar leven had gemonteerd. Die filter liet zich niet makkelijk meten of omschrijven. Ze had nu sneller een oordeel klaar, dat ze vaak nog uitsprak ook. Was scherper. Misschien een tikje gemener. Zelfs als ze haar tijd zat te verdoen op internet waren haar muisbewegingen en -klikken doelgerichter. Voorzichtig, had Leslie gezegd nadat Anna haar had bijgepraat over de laatste ontwikkelingen met Taj. Val nou niet weer in dezelfde valkuil. En ook al had Leslie niet uitgelegd wat ze hier precies mee bedoelde, Anna had dit advies braaf opgevolgd. Toch had ze gisteravond opeens de kriebels gekregen omdat ze bang was dat het raar zou zijn om Taj de volgende morgen weer te zien met de rest erbij zonder dat ze hen hadden ingelicht over hun intieme ontmoeting. Maar al haar twijfels waren verdwenen toen hij haar gisteren een grappige e-mail had gestuurd. Het was een link naar een afkickprogramma voor internetverslaafden. Onderwerp: 'online, duh :)'

Nu was de crew op weg naar Islington in New Jersey om aan de rand van de stad een kermis te filmen. Ze reden over een haveloze tweebaansweg langs rijtjeshuizen die waren versierd met de Amerikaanse vlag en keramieken hertjes, vrachtwagens op betonblokken en met gekleurd water gevulde kannen van dik plastic. Wat een onbeschrijflijk authentieke en tragische plek, dacht Anna. Ze was in het soort gevaarlijke bui waarin zelfs de jarentachtigpopmuziek die uit de radio schalde betekenisvol klonk. 'Falling in love is so bittersweet,' zong Whitney Houston. Een waarheid als een koe, dacht Anna. Ja, bitter en zoet, maar dan tegelijkertijd!

Ze beeldde zich in dat zij en Taj in een van die sombere huizen langs de weg woonden en vroeg zich af hoe hun leven er dan uit zou zien. Natuurlijk was het een lachwekkend idee dat Taj – die waarschijnlijk was geboren met een iPad in zijn hand – uitgerekend híér zou wonen. Maar dat deed er eigenlijk weinig toe. Anna was zo dronken van verlangen dat ze hen op elke locatie samen kon voorstellen. McDonald's. Alcatraz. De maan. Er zou een blauwe filter worden gebruikt voor hun opnames. Ze kon zich al bij de gootsteen zien staan en door de vaal geworden gordijnen langs de bruine gazons zien terugblikken op haar oude leven waar geen spoor van echte dingen zoals liefde en gazons en leeggelopen kinderbadjes te vinden was geweest. Vijftien en Zestien hadden allebei een Zi8 vast en filmden dezelfde omgeving. Toen de camera's haar kant op draaiden deed ze net alsof ze het niet merkte en probeerde melancholiek te blijven kijken.

De weg mondde uit in een rivierdelta van restaurantketens en goedkope motels. Drie kilometer later doemde de trillende omtrek van het reuzenrad voor hen op met felgekleurde lichtjes die afstaken tegen de bewolkte lucht.

'Welkom in onze John Waters-cultfilm,' mompelde Lauren toen Taj de handrem knarsend aantrok.

Lag het aan Anna of waren Taj en Lauren minder innig dan anders? Toen het tijd was om uit te laden klitten ze niet op hun gebruikelijke, intimiderende wijze samen, maar draaiden ze als twee ongelijksoortige magnetische polen om elkaar heen. Naast Sasha en de in hoodies gehulde crew hadden ze ook de ster van de productie mee-genomen: Lamba, een zevenenveertigjarige Sikh die ervan droomde die avond verliefd te worden. Taj had heimelijk toegegeven dat Lamba door de tandrot die zijn voortanden overwoekerde flink wat verkooptrucjes nodig zou hebben. Desondanks waren ze toch naar het hart van New Jersey gereisd, waar alles mogelijk was.

Omdat Anna vond dat Lauren er aan de rand van het parkeerterrein waar ze een statief aan het opstellen was voor een totaalshot een beetje eenzaam uitzag – kon dat eigenlijk wel? – besloot ze naar haar toe te gaan. Maar zodra ze naast Lauren stond wist ze niet wat ze moest zeggen en hunkerde ze naar een zoeksuggestie van Google. Als je bijvoorbeeld het woord 'zaakje' intikte op Google, kreeg je 'zaakje waarbij een belletje gaat rinkelen', 'zaakje geboortekaartjes' en 'zaakje scheren' zodat je sneller de goede zoekterm te pakken had. En dit herinnerde haar eraan hoe ze vorige week in de Nederzetting tijdens een pauze naar Tajs Mac Air was gelopen en Gilmans naam op Google had ingetypt waarbij Tajs zoekgeschiedenis voor dezelfde naam tevoorschijn kwam: 'Paul Gilman narcist', en 'Paul Gilman tegengeluid'. 'Je haar zit echt leuk vandaag,' probeerde Anna uiteindelijk maar en bedacht dat dit iets was wat Brie zou zeggen.

Lauren zuchtte diep. 'Als je halflang haar hebt en je je in New York wilt voordoen als blondine ben je ongeveer driehonderd dollar kwijt.' Ze keek Anna recht aan. 'Afzetters.'

Ook al wist Anna alles over de meedogenloze politiek van highlights en lowlights die talloze vrouwen tot loonslaven reduceerde, ze wist wederom niet wat ze daarop moest antwoorden. Ze probeerde het opnieuw.

'Wat vind je van deze plek?'

'Kweenie,' Lauren haalde haar schouders op. 'Niks bijzonders, denk ik.'

Toen viel het gesprek stil zoals dat altijd gebeurde met Lauren, die haar waarschijnlijk haatte. Die Anna waarschijnlijk een onuitstaanbaar groentje vond, een plakkerige wannabe die bedroevend weinig controle had over wat ze in haar mond stopte. Ik ben er klaar mee, dacht Anna en beloofde zichzelf dat ze het niet meer zou proberen. Maar ze bleek helemaal niet bang te hoeven zijn dat Lauren aan haar lot werd overgelaten. Op de een of andere manier was Lauren de gelukkige die Lamba mocht begeleiden door de soukh-achtige wirwar van speeltenten waar de kermis vol mee stond en het terrein moest afspeuren naar eenzame vrouwen die op zoek waren naar een goed mikkende verlosser met een broekzak vol kwartjes. De in hoodies gehulde crewmannen volgden hen met hun Zi8's terwijl Sasha van een afstandje het geluid van hun draadloze microfoons regelde. Anna en Taj hadden dus alle tijd om zich terug te trekken voor een vrijpartij onder de Waltzer.

'Moet je niet filmen?' fluisterde Anna.

'Nog vijf minuutjes,' antwoordde Taj en hij wurmde een hand zo droog en warm als een vers kopietje onder haar shirt en omhoog over haar blote rug. Ze ging rechterop zitten en hield subtiel haar buik in. Elke keer dat de Waltzer om zijn as draaide maakte hij een keihard geluid dat in Anna's borstkas resoneerde. 'Je ding piept,' ademde Taj in haar nek.

Dat klopte, besefte Anna. Haar telefoon piepte als een verlaten kuiken.

'Kan me niet schelen,' ademde Anna terug. Maar ondanks de omstandigheden was dat niet waar. Ze wilde verschrikkelijk graag weten wie haar belde. Waarom dacht ze bij iedere gemiste oproep dat het Jahweh was die haar wilde vertellen dat hij haar zojuist tegen zichzelf in bescherming had genomen en haar hele leven op orde had gebracht?

'We moeten gaan,' zei hij uiteindelijk. Ze hadden de fatsoensgrenzen al tot het uiterste opgerekt; alleen kleine kinderen maakten patrouillerondes onder de attracties. Toen ze weer in de felle lampen en de vette lucht van verbrande suiker en deeg tevoorschijn kwamen liet Anna haar hand vlug in die van Taj glijden. Hij liet hem net zo snel weer los.

'Laten we dit nog maar even geheimhouden,' zei hij. 'Ik wil de jongens niet in verwarring brengen.' Anna kon hier alleen maar verward op knikken.

Het voorval met de vrouw vond halverwege de kermis plaats. Het voorval met het meisje, liever gezegd – ze was hoogstens achttien. Taj stopte zo abrupt dat Anna al ver voorbij het ringwerpen was voordat ze doorhad dat hij niet meer naast haar liep. Het meisje zat op een bankje en kauwde op een gigantische blauwe suikerspin, een dusdanig felgekleurde bol dat Anna even dacht dat ze een clownspruik aan het opeten was. Ze droeg een afgeknipte spijkerbroek die haar lange, gebruinde benen goed deed uitkomen en een overhemd dat ze net zoals in die ene video van Britney Spears had opgeknoopt tot boven haar navel.

'Wauw,' fluisterde Taj. 'Kijk dat nou eens. Is dat geen lekker ding?'

Anna moest toegeven dat het inderdaad een lekker ding was. Hartvormig gezicht, ogen zo blauw als gepolijst glas, donker haar dat wapperde in de wind en een neus die haar Scandinavische afkomst verried. Je zag maar zelden dat alle afzonderlijke onderdelen zo perfect bij elkaar pasten. Toen Anna het gezicht van het meisje in gedachten door de scanner haalde en het vergeleek met het universele profiel – die uitsteekvorm die werd gebruikt voor supermodellenkoekjes – ging er ergens in haar hoofd een bel rinkelen die haar zei dat ze zich moest voorbereiden om te vechten of vluchten.

'Mmm,' wist Anna eruit te krijgen.

'Die ogen! Dodelijk.'

De lippen van het meisje, die blauw zagen van de suikerspin, pasten nu perfect bij haar ogen. Ze knipperde, at en staarde in het niets zonder Taj en Anna op te merken. Uiteindelijk liepen ze weer verder.

'Ik zweer het je, dat soort meisjes kom je alleen tegen op plekken zoals deze,' zei Taj. 'Nog helemaal onbedorven.'

Wat krijgen we nou? vroeg Anna zich af. Taj had toch net nog met háár gezoend? Ook al had het weinig om het lijf en was hand in hand lopen uit den boze, ze hadden toch iets? Besefte hij wel dat zijn ongegeneerde gestaar naar een prachtig, jong meisje haar wel eens kon kwetsen of onzeker kon maken? En grensde het niet aan autisme dat hij Anna vroeg om enthousiast te beamen dat het meisje een lekker ding was terwijl hij haar zelfs nog nooit een complimentje had gegeven over haar accessoires, laat staan over haar als persoon? Zwijgend liepen ze over de rest van de kermis tot ze de rest van de crew bij de schiettent zagen staan waar Lamba op bewegende, papieren doelwitten aan een waslijn mikte.

'Hoe gaat het?' vroeg Taj aan Lauren.

'Hij wil niet met vrouwen praten. Hij is alleen maar geïnteresseerd in de spelletjes,' antwoordde Lauren. Ze wees naar een rij pluchen tekenfilmfiguren die onder de luifel hingen opgeknoopt. 'Hij is geobsedeerd door die Tweety.'

Ze keken hoe Lamba nog een keertje schoot. Het geweer gaf een aantal luide knallen en er steeg een rookpluimpje op uit de loop. Hij bracht de loop naar zijn neus en haalde diep adem.

'Lekker!' zei Lamba tegen niemand in het bijzonder.

'Misschien,' zei Taj, 'kunnen we nog wat met hem rondlopen als hij eenmaal een prijs heeft gewonnen en een meisje zoeken aan wie hij hem kan geven?'

'Daar zijn nog flink wat bonnetjes voor nodig,' zei Lauren. Ze keken allemaal nors toe hoe Lamba in opperste concentratie lukraak een reeks snelle schoten afvuurde.

Taj draaide zich om naar Anna. 'Hé, kan jij wat bonnetjes gaan halen?'

'Hoeveel?' vroeg Anna.

'Zoveel als je er voor vijftig dollar kunt krijgen.' Taj raakte haar schouder aan en voegde met een wat lagere stem toe: 'Ik betaal het je terug.'

Anna liep geërgerd weg. Het voorval met dat hand in hand lopen, het meisje, de vijftig dollar – in een tijdsbestek van vijf minuten hadden er opeens allemaal teleurstellingen plaatsgevonden die haar humeur voor de rest van de avond dreigden te bederven. Ze probeerde aan Leslies uitspraken te denken. Als Anna haar stemming wilde sturen, zoals Leslie haar had opgedragen, moest ze verantwoordelijkheid nemen voor haar eigen invloed op de manier waarop mensen haar behandelden. Misschien werd Anna gekleineerd omdat ze hier onbewust om vroeg. Of kreeg ze het niet voor elkaar om onbewust om de noodzakelijke complimentjes te vragen. Anna wees zichzelf erop dat er in ieder geval niets veranderd was. Taj – een echte man, geen ongrijpbare avatar op haar beeldscherm – vond haar leuk, wilde met haar werken, beter nog, met haar zoenen, al was deze laatste activiteit verbannen naar afgelegen en oncomfortabele locaties. Ze was toch zeker nog steeds zijn creatieve partner met wie hij een langdurige professionele relatie op kon bouwen? En op dat moment nam Anna zich voor dat ze zich vanaf nu flexibel zou opstellen. Als Taj haar aan het einde van de avond afzette zou ze hem niet om die vijftig dollar vragen. Sterker nog, ze zou er helemaal niet over beginnen tenzij hij er zelf mee kwam. Had hij haar helemaal aan het begin niet gevraagd om hem te vertrouwen? Na dit besluit kocht ze een gefrituurde funnelcake als beloning voor haar verstandigheid en omdat ze zich voorhield dat afreizen naar Islington gelijkstond aan het bezoeken van een exotisch land waar funnelcake de lokale specialiteit was. Ze was dus eigenlijk een lokalivoor.

Anna kocht voor vijftig dollar aan bonnetjes en liep terug naar de kermis. Maar toen ze zich opnieuw bij de crew voegde, die Lamba nu aanmoedigde bij Plinko, bleek ze niets te kunnen doen. Taj en Lauren waren weer vervallen in hun gebruikelijke, fluisterende overleg; de rest van de crew was druk aan het filmen.

Anna tikte op Tajs rug, waarop hij zich haastig omdraaide.

'Wat?' vroeg hij niet al te vriendelijk.

'Vind je het goed als ik een wandelingetje maak om wat te filmen?'

'Alle camera's zijn in gebruik.'

'Nee, ik bedoel, ik heb mijn AVCCAM meegenomen. Hij ligt in het busje.'

Taj dacht even na.

'We hebben genoeg mensen die Lamba filmen, maar als je wat extra materiaal wil schieten...'

'Ik wilde wat dingen voor mezelf filmen,' zei Anna. Bang dat hij haar belachelijk zou maken als ze te enthousiast zou overkomen voegde ze snel toe: 'Maar alleen als je dat niet erg vindt.'

'We hebben je straks wel weer nodig, denk ik. Hoogstens twintig minuutjes.' Hij gaf haar de sleutels van het busje en richtte zich weer tot Lauren.

Haar zorgen werden al snel verdrongen door de chaos van het kermisterrein. Anna strompelde met de AVCCAM-camera, die de bloedtoevoer naar haar schouder afknelde, langs het hokje waar je bonnetjes kon halen over het onverharde pad dat tussen de attracties door slingerde. De vettige rook en de knipperende lampjes van de popcornkraam, de epileptische uitbarstingen van de Sky Swat, de Condor en de Disk-o in combinatie met de deuntjes van twaalf verschillende attracties vermengden zich tot een heidense, audiovisuele brij die haar van alle kanten besprong. Toen kreeg ze de waarzegster in het vizier.

Ze leek niet officieel bij de kermis te horen. Zou ze anders geen tentje op het terrein hebben gehad? De waarzegster had slechts een deken, twee lage krukjes en een handgeschreven bordje dat eruitzag alsof het door een peuter in elkaar was geknutseld. ERKEND ESOTERISCH DOCENTE, was erop te lezen. Ze was net waar de attracties ophielden neergestreken op een zielig stukje gras dat werd overwoekerd door onkruid.

De waarzegster at een braadworst uit een piepschuimen bakje op haar schoot. Anna schatte haar eind vijftig en haar geblondeerde haar was zo oranje en bros als Dorito-chips. Haar zwarte jurk zat loeistrak en ook al deed Anna niet aan ouderendiscriminatie, ze vond het diepe decolleté ervan nogal weerzinwekkend. Toen Anna eenmaal aan de rand van de deken stond zag ze tegen een lege bierpul op de grond nog een kartonnen bordje staan waarop met viltstift iets was geschreven. DONATIE, stond erop. Anna haalde vijf dollar uit haar portemonnee en stopte het in de bierpul. De waarzegster haalde het biljet er onmiddellijk weer uit en bekeek het minachtend.

'Een fatsoenlijke voorspelling,' kraste ze, 'kost twintig dollar. Wat moet ik híérmee?'

'Eh,' begon Anna. Zo'n vijandige toon had ze niet verwacht van een onbevoegde helderziende die moest rondkomen van de fooien die ze verdiende aan de rand van een kermis in Islington.

'Als ik je nou eens vijf dingen vertelde?' zei de waarzegster terwijl ze het biljet opborg tussen haar borsten.

'Vijf dingen is prima,' antwoordde Anna. 'Vindt u het goed als ik u daarbij film?'

'Mag ik eerst mijn worst opeten?' kaatste ze terug.

Terwijl Anna de AVCCAM op een eenpootstatief bevestigde, kauwde de waarzegster op haar worst. Zodra ze klaar was met eten pakte ze een stapeltje vermoeid uitziende tarotkaarten dat bij haar voeten lag. Ze schudde het spel en gooide het met een verveelde *plof* voor Anna neer.

'Deel maar in tweeën,' zei ze.

Anna deed wat haar werd opgedragen en de waarzegster begon de kaarten in patience-achtige rijen voor Anna neer te leggen: het Rad van Fortuin, de Zon, de Hogepriester.

'Je bent erg visueel ingesteld,' zei ze en legde nog meer kaarten neer. 'Zowel visueel als auditief ingesteld.'

Ja, duh, dacht Anna. Dat gold voor iedereen wiens hoofd was uitgerust met de standaardopeningen.

De waarzegster snelde nu door de stapel heen en gooide de kaarten in duizelingwekkend tempo voor Anna's voeten neer. Zessen. Hogepriesteres. Sterren. Wereld. Tweeën. Dwaas.

'Je leeft er gretig op los en hierdoor neem je risico's. Ongezonde risico's. Je moet voorzorgsmaatregelen nemen. Ik zie een afgrond in je toekomst.'

Dit vrolijkte Anna enigszins op. Ze leefde er inderdaad lustig op los. Of was in ieder geval lustig. En had ze de afgelopen tijd niet een aantal risico's genomen? De aankoop van de camera? Zich aansluiten bij de crew? Taj? Tijdens haar mindere momenten verbaasde Anna zich over de snelheid waarmee haar metamorfose plaatsvond en vroeg ze zich zelfs af of haar gedrag wel helemaal 'gezond' was. Maar wat te denken van haar oude leven? De lange, eentonige dagen bij Pinter, Chinski and Harms die alleen werden doorbroken door sporadische smoothie-uitstapjes naar Jamba Juice en verbitterde lunches met Brandon? Spam verzamelen, was dat gezond? Was stilstand gezond, ook al kwam feitelijk bijna iedereen die ze kende eigenlijk niet erg vooruit in zijn leven? Iedereen behalve Taj natuurlijk.

Meer kaarten. De Kluizenaar. Negens. Gematigdheid.

'Vakantieplannen?' vroeg de waarzegster nu en peuterde een stukje worst tussen haar tanden vandaan.

Anna schudde haar hoofd.

'Iemand zal je vragen ergens mee naartoe te gaan,' zei ze met een veelbetekenende blik. 'Het is van groot belang dat je deze reis maakt. Zie het maar als je overgang.'

'Overgang?' herhaalde Anna stompzinnig. Ze had de lading oorringen van de vrouw niet in verband gebracht met gynaecologische kennis.

'Als je overgangsrite.'

'O!' zei Anna toen ze eindelijk snapte wat de waarzegster bedoelde. Opslaan onder kristallen, druïden en speciaal voor blanken gebouwde zweethutten in Arizona.

De waarzegster haalde haar hand over de kaarten en veegde ze op een hoop. Ze schudde het spel nog een keer en draaide de bovenste kaart om. De Magiër. Om de schouders van de Magiër was een rode cape gedrapeerd en in één hand hield hij iets omhoog wat leek op een dubbele dildo. De waarzegster schudde haar hoofd.

'Geen goed teken, meisje.'

'Nee?'

'Je hebt een goed hart, maar dat betekent niet dat mensen je altijd goed behandelen.' De waarzegster keek Anna nu recht aan, zodat Anna niet anders kon dan vaststellen dat haar lippenstift en de daadwerkelijke grenzen van haar lippen slechts zijdelings iets met elkaar te maken hadden. 'Je bent alleen maar aan het geven en daar maken mensen misbruik van. Klopt dat?'

Anna knikte.

'Ik zie een man,' ging de waarzegster verder. Ze liet haar blik weer over de kaarten glijden. 'Getrouwd?'

Anna schudde haar hoofd.

'Vriendje?'

Anna haalde haar schouders op en vroeg zich af of zíj de waarzegster geen vragen hoorde te stellen in plaats van andersom? Maar ja, wat had ze dan verwacht voor vijf dollar?

'Maar er is wel een man?'

Anna knikte.

'Dan zou ik maar oppassen, liefje,' zei ze en tikte op de dildo van de Magiër.

'Is het erg?' Anna voelde hoe een onzichtbare hand zich om haar keel sloot. Ze herinnerde zichzelf er nog maar een keertje aan dat een vrijpartij op het dak van een gebouw en wat gegraai onder de Waltzer niet bepaald een goede basis vormden voor een duurzame verbintenis.

'Ik wil hier niet de depressivo uithangen, maar waarschijnlijk is het erg, ja. Ik doe dit al gruwelijk lang. Als ik jou was zou ik een kat nemen. Tenzij hij goed voor je is.' De waarzegster pakte de kaarten op en schudde ze in het wilde weg. Ze keek Anna indringend aan. 'Is hij goed voor je?'

'Is wie goed voor je?'

Anna keek op en tot haar verbazing stond Taj op haar neer te kijken met in de ene hand een Zi8 en in de andere een maïskolf op een stokje.

'Nou, dat was het dan,' zei de waarzegster. 'Weet je zeker dat je geen echte sessie wil voor vijftien dollar extra? Ik lees handen en theebladjes, heb een glazen bol, doe aan getallensymboliek...'

'Maar dat waren maar vier dingen!' zei Anna.

'Een intensieve reading is wel het minst dat je jezelf verschuldigd bent, liefje,' ging de waarzegster verder alsof ze Anna niet had gehoord. 'Dat kost gewoonlijk vijfenveertig, maar ik kan voelen dat je een goed hart hebt en dat dit geen gemakkelijke tijd voor je is. Voor jou doe ik het voor dertig, goed? Dat is stukken goedkoper dan een therapeut.'

'We moeten gaan,' zei Taj tegen Anna. 'Iedereen staat op ons te wachten bij het busje.' De waarzegster toverde de norse standaarduitdrukking weer op haar gezicht en Anna stopte schuldbewust nog twee dollar in haar bierpul.

Toen ze over de kermis terugliepen vroeg Anna zich af hoelang ze precies was weggebleven. De crew stond niet bij het Ringwerpen, de ijshockeytafels, of het ballenwerpen en de meeste eetkraampjes waren al gesloten. Draaimolens draaiden met lege schuitjes in de avondlucht. Het publiek had eerder op de avond een nogal opzichtige indruk op haar gemaakt, maar de paar mensen die er nu nog liepen zagen er met hun door het licht van de neonlampen langgerekte schaduwen uit als de eenzame gestaltes op de schilderijen van Edward Hopper.

'Hoe voel je je?' vroeg Taj en pakte onverwachts haar hand vast.

'Verdrietig,' antwoordde Anna en was blij dat hij haar hand had vastgepakt.

Hij kneep in haar hand.

'Ik ook,' zei hij. 'Wil je mijn zelfmoordbuddy zijn?'

'Ha.'

Ergens boven hun hoofd slaakte een eenzame dronkaard die in de Orbitor door elkaar werd gerammeld een gil. Anna keek omhoog – zij voelde zich ook heen en weer geslingerd, maar dan door de Talmoedische windvlagen die Tajs humeur bepaalden. Ze vroeg zich af of hij nog over de vijftig dollar zou beginnen. Waarom was ze zo'n houten klaas als het ging om flexibiliteit?

'Waarom ben je verdrietig?' vroeg Anna.

'Er wringt iets aan die dromen,' antwoordde Taj. 'Qua concept. Ik denk dat Gilman iets op het spoor was. Die man is net een politiehond.'

'Ik vind de dromen prachtig.'

Taj schudde zijn hoofd. 'Het is te gewoontjes.'

'Nee! Ik had eerst ook een supergoed idee.' Halsoverkop besloot ze in de troebele wateren van ongevraagde onthullingen te duiken. 'Ik wilde een boek schrijven over laatbloeiers. Een soort verzameling inspirerende succesverhalen, weet je wel? Maar iemand was me voor. Die dromen van jou zijn een fantastisch idee én er is niemand anders die zich ermee bezighoudt.'

Taj liet dit even bezinken terwijl hij de laatste maiskorrels van zijn kolf knaagde.

'Het grappige is dat die verhalen eigenlijk niemand inspireren.'

'Natuurlijk wel,' zei Anna. 'Ze inspireren mij.'

'Nee, dat doen ze niet. Denk er maar eens over na. Hoe voel je je als je die lange, positieve profielen in de *New Yorker* leest?' Hij wachtte haar antwoord niet af. 'Slecht, toch? Jaloers. Bang. Onzeker.'

Anna knikte, al was ze niet volledig overtuigd. Tajs stem, en de deskundigheid die erin doorklonk, was net een hand op haar achterhoofd die haar tot knikken dwong.

'Weet je waar mensen een goed gevoel van krijgen?' ging Taj verder. 'Mislukking. Vernedering. Ondergang. Dát is waar mensen zich beter door gaan voelen.'

'Denk je dat echt?' vroeg ze.

'Denk er maar eens over na. Er is geen beter middel dan een flink schandaal om de banden tussen mensen aan te halen. Niets maakt ze gelukkiger dan iemand van grote hoogte naar beneden te zien donderen. Van een fucking krukje te zien donderen!'

'Nou ja, waarschijnlijk heeft iedereen in zijn leven wel iets ver-velends meegemaakt...'

'Anna, het is briljant.' Met een nieuw, vreemd vuur dat in zijn ogen brandde stond Taj met een ruk stil. 'Een humanistische kijk op vernedering. Dat is wat er miste! Die negenennegentig procent, dat zijn wíj!' Hij greep haar vast en kuste haar zo stevig op haar mond dat ze geen tijd had om adem te halen of haar tong adequaat te laten reageren en daar alleen maar hulpeloos kon staan waarbij haar armen als een windzak stompzinnig achter haar rug bungelden. Toen ze haar ogen eindelijk weer opendeed stond een van de hoodies voor haar neus.

'Zestien!' zei ze en was zo verbaasd dat ze tijdelijk de ongeschre-ven regel vergat dat alleen Lauren en Taj mensen mochten aan-spreken met hun snelkeuzenummer. Hoelang had hij al achter hen aan gelopen?

'Hoi,' zei Zestien die net deed alsof hij de vochtige rand rond hun monden niet zag. 'Gast, we hebben de sleutels nodig. We zijn buitengesloten.'

Shit, Anna was vergeten dat zij de enige was met de sleutels! Haastig liepen ze terug naar het parkeerterrein waar de rest van de crew tegen het busje aan hing. Lauren kon haar irritatie nauwe-lijks verbergen toen ze Anna zag en hield slechts zwijgend haar hand op. Ze deed de kofferbank open en Zestien en Vijftien laad-den vlug de cameratassen en statieven in. Anna herinnerde zich haar mobiele telefoon en haalde hem uit haar zak om het bericht te bekijken. Het was een sms'je van Brandon die vroeg of ze vrij-dag met hem wilde lunchen. Ze tikte een berichtje terug zonder hoofdletters en interpunctie om te laten zien dat ze tegenwoordig een drukbezette vrouw was. Toen ze het sms'je had verstuurd liep ze naar Sasha toe die duidelijk in een wat vriendelijkere stemming was.

'*Privet!*' riep ze in vrolijk Russisch uit. Sasha zei niets maar zwaaide als antwoord met zijn brandende sigaret.

'Is die vent nog verliefd geworden?'

'Zoiets,' zei hij.

Hij gebaarde dat ze hem moest volgen. Samen liepen ze naar de andere kant van het busje. Daar lag Lamba met zijn gezicht tussen de benen van een enorme Tweety op de grond te slapen.

16

Toen Anna zichzelf de volgende morgen in de spiegel bekeek, of beter gezegd, het bovenste stukje van haar hoofd in de spiegel bekeek, werd ze bevangen door een panische angst die nog het best kon worden omschreven als levenskeuzedysmorfie. Ook al was ze zonder twijfel van 'passief' naar 'actief' en van 'verveling' naar 'opwinding' gegaan, had ze 'zekerheid' ook niet ingeruild voor 'onzekerheid'? Het bedrag op haar bankrekening slonk en het gat in haar cv groeide. Telkens als deze twijfel bezit van haar nam herlas ze tegenwoordig een e-mail van meneer Brohaurt zodat ze weer wist hoe haar leven onder het bewind van Pinter, Chinski and Harms was geweest voordat Taj ten tonele was verschenen. Ze trippelde naar de keuken, ging achter haar laptop zitten en bewoog haar cursor naar een Gmailmap die 'Dingetje' heette. Er stond maar één bericht in de 'Dingetje'-map, een e-mail van Chad Brohaurt. Onderwerp: 'Uitgebreide Instructies'.

Anna,

Hierbij stuur ik je de instructies. Begin met een van de vier bestanden. Zoals ik je al op het beeldscherm heb laten zien doe je dan het volgende: kijk in de 3e, 4e & 5e kolommen: kijk bij elke 'Multi-eenheid' in rij 3 onder 'huur'. Als er in de laatste subkolom, genaamd 'ME', een nummer staat, kopieer & plak deze dan in de eerste tabel van het bestand genaamd 'Thema: indivi-

dueel gesplitste panden'. Kopieer & plak dit in de middelste kolom ge-
naamd 'Soort pand' IN HET JUISTE OVERZICHT gebaseerd op wat er in
de vijfde kolom van het bestand wordt aangegeven. Werk zo alle overzich-
ten af waarbij je onder aan de lijst begint. Indien nodig kun je voor ieder
item extra rijen invoegen. Kopieer & plak dan de 'Indicator' van kolom 1
uit het bestand in de derde kolom van '... Behandelde indicatoren'. Als een
item in het bestand een nummer heeft onder het kopje 'Bewoond door eige-
naar' in kolom 'H', kopieer & plak deze dan in de TWEEDE (laatste) tabel
van het bestand genaamd 'Thema: coöperaties en appartementsrechten'.
Als je klaar bent met het eerste bestand ga je door met het volgende tot je ze
allemaal hebt gedaan.

   Ik hoop dat het zo duidelijk is.

Groet,
Chad

Ze las het bericht drie keer en zette stug door toen haar hersenen oververhit raakten, alle individualiteit uit haar was gebeukt en ze zo verveeld was dat ze op het punt stond zichzelf van het leven te beroven. Toen zelfs dat haar Stemming niet wist te Sturen belde ze Leslie.

'Ik moest stoppen zodat hij me op een vrouw kon wijzen,' zei Anna en was zich er treurig van bewust dat ze klonk als een verschrikkelijke zeur. 'Ik moest haar ook een lekker ding vinden.'

'Heb je er al aan gedacht dat dit misschien wel de manier is waarop hij als regisseur indrukken verwerkt?' Leslie gebruikte haar kalme 'moederstem' die het bloed onder Anna's nagels vandaan haalde. 'Vanuit esthetisch oogpunt?'

'Maar ík wil de mooiste zijn.'

'Misschien ben je dat ook wel.'

'Hij heeft nog nooit gezegd dat ik mooi ben.'

'Het is veel gemakkelijker om dat achter de rug van een vreemde om te zeggen dan rechtstreeks tegen iemand om wie je geeft.'

'Hij geeft niet om me.'

'Waarom denk je dat nou altijd?'

'En ik ben niet mooi. Ik ben dik.'

'Denk je niet dat dit gaat om je eigen onzekerheden? Als je jezelf mooi vond zou dat meisje je niets kunnen schelen.'

'Jawel,' antwoordde ze. 'Ze zou me echt wel wat kunnen schelen!'

En zo ging Anna uiteindelijk met Leslie mee naar haar Hot Yoga-les. Leslie dacht dat het goed voor haar zou zijn als ze een 'fysiek gesprek met haar zelfbeeld' zou aangaan. Anna, die toch niks beters te doen had die avond, had de uitnodiging aangenomen. Ze nam de Q-lijn naar Herald Square en ontmoette Leslie midtown voor de deur van de Chakra Shack. De krachtige voetengeur sloeg haar halverwege de trap al in het gezicht. Binnen was het zo warm dat er ook een champignonkwekerij in het gebouw had kunnen zitten. In de rij voor de receptie werd ze door Leslie uitgehoord.

'Wat voor kleren heb je meegenomen?' vroeg ze en liet haar blik onderzoekend over Anna gaan.

'Dit,' antwoordde Anna, waarmee ze haar joggingbroek en T-shirt bedoelde. 'Verder niks.'

Leslie keek haar verschrikt aan. 'Je stikt de moord straks. Het is daarbinnen veertig graden.'

Mooi niet dat Anna een van die piepkleine stretchbikini's aantrok.

'Joh, komt goed.' Ze glimlachte naar Leslie. 'Ik hou wel van een beetje hitte.' Als antwoord trok Leslie haar wenkbrauwen op, maar zei verder niets. De man voor hen in de rij deed er een eeuwigheid over.

'Wil je werken in ruil voor geld of in ruil voor yoga?' hoorde ze de receptionist vragen.

'Eh, ik wil werken in ruil voor yoga, voor geld.'

'Ik bedoel, wil je je uren inruilen voor gratis yoga?'

'Wat als ik mijn uren nou eens inruil voor geld en daar dan weer mijn yoga van betaal?'

Deze uitwisseling ging nog vijf minuten door en toen ze uiteindelijk aan de beurt waren huurde Anna een matje en een handdoek, maar kocht ze ook wat kokoswater en een buisje elektrolyten. Haar introductieles was gratis, dus dat kon ze zich toch wel permitteren? Ze liepen naar de kleedkamer die smaakvol was ingericht met bamboe en stenen tegeltjes. Toen Leslie zich met professioneel gemak uitkleedde onthulde ze een lichaam dat afgezien van een paar zwangerschapsstriemen en een litteken van een keizersnede nog helemaal ongeschonden was. Leslie was altijd al de knapste van hen twee geweest. Onlangs had Anna echter opgemerkt dat vadertje tijd twee haakjes aan weerszijden van Leslies neus had gekerfd, alsof haar gezicht 'Psst! Ik heb overigens ook een mond' fluisterde. Anna keek naar Leslie en bedacht dat ze nog best een inhaalslag kon maken.

Ze wachtte op het bankje en keek naar de spijtige nederlaag die was geleden door de borsten en het lichaamsvet van de levende lijven om haar heen. Ja, hun buiken en bovenbenen waren dan wel zo plat dat je er pannenkoeken op kon bakken, hun gezichten leken wel uit steen te zijn gehouwen en de buitengewoon veeleisende pasvorm van hun lycra outfits ondervond geen weerstand van hun lichamen, maar zagen de vrouwen er zo zonder kleren niet nogal, nou ja, mannelijk uit? Volgens de laatste informatie die zij had ontvangen hadden mannen een flinke bos hout en dito bilpartij nog steeds hoog in het vaandel staan, dacht Anna vergenoegd. Leslie had er goed aan gedaan haar hier mee naartoe te nemen – yoga deed nu al wonderen voor haar eigenwaarde.

'... want tijdens de seks heb ik de neiging om, je weet wel, alles nogal aan te spannen,' zei een van de vrouwen.

'De tweede keer in één week dat we de conciërge erbij moesten halen...'

'... maar als je op de doos kijkt zie je dat soja eigenlijk...'

'... dat prikken valt wel mee. Ik was vroeger doodsbang voor naalden, maar nu hoort het gewoon bij mijn ochtendritueel. Je weet wel, tanden poetsen, ontbijten, prikken.'

Anna spitste haar oren – dit zei Leslie tegen een wat oudere vrouw met perfecte buikspieren.

'... je niks garanderen,' zei Buikspieren. 'Bij mijn schoonzusje was het pas bij de vijfde poging raak.'

'Toch heb ik twee vriendinnen van boven de veertig die zwanger zijn geraakt door alleen maar clomifeen te slikken...' zei Leslie.

'Nee, je hebt er goed aan gedaan direct voor ivf te kiezen.'

'De dokter zegt dat we statistisch gezien...'

'Dat zeg ik je toch, vijf pogingen. Het ligt er helemaal aan hoeveel geld je kunt missen. Wist je dat het in Israël gratis is? Daarom heeft mijn broer alia gemaakt en is hij daarheen verhuisd. Ze wonen nu in Tel Aviv.'

'Nou ja, het is ze in ieder geval gelukt.'

'En jij hebt er tenminste al eentje,' zei Buikspieren terwijl ze het elastiek van haar yogabroek met een knal resoluut liet terugschieten.

'Ja,' zei Leslie. Ze klonk droevig en afwezig.

De gedachte aan hun eerdere gesprek over het lekkere meisje met de blauwe suikerspin bezorgde Anna plotseling een steek van schuldgevoel. De laatste paar weken was ze zo in beslag genomen door haar zelfverzonnen crises dat ze niet de moeite had genomen om naar Leslies eigen leven te vragen. Waarom had ze niet geweten hoe graag Leslie dit tweede kindje wilde? Wie wist welke psychologische tol haar onvruchtbaarheid van haar huwelijk eiste nu het pastelkleurige streepje maand na maand niet aan de oppervlakte verscheen? Hoe Leslie zich voelde als ze Dora bij het kinderdagverblijf ophaalde en zag hoe broertjes en zusjes elkaar tussen de benen van hun vader achternazaten? Misschien had Dora wel een zusje gevraagd voor kerst? Bij deze laatste gedachte sprongen de tranen in Anna's ogen. Ze moest een betere vriendin zijn. De volgende keer dat Anna Leslie zag zou ze het gesprek direct beginnen met: 'Hoe gaat het?' Ze zou voet bij stuk moeten houden, want anders zou die bescheiden, lieve Leslie de 'hoe gaat het?' gelijk weer onzelfzuchtig naar haar terugkaatsen. Ze zou het op haar hand schrijven zodat ze het niet zou vergeten en er een afkorting voor verzinnen zodat Leslie het niet zou merken. HGH.

Leslie was klaar met omkleden. Ze was zo goed als naakt en er was geen haar op haar hoofd die uit haar strakke knotje durfde te ontsnappen. Anna volgde haar naar de yogastudio waar ze bijna buiten westen raakte van de voetengeur die hier nog een graadje sterker was. Leslie rolde haar matje uit en legde er een witte handdoek op. Anna sloeg haar handelingen gade en deed toen hetzelfde. Ze gingen allebei liggen. Het was verschrikkelijk warm in de ruimte, maar tegelijkertijd was de lucht er ook ontzettend droog. Anna bleef doodstil liggen en sloot haar ogen. Ze vond het best lekker in dit oventje. Het was net alsof ze op het strand lag, maar dan wel op een strand dat was aangelegd in een oksel. Al snel was ze volledig ontspannen. Waarom had ze zich zo lang verzet tegen Leslies uitnodiging om mee te gaan naar yoga? Nu stelde Anna zich voor dat ze met vastberaden tred over straat liep met een yogamatje onder haar arm geklemd. Na de les zou ze eens vragen naar die korting die nieuwe studenten op een maandpas kregen.

Ze moest in slaap zijn gesukkeld, want opeens stond iedereen rechtop en had de instructrice, een vrouw van middelbare leeftijd met een geruststellend zwembandje rond haar middel, plaatsgenomen op de verhoging voor in de ruimte.

'Zet je voeten naast elkaar en leg je handen onder je kin voor de Pranayama Standing Deep Breathing-houding,' zei ze.

Anna zette haar voeten naast elkaar en plaatste haar handen onder haar kin. Leslie had haar verzekerd dat de Chakra Shack geen zweverige studio was. Een van de dingen die Anna altijd van yoga had weerhouden was de angst dat ze iets in het Sanskriet moest scanderen om er later achter te komen dat ze twintig minuten lang had gebeden tot Ukkar, de god van de zuigkracht. Rechtop staan en ademen vond Anna echter haast betreurenswaardig makkelijk.

Maar goed, het was in ieder geval moeilijker dan op de grond liggen.

Anna haalde adem en duwde haar ellebogen omhoog tot ze net boven haar oren zweefden en trok ze toen weer onder haar kin. De eerste dertig seconden was ze best tevreden over zichzelf – ze kon dan misschien nog niet aan de slag als slangenmens bij Cirque du Soleil, maar haar ellebogen kwamen hoger dan die van minstens één vrouw op de eerste rij. Al snel voelde ze echter een alarmerende pijn opkomen. Het was toch niet zo makkelijk om haar ellebogen op ooghoogte te houden. Haar ellebogen waren kennelijk best zwaar. Wie had dat gedacht? Ze gingen door met de volgende reeks oefeningen die tevens een nieuwe reeks uitdagingen bevatten voor haar incompetente spieren. Al snel moest ze stoppen om haar broek tot boven haar knieën op te rollen. Ze zweette op plaatsen waarvan ze niet eens wist dat ze konden zweten. Haar oorlelletjes. De onderkant van haar voeten. De instructrice zei dat ze zich moesten concentreren op hun eigen ogen in de spiegel, maar Anna's ogen dwaalden onherroepelijk af naar Buikspieren, die recht voor haar stond en haar botten leek te hebben ingeruild voor pijpenragers.

'Ik wil dat je je voet optilt en vergeeft,' riep de instructrice met haar gezicht behaaglijk tegen de wreef van haar voet aan genesteld. 'Vergeef hem dat hij je pijn doet. Dat is het idee achter karma. Alle negatieve gevoelens die je hebt, stromen door je lijf en brengen je chi in disbalans. Zelfs de negatieve gevoelens die je koestert jegens je voet. En vergeet niet om adem te halen. Laat het los.'

Anna deed net alsof ze haar voet optilde en vergaf Taj het meisje met de blauwe ogen.

De instructrice weekte haar voet los van haar gezicht en Anna vermoedde dat al haar ledematen van haar lijf konden worden losgemaakt om er op oneindig veel wijzen weer aan te kunnen worden vastgezet als een soort menselijke mevrouw Aardappelhoofd.

'Vouw nu je elleboog achter je linkeroor,' zei ze terwijl ze iets onmogelijks met haar armen deed. 'Vergeef je elleboog.'

De lucht was al warm geweest toen Anna was gaan liggen, maar nu voelde het bij elke ademhaling alsof ze tongzoende met een gasbrander. Ze werd licht in haar hoofd en probeerde in een gepaste lotusachtige houding neer te zinken op haar matje maar eindigde als een mislukte origami-kraanvogel met haar armen en benen alle kanten op. Nu ze op de grond zat werd Anna tot haar grote schrik alleen maar draaieriger en nam de misselijkheid toe.

'Het is beter voor je als je in de ruimte blijft,' riep de instructrice naar Anna toen ze voorzichtig over het vochtige tapijt naar de uitgang kroop. Anna schudde haar hoofd als om te vragen of de instructrice alsjeblieft op wilde houden met deze vernedering, maar die boodschap leek niet bij haar aan te komen.

'Als je eenmaal bent geacclimatiseerd zal je merken wat een fantastisch instrument je lichaam is en waartoe je allemaal in staat bent,' ging de yoga-nazi door en wisselde terloops van been. 'Maar daar zal je nooit achter komen als je nu weggaat. Je gaat je niet beter voelen door de ruimte te verlaten, je zult je alleen maar slechter voelen...'

Nu haar publieke vernedering eindelijk achter de rug was duwde Anna de glazen deuren naar de lobby open en voelde zich onmiddellijk beter. Ze liet zich op een bankje van bamboe glijden en legde haar hoofd in haar handen. Een tel later voelde ze een stoot warme lucht tegen haar benen toen de deur van de studio nogmaals openging.

'Gaat het wel?' klonk Leslies stem. Anna keek naar Leslies gebruinde, droge schoot en kreeg de onbedwingbare neiging haar zweterige hoofd daar neer te leggen, zich in de foetushouding op te rollen en in slaap te laten wiegen door de verschrikkelijke Keltische panfluitmuziek die de lobby vulde.

'Ik had moeten weten dat het te veel voor je zou zijn,' zuchtte Leslie en duwde een buisje met electrolytenpillen in haar hand. 'Het komt door die computer. Je verliest zoveel mobiliteit als je daar de hele dag ineengedoken achter zit. Wat ben ik ook een trut.

Ik had je moeten laten beginnen met Anusara, daar gebruiken ze steuntjes en zo. Gaat het weer een beetje?'

Anna voelde Leslies hand op haar schouder en verstijfde onwillekeurig. Leslie wist dat ze sinds ze 'creatief' was geworden niet meer de hele dag achter de computer doorbracht. Dus waarom deed ze zoveel moeite om Anna eraan te herinneren wie het 'mannetje' was in deze relatie?

'Gaat het weer een beetje met jóú?' vroeg Anna met een hapering in haar stem die bijna door kon gaan voor geloofwaardig. 'Ik hoorde je net tegen die vrouw praten over, je weet wel, hoe het ervoor staat.'

'O.' Leslie verstijfde en plukte aan het vet dat ze niet had. 'Ja, de kans dat het lukt met ivf is klein en Josh weet niet of hij wel wil adopteren.'

Automatisch kwam er een associatie omhoog borrelen. 'Ik heb iets mafs gelezen op *Squeee!* – heb je hier weleens van gehoord?' begon Anna '– dat stellen expres zwarte baby's adopteren zodat ze op formulieren kunnen aanvinken dat ze Afro-Amerikaans zijn waardoor hun kinderen sneller worden toegelaten op privéscholen en Harvard en zo. Van de gekke, vind je ook niet?' Zelfs voordat Leslie op die manier naar haar keek wou ze dat ze het terug kon nemen, door de geschiedenis van hun gesprek kon scrollen naar het deel waarin Lelie haar de les las en haar elektrolyten voerde.

'Ik snap niet dat je die rotzooi leest,' huiverde Leslie. 'Die website is een beerput.'

'O, ja, absoluut,' zei Anna snel. 'Belachelijk.'

Door de deur heen hoorde ze de instructrice nog steeds iedereen aanmoedigen een onbuigzaam deel van hun lichaam te buigen en henzelf er daarna voor te vergeven. Leslie stortte een monoloog over adoptie en Josh en de problemen die ze de laatste tijd hadden over Anna uit, maar Anna werd afgeleid door wat er in de yogaruimte gebeurde en de herinnering aan die afgrijselijke geur. Op de een of andere manier riep dit de herinnering op aan het feit dat het enige parfum dat ze ooit echt lekker had gevonden het eerste parfum was dat ze zelf had gekocht, Colors van Benetton. Ze vroeg zich af of het nog steeds bestond – moest je bepaalde parfums ook een tijdje laten rijpen, net als wijn? En plotseling wilde ze niets liever dan eBay afspeuren naar een origineel, ongeopend flesje Colors van Benetton uit 1987.

'Dus Josh zegt: "Ik geloof in genen," en toen antwoordde ik: "Prima, maar wat nou als ík in het lot geloof?"' zei Leslie.

Anna probeerde zichzelf te dwingen om te luisteren, maar al deze kwesties – genen, het lot, Leslies hypothetische tweede baby – waren paardenbloempluisjes vergeleken bij het tastbare beeld dat ze had van het 100 milliliter-flesje van het Colors van Benetton-parfum dat tijdens haar hele middelbareschoolperiode op de ladekast in haar slaapkamer had gestaan. Haar gedachten dreven af naar de kleedkamer, waar haar telefoon op haar lag te wachten in de zak van haar jasje. Ook al maakte ze altijd grapjes over bionische mensen die rondliepen met brillen die de werkelijkheid met virtuele elementen verfraaiden, ze zag het nut er nu wel van in en wenste haast dat ze er eentje had.

'... oneerlijk, vind je ook niet?' vroeg Leslie, en Anna besefte dat ze geacht werd hier iets op te antwoorden.

'Echt wel,' knikte Anna en raadde naar het onderwerp. 'Zeker omdat jullie alles hebben. Geld. Het appartement. Dora. Ik bedoel, ik ken mensen die hun leven helemaal niet op orde hebben en die wel zwanger worden. Die niet eens een báán hebben...'

'Wat?' onderbrak Leslie haar waarbij haar ogen zich vernauwden. 'Wacht even. Wie ken je?'

Anna keek haar aan en voordat ze antwoord gaf werd ze overspoeld door een plotselinge golf van... wat was het precies? Triomf? Wreedheid? Adrenaline?

'Heb ik je dat niet verteld?' zei ze. 'Brie is zwanger.'

17

'Ik wil graag de vegaburger maar dan zonder broodje, zonder ui en zonder kiemen als dat kan?'

De ober knikte.

'En de avocado ernaast?'

'Maar natuurlijk.'

'En in plaats van bruine rijst en bonen wil ik graag de gestoomde groenten.'

Nu keek de ober Brandon openlijk vijandig aan en krabbelde zijn bestelling woest neer. 'Anders nog iets?' zei hij met een stem waar de giftigheid vanaf droop. Maar als Brandon dit al doorhad liet hij niks merken. Hij gaf zijn menukaart aan de ober en richtte zich weer tot Anna.

'Heb ik je al verteld over de kat?' vroeg hij.

Anna schudde haar hoofd. 'Welke kat?'

'Manx. Die hebben we laatst geadopteerd. Ideetje van Philippe.'

Nadat ze was thuisgekomen van de yogales met Leslie had Anna 'adoptie zwarte baby's' gegoogeld en wist nu dat mensen geen Afro-Amerikaanse baby's adopteerden om misbruik te maken van positieve discriminatie, maar omdat de regels voor internationale adoptie waren aangescherpt. China en Rusland hadden nieuwe wetten aangenomen. Ook al voelde ze zich hierdoor nog slechter over de opmerking die ze tegen Leslie had gemaakt, het had wel één verrassend pluspunt. Sinds ze naar 'adoptie zwarte baby's' had gezocht waren de persoonlijke reclameboodschappen die Google haar stuurde veranderd. De eerste keer dat ze de suggestie kreeg om haar eicellen te laten invriezen was ze nogal geschrokken, maar na een paar dagen was ze de nieuwe, moederlijke rol die Google in haar leven speelde gaan waarderen. Misschien was het nog niet eens zo'n slecht idee om haar eicellen te laten invriezen? En achteraf gezien was het misschien wel Google geweest die had geopperd een cursus te gaan volgen toen ze was ontslagen. Misschien moest ze naar Google luisteren in plaats van naar Leslie of haar moeder, zou ze Google tot haar levenscoach moeten bombarderen...

'... ze hebben geen staart. Het is meer een soort hond-kat,' zei Brandon.

'Klinkt cool,' antwoordde Anna.

'Philippe wil hem leren om hem zijn behoefte te laten doen in de wc.'

'Kan dat?'

'Dat heeft Sam van Aansprakelijkheidsrecht zijn kat ook geleerd. Heb je zijn Facebookpagina niet gezien? Ik vind het echt walgelijk.'

'Het is wel een beetje raar, ja...'

'Selby is er al een keertje in gevallen. De kat.'

'Getver.'

'Zeg, ík heb het niet bedacht. Philippe ziet dat mormel echt als z'n kindje. Hij wroet in de kattenbak naar z'n poep. Zegt dat hij wil checken dat er niks geks in zit. Toen hij een week geleden roze strepen in zijn ontlasting vond was het huis te klein.'

'Jezus.'

'De rekening van de dierenarts – hou je vast – vierhonderd dollar.'

'Vierhonderd? Wauw,' zei Anna en kauwde bedachtzaam op haar rietje. 'Zeg... denk je dat het een goed idee zou zijn als ík een kat nam...?'

'Een kat? Nee zeg. Hoe kom je daar nou bij?' Brandon wapperde met zijn hand alsof hij de ongewenste spookkatten uit het broodmandje verjoeg. 'Maar goed, je bent nu dus regisseuse?'

Anna bloosde. 'Zo zou ik het niet willen noemen.' En toch moest ze toegeven dat de opnames die ze op de kermis van de waarzegster had gemaakt haar dierbaarder waren dan al haar materiële bezittingen – behalve dan de AVCCAM zelf. Ze had de beelden al ontelbare keren bekeken en kende nu iedere plooi in de nek van de vrouw, de ringen van bergkristal die als tumoren aan haar knokkels hingen en de schrille, jengelende stem uit haar hoofd. Als ze onder de douche stond of 's nachts in bed wakker lag speelde Anna de beelden opnieuw af in haar hoofd waarbij ze het materiaal eindeloos knipte en plakte. Voor daadwerkelijke montage vond ze het nog te vroeg. Hebberig wilde ze de opnames nog eventjes tot het laatste frame intact houden. Elke slingerbeweging van de camera die haar maag deed draaien. Sterker nog, de onscherpe stukjes, die één grote, wazige confetti-brij van het kermisdecor maakten, behoorden zelfs tot Anna's favoriete delen.

'Is het Schoenenvrouwtje er nog?' vroeg Anna. Het Schoenenvrouwtje was een secretaresse met synthetische, goedkope hakken die zo'n smerige lucht verspreidden wanneer ze ze onder haar bureau uittrok dat de mannen in pak als zilveren kwikbolletjes door de lobby schoten.

'Zullen we het niet over werk hebben? Ik ben reuze benieuwd naar je film.'

'Het is geen film, Bran. Het zijn maar wat opnames...'

'Je hebt er goed aan gedaan te vertrekken, Anna. De beste knoop die je ooit hebt doorgehakt.'

Anna besloot hem er niet aan te herinneren dat zíj niet degene was die de knoop had doorgehakt.

'PCH is een woestenij. Ik haat het. Ik haat het uit de grond van mijn hart. Maar weet je?' vroeg Brandon en zijn wenkbrauwen schoten omhoog. 'Weet je wat ik eigenlijk nog het meest haat?'

'Nou?'

'Dat "kut" het eerste is wat in me opkomt als mijn wekker 's ochtends gaat.'

'Dat is wel een beetje sneu, ja...'

'Sneu? Het is net zo tragisch als een fucking Shakespearetoneelstuk.'

'Kun je dan niet beter opstappen?'

'Ja hoor,' zei Brandon en keek haar aan alsof ze net had geopperd dat hij zichzelf moest insmeren met olijfolie en vervolgens tegen het flatgebouw aan de overkant moest opklimmen. 'Tuurlijk.'

Het probleem met Brandon was – en dit was Anna al opgevallen toen hun vriendschap nog in de kinderschoenen stond – dat hoe goed het ook het hem ging, hij altijd een zeker quotum van teleurstellingen leek te moeten halen. Wet van Behoud van Angstgevoelens; Brandons eigen empirische, natuurkundige wet. Als hij opslag en een promotie kreeg bij Pinter stond zijn relatie met zijn vriendje, Philippe, op instorten. Als Philippe hem in het weekend zou verrassen met een Groupon voor een ballonvlucht over de Hamptons werd zijn werk onverdraaglijk. En als hij op zijn werk of thuis geen crisis wist te verzinnen vond hij wel iets anders om over tekeer te gaan: de onmenselijke leefomstandigheden in zijn flat in Brooklyn Heights die vierduizend dollar per maand kostte, een waargenomen pijn in zijn milt, de gevaarlijke stijging van het wereldwijde aantal gevallen van melanoom.

De ober kwam aan met Brandons 'burger', een zonnestelsel van bijgerechten en sausjes die op een halfleeg bord rond een kale vegaburger waren gerangschikt. Anna had een salade besteld, maar al voordat de ober hem voor haar neus neerzette had ze er al spijt van dat ze niet voor de fettuccine Alfredo was gegaan. Brandon druppelde een beetje balsamicoazijn op een eenzame tomaat. Geen wonder dat hij zo verdomde dun was, dacht Anna terwijl ze hem zag kauwen. Toen staakte Brandon zijn kauwbewegingen en keek haar plotseling stralend aan.

'Anna Banana?'

Anna prikte niet langer in haar salade waar ze helemaal geen zin in had en wachtte tot hij zou zeggen dat ze naar 1987 rook. Op eBay had ze voor 39 dollar inclusief verzendkosten een origineel flesje Colors van Benetton gevonden. Het was gisteren bezorgd.

'Ik heb een ideetje, denk ik,' ging Brandon verder op dezelfde langzame, geïmponeerde toon. 'We zouden iets moeten maken. Samen. Jij hebt alle spullen al. De AVCCAM, de microfoons...'

'Een film bedoel je?'

'... en ik heb de vakkennis.'

'Maar ik dacht dat je een hekel had aan filmmensen en het USC?'

'Ik heb nooit gezegd dat ik er een hékel aan had.'

'Je zei...'

'Ik had een hekel aan Los Angeles. Los Angeles is een berg leugens in de vorm van een stad. Maar film... Ik zit er al een tijdje serieus aan te denken om weer met film te beginnen.'

Waarom, vroeg Anna zich af, had Brandon deze dingen nooit eerder aan haar verteld? Niet tijdens hun zoveelste apocalyptische lunch bij Pinter, of toen ze hem om advies vroeg over de AVCCAM, of toen hij vorige week die illegale versie van Final Cut Pro bij haar langs kwam brengen? Lag het aan haar of wilde iederéén opeens films maken?

'Sinds de universiteit spookt er al een idee in mijn hoofd rond.' Brandon ademde opgewonden en duwde een augurk rond op zijn bord.

'O ja?'

'Je gaat het helemaal geweldig vinden. Ben je er klaar voor?'

'Kom maar op.'

'Het is een vrije bewerking van *Under Western Eyes* van Joseph Conrad.'

Anna keek hem uitdrukkingsloos aan.

'Heb je dat boek nooit gelezen?'

'Nee,' gaf Anna toe.

'Maakt niet uit. Dit kan een gemoderniseerde versie worden die zich vandaag de dag op een campus aan de oostkust afspeelt – Cambridge of New Haven of zo. Het verhaal zou worden verteld vanuit het perspectief van een hoogleraar die een verklaring aflegt met daarin natuurlijk korte flashbacks naar wat eraan vooraf is gegaan. Je weet wel, een beetje zoals *Heart of Darkness* is bewerkt tot *Apocalypse Now* door Coppola of *The Secret Agent* door Hitchcock...?'

Anna had geen idee waar Brandon het over had maar knikte braaf.

'Jezus.' Brandon ademde opgewonden. 'Ik zie mezelf dit al helemaal regisseren als een pro. We hebben het hier over materiaal van Dostojevski-kwaliteit. Acteurs zullen ermee weglopen! En er zit geen auteursrecht meer op, dus...'

Anna deed haar best om haar enthousiasme te tonen met een vork vol rucola, maar eigenlijk voelde ze alleen maar een bonzende irritatie. Het was duidelijk dat Brandon probeerde te voorkomen dat zijn ziel door Pinter, Chinski and Harms zou worden vermorzeld door zich uit alle macht vast te klampen aan haar reddingsboot die koers had gezet naar haar pas ontdekte doel. En aan haar AVCCAM, lavalier en Sennheisermicrofoon, niet te vergeten! Vreemd genoeg kreeg Anna een aanval van territoriumdrift. Ze had toch zeker haar eigen materiaal en haar eigen plannen? En haar werk met Taj niet te vergeten? Met een kleine, blije schok besefte Anna dat ze het drúk had. Ze had geen tijd voor Brandon en zijn idiote plannen.

'Zou het niet super zijn om weer samen te werken?' zei Brandon. Anna zag dat zijn bord steeds meer op een schilderspalet begon te lijken nu klodders aioli en biologische mosterd zich vermengden met eilandjes huisgemaakte ketchup.

'Nou en of,' antwoordde Anna en woog haar woorden zorgvuldig af. 'Maar je bent lichtjaren verder dan ik. Jij hebt Filmwetenschap gestudeerd aan de universiteit. Ik kan nauwelijks een camera aanzetten. Ik heb geen idee waar de helft van de knopjes voor is...'

'Dat maakt niet uit. Wat bij jou telt, is je scherpe blik.'

'Ik zou je alleen maar op je zenuwen werken. Ik ben langzaam.'

'Weet je nog hoe snel je bij Pinter hebt geleerd zekerheidsrechten op te stellen toen je net begon?'

'Ja, maar dat was anders...' begon Anna, en precies op dat moment trilde haar mobiele telefoon in een wonderlijke sensatie tegen haar kont. Terwijl ze een blik op het scherm wierp mompelde ze wat ongemeende verontschuldigingen en liep naar buiten om op te nemen.

'Anna, Anna, Anna, Anna,' zei Taj.

'Taj!' antwoordde Anna. 'Taj!'

'Ik heb een briljant voorstel voor je...'

'O.'

'Wat?'

'Wat?'

'Waarom schiet je gelijk in de verdediging?'

'S-Sorry, zo bedoelde ik het niet. Wat is je voorstel?'

'Ik ga je droom uit laten komen.'

'Mijn droom?' Anna wist niet dat ze een droom had. Als ze die al had ging hij waarschijnlijk over Taj en was het niet gepast om hem met de rest van de wereld te delen.

'We gaan naar Silver Lake.'

Snel liet Anna haar gedachten langs de mogelijkheden gaan. Was Silver Lake een bar? Een juwelier? Een band? Een website?

'Waarnaartoe?'

'Silver Lake in Californië. Dat is een wijk. In L.A.'

Dat was de enige Silver Lake waar Anna niet aan had gedacht.

'L.A.?'

'Om je van je verslaving af te helpen.'

Nog een verontrustend moment lang had Anna geen idee waar Taj het over had. Toen wist ze het weer: hun gesprek op het dak. In werkelijkheid was haar toestand pas die avond, nadat ze het woord had gebruikt in haar antwoord op Tajs vraag, uitgegroeid tot een 'verslaving'.

'Maar daar hebben ze toch ook internet...'

'Inderdaad,' zei Taj zonder enige reden met een bekakt accent. 'Maar niet voor jou. Geen smartphones. Geen computers. Cold Turkey.'

'Zou het niet beter zijn om naar een woestijn of een berg of zo te gaan?'

'Ook al zou dat dodelijk saai zijn? Ja. Maar in Silver Lake wordt je wilskracht op de proef gesteld. Een bergtop is geen uitdaging.'

'Ik kan niet zomaar naar L.A. gaan omdat jij het zegt!'

'Waarom niet?'

Anna moest toegeven dat ze daar eigenlijk geen goede reden voor kon verzinnen.

'Hoelang zouden we wegblijven?'

'Vijf dagen.'

'Wanneer zouden we vertrekken?'

'Morgen.'

'Je bent gestoord!'

'Misschien.' Er was een glimlach in zijn stem gekropen.

Anna draaide zich om naar het raam waardoor ze Brandon zijn vegaburger kon zien snijden in wat waarschijnlijk gelijkzijdige driehoekjes waren. Was dat het soort persoon dat ze wilde zijn? Iemand die gehakt maakte van alle plezierige dingen in het leven en er alleen maar over kon zeiken?

'Ja!' zei Anna. 'Ik bedoel, ik ga mee, maar ik moet ophangen. Ik ben met iemand aan het lunchen.'

'Bel me straks maar terug.'

'Oké.' Taj hing op en Anna voelde haar hartslag versnellen toen ze naar Brandon terugging. Ze ging weer zitten en prikte gelukzalig in haar salade en Brandon bleef maar doorkwebbelen over zijn godsgruwelijke Conradbewerking waardoor Anna alle vrijheid had om na te denken over Taj, hun gezamenlijke reisje en wat het allemaal te betekenen had. Toen de toetjeskaart kwam griste Anna hem van tafel.

'Jezus, ik vind het zo spannend allemaal,' zei Brandon en nipte aan de calorievrije frisdrank die naast hem was verschenen. 'Maar stond ik niet op het punt iets te vertellen? Wat was het ook al weer?'

'Je ging me net iets vertellen over L.A.,' zei Anna. Haar trek in witte chocolademousse werd getemperd door haar stellige overtuiging dat witte chocolade nooit genoeg chocoladesmaak had. 'Zeg, kwam je vroeger veel in Silver Lake?'

18

Ze verstuurde de tweet niet meteen. Ze wachtte tot ze na de lunch opnieuw met Taj had gepraat en hij zijn plannen om haar mee te nemen naar L.A. nogmaals had bevestigd. Anna was geen fervent twitteraar. Net zoals in het echte leven was ze eerder een volger. Maar de gedachte dat ze Bay Ridge zou verlaten maakte haar zo vrolijk dat ze het gewoon besloot te doen. Ze legde daarbij ook nog eens een ongekende efficiëntie in leestekens aan de dag: Naar L.A. met Taj!

Ze had een twijfelachtige schare volgers die bestond uit auteurs die hun zelfhulpboeken promootten, 'Canada's grootste dealer voor particuliere opslagruimte', een Duitse vrouw die ook Anna Krestler heette en zeven mensen die ze niet kende maar die zichzelf omschreven als 'door de lucht overdraagbare ziektekiem', 'leverancier van hipsteronzin' en 'tekenfilmhondenfokker'. Maar tussen al deze nepvolgers zat één echte en daarom ging haar telefoon onmiddellijk af toen ze de tweet de wereld in had geslingerd.

'Waarom zou een man die je net op internet hebt leren kennen je mee willen nemen naar L.A.?' vroeg haar moeder zonder enige vorm van begroeting.

'Ik betaal mijn eigen ticket, hoor,' antwoordde Anna, maar het was al te laat: haar moeder had op Google al 'Craigslistmoorden' ingetypt.

'In 2007 verdween Donna Jou met een man die deed alsof hij wiskundebijles van haar wilde. In datzelfde jaar werd Katherine Olson – ben jij niet ooit op zomerkamp geweest met een Olson? – vermoord nadat ze had gereageerd op een advertentie voor een nanny. Hemeltjelief, een nánny...'

'Mam, ik ga ophangen.'

'In 2009 wilde een jongen een auto kopen en...'

'Mam...'

'Niet eens een fatsoenlijke auto, Anna. Een Chevrolet! En hij werd neergeschoten door de verkoper. Luister je naar me?'

Natuurlijk luisterde ze naar haar, het was onmogelijk om de verbinding met haar moeder te verbreken. Ze zette de telefoon op stil, gooide een paar bevroren vegaburgers in de oven en wachtte. Haar moeders griezelige opsomming zou haar er uiteindelijk niet van weerhouden om met Taj mee te gaan naar L.A., maar ze moest er nog maar eens goed over nadenken of ze wel contact moest opnemen met Perry in Manhattan over de Klavergroene Fiestamok (een felbegeerde kleur die na 2003 uit productie was genomen) die op Craigslist haar aandacht had getrokken.

Als ze alles eerlijk tegen haar moeder had kunnen zeggen, zou ze hebben toegegeven dat zij zich ook had afgevraagd waarom Taj dit deed en het was haast een opluchting geweest toen ze – nadat hij nog even had doorgezaagd over de gevaren van haar 'surfverslaving' en het 'staat voor alles open'-deel van zijn advertentie had aangehaald – uit hem had weten los te peuteren dat hij in L.A. ook nog andere zaken te regelen had. Ze had het ongemakkelijk gevonden dat dit reisje helemaal om haar draaide, maar nu Taj zo zijn eigen redenen bleek te hebben om naar L.A. te gaan voelde Anna zich minder gespannen. Ze was slechts een bijkomstig onderdeel van de reis en paradoxaal genoeg voelde ze zich veiliger als bijkomstigheid. Zo veilig zelfs dat ze er niet eens bij hem op aandrong meer te vertellen over de aard van zijn 'zaken' waar hij expres weinig over losliet.

Natuurlijk had ze nooit daadwerkelijk kunnen weigeren. Wat had ze zonder Taj de hele week alleen thuis moeten doen? Het was nogal verontrustend hoe hij haar hele dagindeling, of gebrek aan dagindeling, had weten over te nemen. Hoe slechts de belofte van de volgende shoot of lunch of het volgende telefoongesprek de uren die eraan voorafgingen wist om te vormen tot iets wat op een leven leek. Maar alleen achterblijven was niet het enige waar ze bang voor was, toch? Ze was bang om alleen achter te blijven met haar opnames, die tot nu toe veilig in Final Cut Pro in één lange, onaangeroerde strook in iets dat 'Timeline: Sequence 1 in Untitled Project 1' heette stonden. Alle 'viewers', 'browsers' en 'canvases' waren te verwarrend gebleken; ze had aan Brandon opgebiecht dat ze een simpeler programma nodig had. Final Cut Amateur. Brandon had natuurlijk nijdig gereageerd en gezegd dat ze 'een mietje was' en moest doorzetten, waardoor ze precies het tegenovergestelde deed.

Ze ging aan de slag met het logistieke deel van de onderneming. Anna had nog precies 4409 dollar op haar bankrekening staan. Haar deel van de huur was 950 dollar. Ze kreeg nog vijftig dollar van Taj, maar daar ging het nu niet om. Als ze in Brooklyn zuinig aan zou doen zou haar spaargeld waarschijnlijk nog zo'n drie maanden meegaan. Met het reisje erbij zou ze eind volgende maand al zonder geld zitten, zo niet eerder. De rest van de middag zwom ze verloren door de online Bermudadriehoek van reisbureaus Orbitz, Travelocity en Expedia. Het stomme was dat ze nauwelijks online was geweest sinds ze de AVCCAM had uitgepakt, maar dat de opdracht vliegtickets te vergelijken voor hun reisje haar direct weer het virtuele moeras in trok. Nadat ze de prijzen had vergeleken zou ze een hotel moeten zoeken en een reisschema moeten opstellen en zich natuurlijk moeten inlezen in de obscure locaties waar aan vrijworstelen werd gedaan, de laatste trends in moleculaire gastronomie en een hele hoop andere oppervlakkige onderwerpen die haar in deze stoel, aan deze tafel, in deze flat gekluisterd zouden houden tot het tijd was om de A-lijn naar JFK Airport te nemen. Erger nog, omdat de prijsvergelijkingen altijd minstens dertig seconden moesten laden bleek ze zich onmogelijk op haar opdracht te kunnen concentreren. Al snel verscheen er een bakje avocadodipsaus en een zak groentechips naast haar op tafel, opende ze een nieuw tabblad en tikte ze 'Nicole Kidman plastische chirurgie' in op Google Afbeeldingen. Maar waarom, wáárom? vroeg ze zich af toen ze dwangmatig op JPEG na JPEG van de eindeloze steile bergwand die Nicoles voorhoofd moest voorstellen klikte. Zonder dat ze daar enige reden toe had! Misschien leed ze aan een soort Internettourette waardoor ze met een volledig gebrek aan zelfbeheersing kwalijke zoektermen de ether in braakte? 'Liefdesbaby Obama'! 'Bedwantsen bioscoopstoelen'! 'Fentermine bijwerkingen libido'! Als om deze dwangneurose tot stoppen te dwingen maakte ze zonder ook maar met haar ogen te knipperen drie Gmail/Facebook/Twitterrondjes. Misschien moest ze het zo zien – ze was een internetatleet, een Gmailjockey, een NASCAR-coureur die zwaar in de bochten van de digitale snelweg hing.

'Hé.'

Anna schrok op. Daar stond Brie en ze zag er anders uit. Niet zwanger – gewoon uitgeput en afgepeigerd. Ze vergat even dat ze niets te verbergen had en klikte in een reflex haar browser weg.

'Brie!'

'Ik ga dit eventjes wegzetten,' zei ze en sleepte haar reistas door de gang naar haar kamer.

Brie deed de deur dicht en Anna dacht: wacht, is dat alles? Anna had volledig begrip voor wat Brie nu moest doormaken, maar toch vond ze dat ze als huisgenoot van een zwanger iemand wel wat antwoorden had verdiend. Dit was geen gewone vrijdagavond waarop Brie kon komen binnenwaaien, op weg naar de douche haar vinger in Anna's dipsaus met krab kon steken en haar met een brutale opmerking kon afwimpelen. Anna wilde weten of Brie nog steeds zwanger was. En zo ja, zou ze zwanger blijven? Ging ze verhuizen? En wanneer dan? En wat moest er dan gebeuren met de elektriciteits- en kabeltelevisierekeningen die op Bries naam stonden? Was ze gestopt met haar stages? Was het Rishi's baby? Wist Rishi het überhaupt? Oftewel: wat was er in de naam van gods onderbroek aan de hand? Deels simpelweg opgelucht dat ze een reden had om achter de computer vandaan te komen stond Anna op en liep achter Brie aan de gang in. Ze klopte aarzelend op de deur.

'Binnen.'

Brie zat op haar bed te kijken naar haar voet. Aan haar andere voet zat nog een schoen. Anna zag dat Bries kamer haast griezelig schoon was. Voor de verandering was de schoen het enige dat op de grond lag.

'Dus...' begon Anna en ging onhandig op Bries nepbonten vlinderstoel zitten. 'Hoe is het?'

'Ik ben zwanger.'

'Is dat,' begon Anna op zoek naar de juiste woorden, 'een blijvend iets?'

'Ik denk het wel.'

'Je ziet er helemaal niet zwanger uit.'

'Ik ben nog niet zo ver.'

'Dus je... blijft hier wonen?'

'Hoe bedoel je?' vroeg Brie, die plotseling achterdochtig werd.

'Nou ja, ik dacht dat je misschien bij Rishi wilde intrekken. Of zo.'

'Het is niet van Rishi.'

'O. Sorry.'

'Geeft niet. Hij betekende niks.'

Maar van wie is het dan wel? wilde Anna vragen. Aan de andere kant, zou het Anna iets zeggen als Brie een naam zou noemen en een of andere gozer uit haar kickbalteam zou omschrijven? Waarschijnlijk niet.

'Zin om vanavond een film te kijken?' vroeg Anna. 'Mijn wachtrij op Netflix is niet mis.'

Tot Anna's verrassing knikte Brie instemmend.

'Ik ga eerst even slapen,' mompelde ze en trok haar andere schoen uit. 'Ik ben zo moe...'

Toen Anna naar de buurtsuper liep om een doos magnetronpopcorn te halen belde ze Leslie.

'Ze is terug,' zei Anna zodra Leslie de telefoon opnam.

'Heeft ze iets losgelaten?' Leslie schoot in de roddelstand die haar gebruikelijke, gereserveerde toon deed verdwijnen.

'Ze is nog steeds zwanger.'

'Nou, laten we hopen dat die Rishi een goede baan heeft.'

'Het is niet van Rishi,' zei Anna en werd plotseling afgeleid door een flyer die op de ruit van de buurtsuper was geplakt. LEER BLOGGEN! Naast de flyer hing een ander bordje waar WIJ VERKOPEN NU OOK RUNDVLEEESSOEP EN IJS op stond.

'Dus je gaat haar nu zeg maar helpen met het verzorgen van die baby?'

'Wat?' vroeg Anna en was weer bij de les. 'Nee!'

'Je kunt niet samenwonen met een baby, Anna. Dat is onmogelijk. Je hebt geen idee wat een baby inhoudt.'

'Ik moet een nieuwe baan vinden,' concludeerde Anna.

'We moeten maar eens een nieuwe sessie inplannen. Volgende week.'

'Dan kan ik niet, ik ga naar L.A.' De Koreaanse man achter de toonbank kende haar. Hij knipoogde toen ze haar popcorn bij de kassa neerzette.

'Wat? Van welk geld?'

'Ik heb geld,' zei Anna verdedigend.

'Waarom nu? Waarom L.A.?' Anna klemde haar telefoon stevig tussen haar oor en schouder om in haar portemonnee naar kleingeld te kunnen speuren. 'Waar ben je?' ging Leslie door. 'Wat is dat voor debiele muziek op de achtergrond?'

Een pezige Latijns-Amerikaanse man die met een diepvriesmaaltijd achter haar stond blies luidruchtig uit.

'Ik ga met Taj,' zei Anna en schoof haar kleingeld over de toonbank.

'Hallo? Je valt weg.'

'Ik ga met Taj!' riep Anna.

'Je hebt met die vent geneukt, of niet soms?' riep Leslie zo hard terug dat Anna er zeker van was dat zowel de Koreaanse man als meneer Diepvriesmaaltijd het had gehoord. Ze keek beschaamd om zich heen.

'Geen tasje,' zei ze tegen de Koreaanse man en graaide de popcorn van de toonbank.

'Wat?' riep Leslie.

'Ik zei nee,' Anna duwde de deur open met haar schouder. 'Dat heb ik niet.'

'Allejezus, daar mag je dan weleens mee beginnen,' zei Leslie met een scherpe lach, 'als jullie samen naar L.A. gaan.'

Daar, moest Anna toegeven, had Leslie een punt.

Toen ze op driekwart van Ramin Bahranis ontroerende doch geestdodend langzame en stiekem toch ook wel saaie immigrantenzwanenzang *Man Push Cart* waren, vertelde Brie aan Anna dat ze de baby wilde houden. Dit was nadat Anna de tweede zak popcorn had laten aanbranden en het brandalarm was afgegaan. Brie had alle ramen opengezet en was toen neergeploft naast Anna die aan de keukentafel de nog eetbare popcorn naar een plastic kom overhevelde.

'Weet je het zeker?' vroeg Anna, totaal verbijsterd dat welke vrouw dan ook ervoor koos een baby te houden voor ze vijfendertig was en dus nog genoeg kansen zou krijgen, laat staan een stagiaire zonder aanwijsbare bron van inkomsten en/of interesse in kinderen.

'Ja,' antwoordde Brie. 'Ik denk dat het zal helpen. Ik voelde me de laatste tijd zo... wazig.'

Deze nieuwe Brie maakte zo'n rustige en serieuze indruk dat

Anna geen idee had hoe ze hierop moest reageren. Ze was niet gewend aan Serieuze Brie. Als iemand je huisgenoot opeens vervangt door Diane Sawyer ben je daar niet in één keer aan gewend. Ze had zelfs de koelkast gevuld met serieus eten: de baksteen tempeh in de koelkast zag eruit alsof hij kon dienstdoen als oplader voor haar laptop.

'Wat ga je doen?'

'Weet ik niet. Mijn ouders draaien de kraan dicht. Ik zou bij mijn zus kunnen gaan wonen, maar daar heb ik eigenlijk geen zin in.'

Anna verstijfde omdat ze aanvoelde dat ze nu hoorde te antwoorden dat Brie zich geen zorgen hoefde te maken over de huur. Maar dan kon ze dat reisje naar L.A. wel op haar buik schrijven, of niet soms?

'Het is in ieder geval fijn dat je ergens heen kunt,' probeerde Anna.

'Er zijn daar alleen maar bomen en crystal meth-verslaafden. Ik zou gillend gek worden. Ik verzin wel iets,' zei Brie en ging moeizaam staan. 'Sorry dat ik afhaak, maar ik ben doodop. Vertel me morgen maar hoe het afloopt.'

'Geeft niet. Waarschijnlijk duwt die man zijn karretje nog een eindje verder,' zei Anna en Brie glimlachte flauwtjes.

Maar nadat Brie koers had gezet naar haar kamer keerde Anna niet terug naar de film. In plaats daarvan klapte ze haar laptop open om haar e-mail te bekijken. Een Groupon. Een melding van Twitter. Een online telefoonrekening. Een berichtje van Leslie. Wacht: drie berichtjes van Leslie. Ze voelde er bar weinig voor om Leslies e-mails te openen omdat ze er zeker van was dat er iets heilzaams en schuldopwekkends in zou staan – 'Nieuw onderzoek wijst uit dat niemand ooit meer kaas zou moeten eten,' of 'Laptopschermen in verband gebracht met oogkanker' – maar klikte toch maar op het eerste bericht. Onderwerp: 'O ja.' Het mailtje bestond uit één enkele zin die was geschreven in een gemaakt-nonchalante stijl die er niet in slaagde de onderliggende wanhoop te maskeren:

Denk je trwns dat Brie adoptie zou overwgn?

Het tweede bericht volgde direct op het eerste: 'Re: O ja.'

Ik bedoel, hoe gaat ze dat kind onderhouden? Bespottelijk gewoon.

Het laatste bericht had als onderwerp: 'Contact?'

Kan je me haar nummer sturen? Misschien moet ik dit gewoon rechtstreeks met haar bespreken?

Anna wist niet of Brie had nagedacht over adoptie, maar jézus, wat moest ze hier nou weer mee? Ze was gepikeerd dat Leslie haar zo voor het blok zette. Bries baby? Hier kon Craigslist nog een puntje aan zuigen. Een baby was geen beanie met Pokémonfiguurtjes en zelfs geen stuk antiek Fiestaservies in een adembenemend zeldzame kleur en hoe oppervlakkig haar rol ook was, ze voelde zich niet op haar gemak als doorgeefluik in deze uitwisseling. Omdat ze niet wist wat ze anders moest doen zette ze een sterretje voor Leslies berichten en sleepte ze naar de map 'belangrijk'. Toen ververste ze in dertig seconden haar e-mail zeven keer opnieuw waarbij de hardvochtige waarheid dat geen enkele entiteit, noch bedrijf, noch mens, op dat moment contact met haar wilde opnemen iedere keer weer een klap in haar gezicht was. Opeens, toen ze de pagina voor de achtste keer ververste, verscheen er wél een nieuw bericht in haar inbox. Van Brandon.

Anna!
Ik had het idee dat ik je laatst misschien wel heb afgeschrikt met mijn Conradbewerking. Ik ben blij dat je het een goed idee vindt, maar ik denk dat het toch het beste voor me is om dat idee in mijn eentje uit te werken, in ieder geval de eerste opzet. Ik heb echter nog een idee voor een eigen film die denk ik beter past bij onze gezamenlijke talenten. Dit heb ik bedacht: een

jonge vrouw, ambitieus maar financieel aan de grond (actrice in spe? Of wetenschapper/maatschappelijk werkster voor de humanistische/Sundance invalshoek?) krijgt op een dag een geheimzinnig pakketje waarin een haute-couturejurk van 20.000 dollar zit. Ze trekt hem aan (natuurlijk zit hij als gegoten) en begeeft zich dan zonder plan de nacht in. Opeens gaan de deuren van alle superchique nachtclubs in de stad voor haar open. Ze wordt een hotellobby ingeleid waar een Hugh Hefner-achtig type haar aanziet voor zijn betaalde escortdame en haar meeneemt naar een diner waar veel op het spel staat. Hier gebeurt een heleboel andere onzin, et cetera.

De jurk is een perfecte MacGuffin omdat hij optreedt als metafoor: 'je kostuum is je masker'. Van een designerjurk materialiseer je, hij hangt een prijskaartje aan je, hij geeft je net zoals een sjibbolet toegang tot plaatsen en maakt een gebruiksvoorwerp van je lichaam. Vanuit regisseursoogpunt geef ik de voorkeur aan maskers in de aloude theatertraditie (van de vroege rituelen tot Japans theater tot de commedia dell'arte) boven die goedkope, obscene sub-Method-aanstellerij die wordt vertoond in mumblecore en bijna alle indiedrama's (niet beledigend bedoeld). Wat me intrigeert aan maskers en kostuums is de paradox die is beschreven door Slavoj Žižek: een masker verbergt niet maar onthult onze ware essentie omdat we zijn wat we pretenderen te zijn.

Het schoolvoorbeeld hiervan is natuurlijk Assepoester. Kunnen we dit gebruiken en ontwrichten? Welk genre kunnen we als springplank gebruiken? Satire? Duistere fantasy/allegorie? Kan het dickensiaans zijn zoals Slumdog dat is? Of misschien gogolesk (De Jas)? Of is het De prins en de bedelaar met de bekende wisseltruc?

Ja, ik weet het. Dit helpt natuurlijk helemaal niet. Maar dit is mijn manier om mijn enthousiasme te tonen. Misschien kan onze volgende stap een bespreking met je vriend Taj zijn? Heeft hij contacten in het wereldje? Mijn kamergenoot op de universiteit heeft voor UTA gewerkt en ik kan zeker nog even vragen of hij ons ergens naar binnen kan loodsen. Als het even kan zou het fantastisch zijn om dit te pitchen, in plaats van de hele rompslomp van een scenario schrijven en vervolgens verkopen (zeker in deze markt!), dus misschien moeten we ons eerst richten op het zoeken van een agent? Tis maar een ideetje...

Maar goed, we hebben dus een hoop te bespreken als je terug bent. Goede reis en bedankt dat je me hebt gestimuleerd om weer in het filmwereldje te stappen. Maakt het haast dragelijk om elke dag naar mijn werk gaan :)

Kusjes,
Bran Flakes

Anna had geen idee wat een sjibbolet was. Of wat er in vredesnaam met Brandon aan de hand was. Hij klonk net als een van die onuitstaanbare flapdrollen op Deadline Hollywood – maar dan wel eentje die zich bij het ontbijt tegoed had gedaan aan *Roget's Thesaurus* en het werk van psychoanalyticus Jacques Lacan.

'Zeker weten!' schreef Anna terug aan Brandon. 'Je kent me, ik ben overal voor in. Zie je als ik terug ben :) knuffels, Annagram.' Ze drukte op verzenden en hoopte dat Brandons luchtkastelen tegen de tijd dat ze terug was waren opgelost en er slechts nog wat giftige wolkjes teleurstelling, die haar in de eerste plaats in hem hadden aangetrokken, zouden ronddwarrelen.

19

Anna vond Taj bij de ticketbalie van Continental Airlines op JFK. Omdat ze flink had weten te besparen op hun vliegtickets had Taj erop gestaan dat ze een goed hotel boekten. Ondanks de aanslag die dit op Anna's portemonnee pleegde kon Anna deze redenering wel begrijpen. Zij was ook zo. Een ontbijt van magere yoghurt met muesli had een clubsandwich met alles erop en eraan als lunch tot gevolg. Na een Cobb salad als lunch had ze voor het avondeten een royale berg romige risotto verdiend. Enzovoorts. Maar stiekem hoopte ze dat de extra uitgave een soort metaforische investering in hun relatie was. Ook al deelden ze natuurlijk de kosten van de kamer. Tenminste, daar ging Anna van uit.

Toen ze Taj bij de rij incheckautomaten ontdekte maakte hij een ontspannen en onverklaarbaar onbezorgde indruk. Anna daarentegen zag er nu al volledig verwilderd uit. Op haar reis van de Air-Train-terminal naar de ticketbalie had ze een te grote koffer achter zich aan proberen te slepen terwijl ze tegelijkertijd een hopeloze strijd voerde tegen een schoudertas die constant naar beneden gleed en zo tot haar grote spijt een elleboogtas was geworden. Ze had ook de ongelukkige keuze gemaakt een bordeauxrode jurk met lange mouwen aan te trekken die haar vet gewoonlijk ingenieus tot een strakke en (hopelijk) statige zuil samenperste, maar nu slechts een levendige wegenkaart van haar zweetvlekken toonde. Als Taj dit al zag liet hij hier niets van merken. Hij groette haar door middel van een koele kus op haar wang. Onwillekeurig ademde Anna in toen Taj uitblies, alsof een kelner zojuist een goede fles wijn had ontkurkt om door haar te laten keuren. Zijn adem rook naar een krachtig mengsel van koffie en pepermuntjes.

'Heb je je laptop meegenomen?' vroeg hij.

'Nee.'

'iPod?'

'Nee.'

'Brave meid. Tablet?'

'Ik heb geen tablet.'

'Oké, geef me je telefoon.'

Anna leverde hem in en had hier meteen spijt van, ze wenste dat ze nog een laatste blik op haar berichten had geworpen. Daar had ze niet meer naar gekeken sinds ze van huis was weggegaan, toch? Dat was bijna anderhalf uur geleden. Mogelijk een record. De steeds langer wordende intervallen tussen het bekijken van e-mails en het tweeten van tweets: waren dat niet de overwinningen waarmee je een internetverslaving genas? Nu vroeg ze zich af wat het absolute dieptepunt van een internetjunkie was. Dat moest wel online overlijden zijn. Letterlijk overlijden – niet alleen je Gmailaccount de nek omdraaien. Halverwege een tweet, halverwege een Amazonbestelling, halverwege een surfsessie naar porno overlijden in een nepdesignbureaustoel, net zoals een alcoholist op de vloer van een aftands hotel verzuipt in zijn eigen kots.

'De komende week is dit je telefoon,' zei Taj en overhandigde haar een zwaar voorwerp dat eruitzag als een deodorantstick. Een ogenblik lang staarde ze naar dit elektronische relikwie, deze kontsilhouettenvernietiger. Toen klapte ze hem open. Binnenin bevonden zich slechts nummertoetsen en een dun reepje scherm. 'Mijn nummer staat in het geheugen,' ging Taj door, waarna hij haar tassen zag en zei: 'Jezus, wat sleep jij allemaal mee? We gaan maar vijf dagen weg.'

'Ik heb de AVCCAM meegenomen,' antwoordde Anna. De camera was haar enige verdedigingsmechanisme tegen internet en zijn juk.

'Nee toch zeker,' zei Taj. Haar hart zonk in haar schoenen toen hij zijn mond optrok in een halve sneer. Maar hij draaide net zo snel weer bij. 'Goed idee, je hebt iets nodig om je bezig te houden als ik met werkdingen bezig ben.'

'Wat voor werkdingen waren dat ook al weer?'

'Ik weet het al,' zei hij en negeerde haar vraag. 'Je kunt een video-dagboek maken. Over je herstel!'

'Super,' antwoordde Anna werktuigelijk, niet overtuigd van dit idee en de veronderstelling dat dit een geweldig plan was. 'En waar zijn jóúw spullen?'

'Laptop. Paar schone overhemden. 5-pak boxershorts.' Taj klopte op zijn tas. 'Alles wat ik nodig heb.'

Toen ze bij de gate aankwamen kondigde de vertrekmonitor vanzelfsprekend aan dat hun vlucht was vertraagd. Gewapend met een flesje water en dorstopwekkende snacks maakten ze het zich gemakkelijk in de lounge van de luchthaven om de tijd te overbruggen.

'Eindelijk vakantie, hè?' mompelde Taj en strekte zijn lange, in skinny jeans gehulde benen terwijl hij met zijn kont naar het randje van het nepleren stoeltje gleed.

'Heerlijk,' antwoordde Anna, ook al vergde het eigenlijk een aanzienlijke mentale configuratie om op vakantie te gaan terwijl ze al maanden werkloos was.

'Ik heb een kleine verrassing voor ons meegenomen,' zei Taj.

'Wat dan?'

'Niet hier.' Taj sloeg zijn *New York* magazine open. 'In het vliegtuig.' Hij legde het tijdschrift over zijn gezicht, sloot zijn ogen en liet Anna alleen met haar gedachten achter.

Hoe vermoeiend deze dag ook was geweest, Anna was nog steeds opgewonden en zo dankbaar als een klein meisje dat ze alleen met Taj op stap mocht, zonder Lauren, zonder de crew en de doodgeboren dromen van willekeurige sukkels. Eigenlijk kenden ze elkaar nog steeds maar nauwelijks. Een deel van haar was bang dat ze deze vijf dagen alleen met Taj niet zou overleven vanwege haar antieke ideeën over wat leuk en niet leuk was. Anna voelde zich echter gerustgesteld door Tajs onverstoorbaarheid en keek hoe zijn borst op en neer ging. Leslie kon trots op haar zijn: eindelijk kwam ze haar Intentieverklaring om in het Nu te Leven dan echt na.

Nadat ze hun tassen in de bagagevakken boven hun hoofd hadden opgeborgen, op hun stoelen waren gaan zitten, de demonstraties van de stoelriem en het zuurstofmasker hadden genegeerd en door iets dat de 'cross-check' werd genoemd waren gedommeld gaf Taj Anna een duwtje. Hij zette de armleuning tussen hun stoelen omhoog, haalde een prop servetten uit zijn zak en duwde deze in haar hand. Ze keek in het nestje tissues en tot haar grote verbazing en afgrijzen trof ze daar een handjevol paddo's aan. Anna wendde zich met grote ogen tot Taj.

'Nee!'

'Jawel.' Taj glimlachte.

'De veiligheidscontrole...'

'Die kan een kind zelfs nog omzeilen.'

'Je bent gestoord.'

'Zeg, als je niet wil...'

'Natuurlijk wil ik!' Anna's verontwaardiging verraste haar aangezien ze nog nooit paddo's had geprobeerd.

'Hou er dan over op en zeg dank je wel,' zei Taj. Hij schudde een paddo in haar hand en stopte de rest weer weg. Hij was griezelig licht en droog, als een stokoude kattendrol. Anna dacht aan de laatste keer dat ze drugs had gebruikt. Dat was in Amsterdam geweest op de reis waarvoor ze haar eicellen had verkocht toen ze op de universiteit zat. De 'Grote Reis'. Een paar Australiërs op wereldreis hadden haar een kolossale wietkoek aangeboden die ze mee had genomen naar haar kamer en had weggespoeld met een warme chocolademelk uit de automaat in de gang. Een vreedzame en wonderlijke kalmte was nog maar net over haar neergedaald, ze had haar vibrator nog niet eens tevoorschijn kunnen halen, toen haar hart als een gek begon te bonken. De paniekaanval hield de hele dag aan en haar geknakte psyche kwam telkens weer uit bij dezelfde angstaanjagende gedachte: iedereen wist dat ze dood zouden gaan. Zij zou doodgaan. Haar vader en moeder zouden doodgaan. Leslie, haar vrienden van de universiteit, de aardige mensen van het hostel die vreemde talen spraken, alle aardige mensen in Amsterdam die vreemde talen spraken, heel Europa... Een holocaust des doods, onvermijdelijk en verschrikkelijk, hing dreigend boven de gehele aardse populatie en op de een of andere manier accepteerde iedereen dit gelaten als een onontkoombaar feit. Iedereen behalve Anna. Moest ze schreeuwend door de goed verlichte, veilige straten rennen om iedereen te waarschuwen voor de ophanden zijnde verschrikking? Uiteindelijk had ze zich op de vloer naast de koffieautomaat geïnstalleerd en haar doodstijding gebracht aan een select publiek van toeristen op een door wiet veroorzaakte vreetkick. Toen de paranoiadrilboor eindelijk tot bedaren was gekomen was de dag ten einde. Ze werd wakker in haar kamer in het hostel en besefte dat ze nu in het Musée de l'Art Wallon in Luik hoorde te zijn om de schandelijke hiaten in haar kennis van Noord-Vlaamse renaissancekunst op te vullen.

Dat was elf jaar geleden en ze had gezworen dat ze nooit meer drugs zou gebruiken. Anna deed alsof ze een gaap verborg en stopte de paddo onopvallend in haar mond. Taj draaide zich naar het raampje. Hij kuchte geloofwaardig op die typische mannenmanier in zijn gesloten vuist en even later zag Anna zijn kaakspieren bewegen. In de veertig minuten die volgden deed Anna alsof ze een artikel las over een vaderschapsrechtzaak tussen een afgrijselijke reality-tv-ster en een vrouw over wie hij zweerde dat hij zelfs nog geen colaatje met haar wilde delen en wachtte ondertussen ongeduldig tot ze iets voelde. Was dat niet de tegenstrijdigheid van zogenaamd recreatieve drugs? Je nam ze in de hoop dat je op een hoger verlichtingsniveau zou komen maar uiteindelijk zat je daar maar te wachten, bang dat je te weinig of te veel had ingenomen of simpelweg iets anders verkeerd had gedaan. Het was onvermijdelijk dat ze vernederd zou moeten bekennen dat ze de instructies niet naar behoren had opgevolgd terwijl de instructies slechts bestonden uit: neem dit tot je.

Anna besloot dat ze nu het beste een lekkere lange plaspauze kon gaan houden. Ze stapte het gangpad in en begon aan haar expeditie waarin niets plaatsvond dat ook maar vagelijk op iets uit een roman van Hunter Thompson leek. Ze ging de kleine, roestvrijstalen latrine binnen. Ongevraagd was dat woord plotseling in haar hoofd komen bovendrijven: 'latrine'. Was dat niet Frans voor wc? En 'kabinetje' dan? Was dat een Vlaamse term voor wc? Of kwam dat ook uit het Frans? Een kabinet op de wc, dat was nog eens een vreemd beeld! Ministers die net als de Romeinen in een kringetje zaten te poepen en elkaar het wc-papier doorgaven. Ze moest giechelen om het bespottelijke idee: een schijtkabinet. De deur vouwde achter haar dicht en Anna werd begroet door de soundtrack die op iedere vliegtuigwc ter wereld wordt afgespeeld: een demonisch zuiggeluid afkomstig uit de onpeilbare diepte van de wc-pot. Ze deed de deur achter zich op slot en automatisch sprong het licht aan. Het vernuft! Klik! Licht. Klik! Licht. Klik! Licht. Klik! Ze wist dat ze zich eeuwig kon blijven verbazen over dit staaltje techniek, maar de roep van haar blaas was niet te negeren. Ze ging zitten, deed wat ze moest doen en graaide naar het wc-papier. Haar vingerafdrukken, zag ze, lieten gerimpelde, kronkelende lijntjes achter op het papier. Als verschrompelde ballonnen of medische tekeningen van slakkenhuizen of hard geworden zeepresten, associeerde Anna vrijelijk. Ze hield de rol vlak bij haar gezicht om hem beter te kunnen bekijken. Toen hoorde Anna de ongeduldige bons van een blote handpalm op metaal en besefte ze dat ze iets met dit wc-papier moest dóén, zichzelf moest afdrogen en dan terug moest naar haar stoel. Ze rondde haar activiteiten af en propte de rol wc-papier onder haar shirt om mee te nemen naar Taj. Als hij dit straks zag!

De tocht door het gangpad leek wel geregisseerd door Terry Gilliam. Zelfs in het halfduister van de cabine tekenden de gezichten van de passagiers in de economyclass, die in beslag werden genomen door hun schermpjes en de in een sarong gewikkelde bovenbenen van Jennifer Aniston die daarop te zien waren, zich scherp af. Bij elke rij stopte ze om naar vreemdelingen te glimlachen die niet terug glimlachten. Aangetrokken door het weerzinwekkend felle licht dat uit de pantry kwam liep Anna terug naar het achterste deel van het vliegtuig waar ze toekeek hoe de stewardessen het drankkarretje aanvulden tot ze werd weggejaagd. Het duurde bijna tien minuten voor ze weer bij haar stoel was waar Taj met een gelukzalige glimlach langs de kanalen op zijn schermpje zapte. Anna gleed op de stoel naast hem. Het wc-papier viel op de grond, maar ze had geen zin om het op te pakken. Ze keek hoe de beelden bijna sneller dan ze kon registeren over het schermpje schoten en draaide toen een slag zodat ze Tajs gezicht kon bestuderen – de doorlopende wenkbrauw die leek te zijn getekend door een boos kind, die ongelijke ogen, zijn mond, Tajs mond, die een beetje open stond en in een halve glimlach was getrokken.

'Je hebt echt mooie tanden,' flapte ze eruit. Het voelde in ieder geval als eruit flappen, maar in werkelijkheid duurde het buitensporig lang voor de woorden haar mond verlieten. Sprak ze eigenlijk wel?

'Jij ook,' zei Taj zonder zich naar haar toe te keren.

'Echt niet. Mijn voortanden staan hartstikke scheef.'

'Moet je die rare vrouw zien dansen!' Tajs ogen zaten nog steeds aan het scherm vastgekleefd.

'Op de middelbare school wilde mijn moeder dat ik een beugel nam, maar dat wilde ik niet. Mijn snijtanden zijn verschrikkelijk. Hier, moet je voelen,' zei Anna en ontblootte haar tanden.

Taj draaide zich om en keek haar aan. 'Jij bent echt naar de klote.'

'Je bent zelf naar de klote. Als jij nou aan mijn tanden voelt dan voel ik daarna aan de jouwe.' Ze trok haar lippen naar achteren en opende haar mond.

'Oké.'

De lucht was op miraculeuze wijze in drilpudding veranderd. Ze keek hoe Tajs hand door verre sterrenstelsels reisde voordat hij aankwam bij haar gezicht. Met zijn duim en wijsvinger greep hij haar twee voortanden vast. Ze duwde een vinger tussen zijn lippen en tikte beleefd op één van zijn tanden tot hij zijn mond opendeed.

'Je ebt elijk,' zei Taj en kneep zachtjes met zijn vingers in haar voortanden. 'Se staa scheef.'

'Sei ik och? En ge jouwe sij glak en rech.'

'Je ongertande sij og erge!' zei hij en voelde in het rond.

'Weekik!'

Het bejaarde echtpaar aan de andere kant van het gangpad keek hen bezorgd aan. Anna en Taj knikten allebei en probeerden zonder elkaars tanden los te laten naar hen te lachen. Zo bleven ze een tijdje zitten en lieten hun vingers in stilte en verwondering door elkaars mond bewegen totdat Anna natuurlijk begon te giechelen. Al snel waren ze beiden hysterisch aan het lachen. Ze lieten hun handen vallen om zich op het lachen te kunnen concentreren. Anna's ogen liepen vol tranen. In de spleet tussen de stoelen voor hen was een afkeurend vrouwenoog te zien.

'Mag ik aan je puist zitten?' vroeg Taj.

'Welke puist?' zei Anna en hapte naar lucht.

'Die.' Hij zat aan haar gezicht.

'Nee, niet doen!'

Taj strekte zijn arm naar voren en prikte opnieuw in haar puist.

'Niet doen, zei ik!'

'Maar je wordt er zo blij van!' zei hij en prikte opnieuw in haar puist. Omdat ze weer moest lachen kon Anna ondanks zichzelf alleen maar hulpeloos met haar hoofd schudden.

'Zie je wel?' zei hij en zat aan haar gezicht.

'Nee,' pufte Anna met een stem die slechts bestond uit een stoot lucht. 'Niet doen.'

En zonder enige waarschuwing lachte ze opeens niet meer; ze huilde nu. Huilde echt.

'Hé,' zei Taj en lachte nog steeds, al was er wel een bezorgde blik in zijn ogen verschenen.

'Hou op...' snikte Anna. Meer kon ze niet uitbrengen. Waarom lachte Taj haar uit?

'Dat gaat niet,' lachte Taj. 'Sorry.'

Alles was opeens onherstelbaar verkeerd. Ze staarde naar Taj. Ikkenjouniet, ikkenjouniet, ikkenjouniet...

'J-j-j-jij...'

Hij nam haar gezicht in zijn handen met een grijns die leek op de grimas van een droevige clown. Anna bleef huilen. Hij zoende haar. Zoende hij haar om haar te laten stoppen met huilen of om zichzelf te laten stoppen met lachen? Anna wist het niet. Hun lippen maakten slurpende geluidjes wanneer ze elkaar raakten. Zij zoende hem terug en Taj bleef haar maar zoenen. Ze bleven zo lang op deze manier zitten dat Anna er het soort hoofdpijn van kreeg dat alleen geile tieners krijgen. Ze zoenden tot de stewardess turbulentie aankondigde en Anna en Taj de armleuning weer naar beneden moesten doen en hun stoelriemen moesten vastmaken. Maar zodra ze dit hadden gedaan leunden ze naar voren en gingen door met zoenen. Zelfs nu de armleuning zich hard in Anna's ribben groef.

Zelfs toen het bijna pijn begon te doen.

20

Ze werden gewekt door het schurende geluid van tientallen plastic schermpjes die omhoog klapten en de piloot die hun vertelde dat ze nu boven Bakersfield vlogen en vervolgens een arsenaal aan nutteloze feitjes via de intercom op hen afvuurde: de luchtdruk was net boven de zes procent, het was buiten min achtendertig graden en ze vlogen met een windsnelheid van 715 kilometer per uur. Nu de drugs waren uitgewerkt werd Anna wakker met een verschrikkelijke jeuk achter haar ogen en het gevoel alsof er een kat in haar mond had gekotst. Taj was er niet veel beter aan toe. Hij had een zonnebril uit zijn tas tevoorschijn gehaald en staarde chagrijnig uit het raam naar de vleugel van het vliegtuig dat hun uitzicht rijkelijk blokkeerde.

'Hé,' zei Anna tegen de achterkant van de stoel voor haar.

'Hé,' mompelde Taj naar stuurboord.

Meer konden ze allebei niet uitbrengen. Al snel bezorgde de stewardess dienbladen met gevriesdroogde havermout, een broodje en nepkaas die niemand aannam. Hun landing op LAX en de daaropvolgende uittocht verliep al net zo bedrukt. Ze schuifelden slaperig door de rij gelande passagiers, haalden Anna's koffer op en liepen ten slotte naar de taxistandplaats om daar tot de ontdekking te komen dat het weer erbarmelijk was: een laaghangend deksel van wolken verborg de hemel en de kou was tot in hun botten te voelen. Los Angeles in november. Nadat ze een uur lang door het verkeer hadden geploeterd – een stilzwijgende tocht zo langzaam dat het fysiek haast onmogelijk leek – werden ze ten slotte afgezet bij hun hotel, een omgebouwde pianofabriek in de wildernis tussen Echo Park en Silver Lake die langzaam maar zeker steeds hipper werd. Tijdens haar zoektocht naar een hotel had Anna de namen continu door elkaar gehaald: Echo Lake, Silver Park. Plekken die klonken alsof ze thuishoorden op een landkaart van Narnia.

De kou volgde hen mee naar binnen, naar de enorme en onverwarmbare ruimte van de hotellobby. Links van de balie waar ze zich moesten melden stond een stel hypermoderne, hoekige stoelen en een kunststof bank die er net zo comfortabel uitzag als een klysmabehandeling. In een flits zag Anna achter in de ruimte een computertafel staan waarop 'speciaal voor onze gasten' een Mac-flatscreen ter grootte van een zeiljacht zweefde. Anna wendde haar ogen af en zag dat Taj zich al in een stoel had laten vallen zodat zij degene was die hen moest aanmelden en een eenrichtingsgesprek moest voeren met de opgewekte receptionist over het opmerkelijke gebrek aan bezienswaardigheden in de wijk en het belabberde weer dat de hele week zou aanhouden. Toen ze daarmee klaar was liep ze naar Taj om hem wakker te porren, maar werd afgeleid door een plaquette die vlak boven de bank hing en waarop een citaat was gegraveerd.

Ik opende de deur en daar zaten ze. De secretaresses van het gemeentekantoor. Ik zag dat een van de meisjes maar één arm had, de stakker. Die kwam hier nooit meer weg. Net als ik met mijn hardnekkige alcoholverslaving. Nou ja, de jongens zeiden het al, je moest ergens werken. Dus ze namen aan wat er voorhanden was. De wijsheid van een slaaf.

– Charles Bukowski (1920-1994)

In een exclusief hotel waar de goedkoopste kamer 250 dollar per nacht kostte leek het citaat van Bukowski volledig misplaatst – heiligschennis haast. Bukowski zou zich omdraaien in zijn graf, dacht Anna. Omdat ze deze verontwaardiging graag met Taj wilde delen en ze zenuwachtig werd van hun stilzwijgen, dat nu toch wel erg lang duurde, duwde ze zachtjes tegen zijn voet. Maar toen ze hem op de plaquette wees schudde hij zijn hoofd, kennelijk te moe om te kunnen lezen. In plaats daarvan volgden ze een piccolo die niet van de gasten te onderscheiden was door een eindeloze gang en twee verdiepingen omhoog met de lift naar hun kamer.

Het plafond in hun kamer was ijzingwekkend hoog en een verborgen ventilatiegat stootte adembenemend koude tochtvlagen uit. In de kamer stonden dezelfde modernistische, oncomfortabele meubels als in de lobby, maar voor Anna was de enkele twijfelaar het opvallendste element in de kamer. Hij stond daar maar als een grote, in het luchtledige hangende vraag. Vanzelfsprekend had ze bepaalde noodzakelijke artikelen meegenomen. Lingerie. Van die superdunne Japanse condooms. Een klein plastic zakje met daarin massageoliën in verschillende smaken en diktes. Ze had het voorgevoel dat deze reis allesbepalend zou zijn voor hun relatie, maar de uitkomst liet nog even op zich wachten. Zou het helpen als Anna net zo hufterig zou doen als Brie? Of als ze Laurens koele, arrogante houding zou aannemen? Ze wist dat mannen de voorkeur gaven aan vrouwen die het allemaal niets kon schelen, maar Anna moest toegeven dat ze dat soort gedrag stiekem verafschuwde, zeker nadat ze Brie en Rishi bezig had gezien. Als Rishi haar een dag lang vergat terug te sms'en negeerde zij hem onverschillig vijf dagen. Net zoals de tegenstanders in de films van Akira Kurosawa belandden ze dan in een staat van virtuele detente waarin ze hun Facebookstatus veranderden van 'het is ingewikkeld' naar iets nog onbegrijpelijkers en hun profiel op OkCupid stiekem bijwerkten met een strategisch achtergehouden foto. Het weekend erop zagen ze elkaar in een bar om karaoke te zingen met hun kickbalvrienden en vermeden elkaar dan de hele avond angstvallig om na afloop samen naar Rishi's flat te gaan en daar, zoals Brie het graag omschreef, 'een binnenstebuiten kerende seksmarathon' te houden. Deze troosteloze wedstrijd om wie er het diepst kon zinken werd door Bries generatie gezien als een normale relatie. Misschien was Anna ouderwets, maar zij stelde toch hogere eisen. Ze wilde geen tijd verspillen aan het nadrukkelijk bevestigen van haar lage verwachtingen. Ze wilde toestemming zich in de relatie te storten en wenste dat deze fase van gissen en onzekerheid ten einde zou komen zodat ze haar onrealistische, onderdrukte fantasieën eindelijk de vrije loop kon laten. Maar dat kon alleen als een van hen naar voren zou stappen en verantwoordelijkheid zou nemen voor de relatie en vreemd genoeg voelde Anna zich hier niet toe in staat. Taj had overduidelijk de touwtjes in handen. 'Het is nogal onduidelijk' was een betere relatiekreet dan 'Het is ingewikkeld', dacht Anna. Onduidelijkheid was een hedendaagse geseling. Toen Brie zwanger raakte, herinnerde Anna zich, had ze niet eens de moeite genomen het officieel uit te maken met Rishi. Dat zou zijn geweest alsof ze een mistbank had uitgedaagd tot een duel. Wat moest er worden uitgemaakt? En toch was deze onduidelijke toestand waarin je met iemand belandde ingewikkeld, moest Anna toegeven. Anna was nu al uitgeput. Misschien 'Het is uitputtend' dan?

'Slapen,' zei Taj.

'Graag, maar dat is een slecht idee. Het is pas halftwaalf.'

'Dat weet ik.'

Ook zij voelde de misselijkheid die gepaard ging met slaapgebrek zachtjes bonzen en wilde niets liever dan op bed liggen. Toen herinnerde ze zich dat ze het ontbijt in het vliegtuig hadden afgeslagen.

'Misschien kunnen we wat gaan eten.'

'Eerst douchen,' mompelde Taj.

'Oké,' antwoordde Anna.

Taj ging rechtop zitten en zwaaide zijn benen over de rand van het bed. In deze houding bleef hij veel te lang naar het tapijt staren, maar uiteindelijk vermande hij zich en wankelde naar de badkamer.

Anna maakte van de gelegenheid gebruik om even te gaan liggen. Ze sloot haar ogen en onmiddellijk werd ze overvallen door de behoefte nooit meer op te staan. Het was zo lang geleden dat Anna voor het laatst had gereisd dat ze dit was vergeten: de slapeloze, apathische eerste dag, het ritueel van in de rij staan voor musea of treurige riviercruises die er aan land altijd beter uitzagen dan ze waren en al het enthousiasme uit je zogen, om maar niet te spreken van de zoektocht naar een fatsoenlijke maaltijd – dat wanhopige gehop van het ene naar het andere restaurant/café/barretje, de huidige maaltijd was nog maar nauwelijks achter de kiezen en je was alweer met je gedachten bij de volgende. Maar ja, het was niet de bedoeling dat ze zich zou amuseren, toch? Het was de bedoeling dat ze haar verslaving zou overwinnen. Bij die onbehaaglijke gedachte opende Anna haar ogen en werd geconfronteerd met Tajs ingezeepte en naakte silhouet. Het was haar nog niet eerder opgevallen, maar de muur van de badkamer was van glas en werd door een dun, wit gordijn afgeschermd van de slaapkamer. Haar ogen gleden haast uit eigen beweging naar de bobbel onder zijn middel. Snel wendde ze zich af en hoopte dat Taj haar niet had zien kijken.

Tien minuten later kwam Taj uit de badkamer tevoorschijn en ook al had hij dezelfde kleren aan, hij zag er met zijn haar in aantrekkelijke stekeltjes toch opgefrist uit.

'Fijn?'

Taj knikte. 'Beter.' Hij opende de leren map waarin de voorzieningen van het hotel beschreven stonden. 'Er zit een café op de begane grond en een restaurant op de bovenste verdieping.'

'Restaurant,' zei Anna en was opgelucht dat ze zich niet naar een bushalte hoefden te slepen, een eindeloze kaart hoefden uit te vouwen en als de natte droom van iedere zakkenroller op een straathoek hoefden te gaan staan.

'Er staat hier ook dat ze een goudvis naar je kamer kunnen brengen als je je eenzaam voelt.'

'Raar.'

'Inderdaad.'

'Een echte?'

'In een kom mag ik hopen.'

'Voel jij je eenzaam?' vroeg Anna.

'Nee.' Taj glimlachte. 'Maar ik zeg geen nee tegen een goudvis.'

Aangezien Anna in een onverschrokken bui was pakte ze de telefoon en draaide o.

'Hallo,' zei ze. 'Ik zit in kamer drie-nul-zeven en wij zouden graag een goudvis willen.'

'O,' zei de receptionist. 'We hebben een nieuw management en we doen niet meer aan goudvissen. Wel is er van vijf tot zeven vijftig procent korting op de drankjes in de bar.'

'Geeft niet,' zei Anna. Ze hing op en draaide zich om naar Taj. 'Geen goudvis,' zei ze.

'Gelukkig maar,' antwoordde Taj.

'Maar je wilde er een hebben.'

'Ik wilde er een, maar toen je de telefoon oppakte hoefde het al niet meer. Het zou hartstikke irritant zijn geweest. We hadden hem eten moeten geven, misschien hadden we zijn kom wel moeten schoonmaken...'

'Als we ergens waren zouden we alleen maar ongerust zijn...'

'Bang dat onze vis zich eenzaam voelde.'

'Je hebt gelijk,' zei Anna, die de smaak te pakken kreeg.

'En wat nou als hij verdomme was doodgegaan? Dat zou dan symbool komen te staan voor ons reisje, het enige wat we ons nog zouden herinneren als we er later aan terugdachten.'

'Ons eerste huisdier.'

'Wie zit er nou te wachten op nutteloze verplichtingen?'

Gemeend, maar toch ook ongemeend knikte Anna. Aan de ene kant, ja, wie had er nou een nutteloze goudvis nodig? Aan de andere kant, zou het niet fijn zijn om voor de verandering eens voor iemand anders te zorgen? Om iemand te hebben die van háár afhankelijk was?

'Trouwens,' zei Taj en opende de deur waarbij hij een galante beweging maakte om aan te geven dat zij voor mocht, 'is er iets treuriger dan een goudvis die in zijn eentje rondzwemt in een piepkleine kom?'

Ze liepen naar de lift, een goederenlift die er heel hip uitzag alsof hij nog niet af was en waarschijnlijk in het vorige leven van het hotel was gebruikt om piano's omhoog te hijsen. Op de bovenste verdieping gingen de deuren open en onthulden een bar die zo heftig glom dat het pijn deed aan hun ogen. Een gastvrouw leidde hen naar een tafeltje aan het raam en liet hen daar met hun menukaarten achter.

'Dus,' begon Anna en bekeek de lijst met broodjes, 'wat is het plan voor vandaag?'

'Laten we naar Silver Lake gaan,' zei Taj.

'Wat is er in Silver Lake?'

'Precies hetzelfde als in Brooklyn.'

'Oké,' zei Anna en vroeg zich verward af waarom ze Brooklyn hadden verlaten om naar Brooklyn te gaan.

'Oké. Ik neem de quiche,' zei Taj.

'Ik neem de panini.'

'Is het te vroeg voor alcohol?'

'Nou ja, het is hier halfeen, maar aan de oostkust is het al halverwege de middag.'

'Perfect! Dan neem ik een Long Island iced tea.'

'Altijd een goed idee om de gebruiken van de lokale bevolking over te nemen...' zei Anna en ze lachten allebei. Bijna alsof ze een stelletje waren, dacht ze.

Hun gekscherende gesprek zette zich de hele lunch voort en toen ze waren uitgegeten gooide Taj een paar briefjes van twintig en wat kleingeld op tafel.

'Ik betaal,' zei hij.

Toen ze hem bedankte maakte ze onwillekeurig een rekensommetje – Taj was haar nu nog maar twintig dollar schuldig, misschien twee dollar meer of minder.

Zoals beloofd leek Silver Lake inderdaad als twee druppels water op Williamsburg, maar dan overgoten met een Californisch sausje: een wirwar van boetiekjes die volgden op cafés die weer volgden op kunstgaleries die weer volgden op bars en werd onderbroken door immense parkeerterreinen van alledaagse supermarkten of apotheken, monumenten die de naargeestige werkelijkheid bevestigden dat bepaalde producten echt nog steeds nodig waren om in leven te blijven. Anna had zin om een beetje rond te slenteren en wat kledingwinkels in te lopen; Taj wilde rustig ergens koffiedrinken. Ze liepen langs een café dat Minutia heette. Onder het uithangbord hing nog een ander bordje waarop DE BESTE KOFFIE VAN SILVER LAKE stond.

'Heb je zin om samen een kopje van de beste koffie van Silver Lake te drinken?' vroeg Taj.

'Denk je dat het echt de beste is?'

'Goed dan, heb je zin om samen een kopje van wat naar verlúídt de beste koffie van Silver Lake is te drinken?'

'De zélfverklaarde beste koffie van Silver Lake?'

'Gegarandéérd de beste?'

Anna bedacht dat ze er niets op tegen had om de rest van de dag, zelfs de rest van haar leven op deze manier bijdehand synoniemen uit te wisselen met Taj, maar antwoordde toch: 'Ik ga even een rondje lopen, je ziet me hier straks wel weer terug.'

Ze splitsten op en Anna slenterde de hoek om. Alle boetiekjes, zag Anna, leken een minimum aan koopwaar, de truffels van de detailhandel, op hun zo goed als lege planken te hebben gerangschikt. Toen ze twee zijstraten was gepasseerd hield ze stil voor een winkel met een etalage waarin designerkleding te zien was die aan flarden leek te zijn gescheurd om daarna met behulp van canvas tassen en een stortvloed aan vieze schoenveters weer in elkaar te zijn gezet.

'Kom binnen!' stond er op het bordje op de deur. 'We zijn gesloten!' Gesloten of open, dacht Anna bij zichzelf, wat is het nou? Ze probeerde de deur; hij was open.

'We zijn gesloten,' zei de vrouw achter de toonbank. Toen voegde ze toe: 'Maar je mag wel eventjes rondkijken als je wilt.'

Snel analyseerde Anna de kleding aan de versleten rekken: T-shirts met röntgenfoto's van koeienkoppen en glitterende doodshoofden, een Rubikskubus, flarden voetbalshirtjes die aan stukken waren gescheurd en daarna op willekeurige wijze weer aan elkaar waren genaaid. Ze trok een veelbelovende broek die aan een hanger bungelde naar zich toe en kwam tot de ontdekking dat hij maar één broekspijp had. Dit, besloot Anna, was het sein om de winkel te verlaten. Maar de andere winkels waren niet veel beter. Overal waren de kleren deprimerend klein en zo duur dat het lachwekkend was. Ze liep een paar souvenirwinkeltjes binnen – het soort dat onderzetters met vleeswonden of aantrekkelijke ansichtkaarten met ROT OP à zeven dollar per stuk verkocht – en slenterde toen de straat weer op. Na nog een paar keer een hoek om te zijn geslagen liep ze terug naar Minutia waar Taj de L.A. *Times* las en op een biscotti knabbelde.

'En hoe was de koffie?'

'Wel oké,' antwoordde Taj. 'Hoe was de kleding?'

'Opzichtig.'

'Nu draaien we de rollen om,' kondigde Taj aan. Hij liet haar alleen met de krant en liep de deur uit voor zijn wandeling. Wat een gezelligheid! Kon het zo zijn, vroeg Anna zich af, dat ze nu al dat prettige stadium hadden bereikt waarin je niet tegen elkaar hoefde te praten of zelfs maar in dezelfde ruimte hoefde te zijn om van elkaars gezelschap te genieten? De man naast haar, een studentachtig type met dreadlocks en een ongeopend filosofieboek naast hem, beukte met twee vingers op zijn Blackberry, tuigde hem af alsof hij zich van zijn eigen *Ulysses* aan het verlossen was. Met enige verbazing besefte Anna dat ze medelijden met hem had. Hier was ze dan in Silver Lake met Taj, levend en wel en hard bezig om uit deze ruwe ervaring een nieuw leven te boetseren. Een leven waarin tijd niet kon worden afgelezen aan getwitterde tweets of verzonden e-mails en haar sociale status niet werd uitgedrukt in vriendschapsverzoeken. Ze was een regisseuse in spe die in een café zat te wachten op haar vriend. Oké, dat ging misschien wat ver, maar als je de definitie van vriend flink oprekte wel plausibel. En misschien was het helemaal niet zo erg om geen duidelijkheid te hebben, om de definitie van haar relatie met Taj net zo langzaam en onzichtbaar vorm te laten krijgen als aanwassende tandplak. Ze zou meegaan in de tijdsgeest, besloot ze, en de onduidelijkheid omarmen. Die gedachte dreef haar uit haar stoel en ze bestelde een kopje koffie dat precies zo smaakte als de koffie van de Koreaanse buurtsuper bij haar thuis, leunde toen met haar hoofd tegen de muur en viel ogenblikkelijk in slaap.

Taj was degene die haar wakker schudde. Hij hield een zwarte, papieren zak vast waarop schuingedrukte zwarte en dus onleesbare letters stonden.

'Moet je deze zien,' zei hij en hield een T-shirt omhoog zodat zij hem kon keuren. Het was de röntgenfoto van de koeienkop die Anna eerder had gezien.

Dat shirt, herinnerde Anna zich, kostte 120 dollar en de zak zat halfvol. Ze wist niet zeker wat het betekende dat Taj het soort persoon was dat de deur uit kon lopen en achteloos zoveel geld kon uitgeven aan een dergelijk T-shirt en dat ook daadwerkelijk deed, maar het betekende toch zeker wel íéts?

'Laten we gaan,' zei hij.

Ze liepen over Sunset Boulevard, Myra en toen weer terug via Santa Monica. Ze liepen niet hand in hand, maar deden dat ene waarbij je expres tegen de ander aan stoot en vaker dan noodzakelijk met je ellebogen tegen elkaar op botst. Ze liepen verder naar een handwerkmarkt die was opgezet op het parkeerterrein dat bij een rijtje winkels hoorde en hier gaf Anna dertig dollar uit aan een borduurwerk waarop in een weelderig lettertype en omkranst door rozen de slogan VERVELING HEERST geborduurd was. Taj verkondigde dat de handwerkmarkt van Silver Lake niets verschilde van de Brooklyn Flea en Anna was het hiermee eens. Uiteindelijk belandden ze in een smoezelig currytentje met tl-verlichting dat afgezien van een kwartet kruiperige obers volledig uitgestorven was. Tien jaar geleden was er een scène uit een belangrijke film opgenomen en de muren waren bedekt met ingelijste, vergeelde krantenartikelen die deze gebeurtenis de hemel in prezen. Ze zaten aan dezelfde kant van een rood, nepleren bankje, dronken te veel flesjes Singha-bier en bestelden te veel voorgerechtjes voordat hun vegetarische kip vindaloo kwam en verdwaalden vervolgens op de terugweg naar hun hotel.

Tegen de tijd dat ze terug op hun kamer waren was het na achten en vond Anna het geen probleem om te gaan slapen, maar Taj stond erop dat ze in plaats daarvan gingen zwemmen. Volgens hem was er schijnbaar een fantastisch zwembad in de kelder dat was ontworpen door een beroemd ontwerper. Dus ze pakten hun handdoeken en namen de schuddende lift drie verdiepingen naar beneden.

Toen ze alleen was in de dameskleedkamer, een schaars verlichte kubus die volledig was bedekt met glimmende mozaïektegeltjes, werd Anna opeens bevangen door het gevoel dat ze zoveel luxe niet verdiende. Het hotel, de restaurants, het VERVELING HEERST-borduurwerk en het hartverscheurend hete water dat nu over haar werkloze, ruim in het vlees zittende lichaam stroomde veroorzaakte een nieuwe pijn vanbinnen. Voor vertrek had ze een sms'je gehad van Leslie waarin stond dat ze Bries telefoonnummer niet meer nodig had omdat ze haar Tumblr had gevonden en zo contact met haar had gezocht. Zij en Josh waren nu in relatietherapie om 'in het reine te komen' met het hele adoptiegebeuren. Diezelfde ochtend had Brie haar verteld dat ze van plan was om Pom te confronteren met het feit dat ze geen stagiaire meer wilde zijn en betaald wilde worden.

'Wat ga je doen als ze nee zegt?'

'Uitzendbureau,' had Brie schouderophalend gezegd en Anna was onder de indruk van de kracht en zekerheid van dit antwoord. Thuis had iedereen zulke wrede, echte problemen. Zwangerschap. Geld. Relatietherapie. Leslie en Brie boekten vooruitgang en vulden de gaten in hun cv's, en moest je haar nou zien: zij liep hier lekker tussen broeken met één broekspijp te neuzen en koffie van vier dollar per kopje te drinken met een man die ze op internet had leren kennen. Alsof een agressieve wasbeurt als een soort absolutie kon dienen schrobde ze harder en gaf zichzelf een kleine preek. Als ze thuiskwam zou ze een nieuwe baan zoeken. Een echte baan. Ze zou 's avonds en in het weekend aan Tajs film en haar eigen film werken, zodat er geen tijd overbleef voor schuldbewuste douches. Ze zou 'hoe gaat het?' vragen aan Leslie en Brie steunen in haar dappere besluit om een alleenstaande moeder te worden. Ze zou leren hoe ze van haar moeder kon houden en Brandon aanmoedigen om zijn dromen na te jagen zoals Taj haar had aangemoedigd de hare na te jagen. Ze zou zich elke dag voortbewegen met een helder doel voor ogen.

Ze stapte onder de douche vandaan, rilde in de plotselinge kou en stond opeens oog in oog met al weer een bronzen plaquette aan de muur. Op deze stond:

Ik ben bang voor iets dat meer is dan angst: er bevindt zich iets in het omringende landschap van de steden en dorpen tussen deze plek en de kust, iets daarginds dat verschrikkelijk leeg aanvoelt en niet is gemaakt van aarde, spieren of vacht; het is als een spelonk van de dood die slechts gestalte krijgt door het licht dat iemand mogelijk op het spoor van zijn brokstukken laat schijnen.

– David Wojnarowicz (1954-1992)

Wat was dat nou weer voor idioots? dacht Anna. Het was belachelijk – deze hipsterherberg die om wat menselijkheid in zijn koude,
dode arm te injecteren de herinnering aan obscure Amerikaanse
artiesten ontheiligde door hun citaten achteloos in een zee van dure, schitterende tegeltjes te werpen. Haar voornemens werden in
één klap weggevaagd door minachting en dit was het gevoel dat ze
mee naar het zwembad nam, waar ze Taj met zijn lange, bruine benen over de rand van het bad zag zitten. Het ronde zwembad was
gepolijst tot een ei-achtige gladheid en het water had de kleur van
verse wasabi.

'Hing er bij jou ook zo'n raar citaat bij de douches?' vroeg Anna.
Onmiddellijk betreurde ze het volume en de schelheid van haar
stem. De ruimte was één grote klankkast.

'Nope.'

'Je gelooft nooit...'

'Ik geloof het niet,' viel Taj haar in de rede. 'Laten we gaan zwemmen.'

Hij gleed het water in en Anna keek hoe zijn rugspieren zich
spanden terwijl hij in vijf slagen de andere kant van het zwembad
bereikte. Ze droeg een te groot rood-met-wit T-shirt over haar bad-
pak. Nu ze aan de rand van het zwembad boven Taj uittorende was
ze bang dat ze een beetje op een pak melk leek. Snel gleed ze achter
hem aan het water in.

'O! Koud...'

'Ja hè.'

'Waar betalen we zoveel geld voor?'

'Niet voor warmte,' antwoordde Taj. 'Of voor goudvissen. Kom
eens hier.'

'Kijk,' zei ze en wees naar een trillende zwarte vlek op de bodem
van het zwembad. 'Iemand heeft een dingetje laten vallen. Moeten
we het opduiken?'

'Dus nu moeten we ook hun zwembad nog voor ze schoonmaken?'

Anna lachte en dreef naar Taj. Hij bood haar zijn rug aan.

'Spring maar achterop.'

Anna aarzelde – hij mocht dan wel langer zijn, zij was beslist zwaarder.

'Kom op!'

Anna sprong, of liever gezegd klauterde, op Tajs rug en hij haakte zijn ellebogen achter haar knieën. Ze vouwde haar armen om zijn nek.

'Zie je wel? Je bent licht.'

Ze was licht! Samen dobberden ze gewichtloos en zwijgend door het diepe deel. Zo tegen Taj aangedrukt voelde Anna zich langzaam warmer worden.

'Dit is fijn,' zei ze stoutmoedig en bracht haar gezicht dicht bij Tajs oor. Ze wilde in zijn oorlelletje bijten of de druppel water die eraan bungelde oplikken. Ze kon zich al helemaal voorstellen dat ze eraan zoog waarbij de piepkleine haartjes op zijn oor als zeeanemonen aan haar tong kietelden. Ze opende haar mond en bedacht dat het misschien een goed idee was om eerst in zijn nek te ademen, maar op dat moment begaven Tajs knieën het en duikelde ze naar voren. Hij was iets te ver naar het ondiepe afgedwaald waar de zwaartekracht weer grip op hen had gekregen. Maar voordat ze zich ook maar kon proberen los te wurmen uit zijn greep keerde hij weer om naar het diepere deel, terug naar die speciale planeet waar Anna gewichtloos was. Ze leunde met haar hoofd tegen zijn schouder, sloot haar ogen en probeerde niet te bedenken, zich niet af te vragen, zich geen hoopvolle voorstelling te maken van wat er door Tajs hoofd speelde maar was gewoon in het nú met Tajs blote huid tegen haar wang gedrukt en het geluid van het water dat tegen de stenen tegels klotste.

Na nog vijf minuten van de ene naar de andere kant van het diepe deel van het zwembad te hebben gesjouwd was het zwembad natuurlijk ongeveer net zo interessant als de steentjes waarmee hij was betegeld. Drie minuten later konden ze geen zwembad meer zien, de rest van hun leven zou zelfs een groot uitgevallen badkuip al te veel voor ze zijn. Anna dacht dat ze het langer zouden hebben volgehouden als ze dronken waren geweest, maar het bier was al lang uitgewerkt, het zwembad was te klein en van de afgelopen zesendertig uur hadden ze er maar twee geslapen. Ze liet zich van Tajs rug glijden waarbij haar T-shirt als een tent opbolde en ruimte die tussen hen ontstond onmiddellijk door het koude water werd opgevuld. In een walm van chloor liepen ze terug naar de kleedkamers waar Taj dezelfde kleren aantrok die hij op JFK al had aangehad en Anna uit alle macht probeerde zich niet weer in de neerwaartse spiraal van schuldgevoelens te laten trekken door de zachtheid van haar handdoek of het indrukwekkende, rubberen handvat van de professionele föhn. Toen ze elkaar weer bij de lift ontmoetten was het duidelijk dat de vreemde betovering die het water over hen had uitgesproken had geresulteerd in een uitputting die tot in hun botten te voelen was. Terwijl ze op de lift wachtten leunden ze allebei tegen de muur en sloten hun ogen. Anna was nog niet zo moe dat het haar niets kon schelen wat er zou gebeuren als ze zich straks hadden uitgekleed en in bed waren gestapt, maar dat zou niet lang meer duren; de jeuk achter haar ogen was verschrikkelijk. De lift deed 'ping' en toen ze Taj naar binnen volgde zag ze hem plotseling op een haar welbekende manier naar zijn kont grijpen. Hij haalde zijn mobiele telefoon tevoorschijn en staarde een tijdje al scrollend en lezend naar het scherm. Ze vergaten beiden op het knopje voor hun verdieping te drukken. De deuren sloten zich, maar de lift bleef waar hij was en kwam niet in beweging.

'Allejezus!'

'Wat?' vroeg Anna.

' "... uitzondering voor je late aanmelding... erg blij je ruwe versie te mogen ontvangen..." ' las Taj hardop.

'Welke aanmelding...?'

' "... hebben hem al aan het comité voor verhalende, korte films voorgelegd en kunnen u met gepaste trots vertellen..." '

'Heb je je ergens voor ingeschreven?'

'Het gaat gebeuren,' riep Taj. 'Het gaat keihard gebeuren!'

'Yes!' zei Anna. Toen, na een gepaste pauze: 'Wat gaat er gebeuren?'

'Dat festival waar ik je over heb verteld. Ik ben toegelaten.'

'Maar ik dacht...'

'Dat dacht ik ook,' glimlachte Taj. 'Maar ik heb een achterdeur gevonden.'

'Wauw,' zei Anna en drukte op het knopje voor hun verdieping. 'Alle dromen komen uit deze week. Wanneer is het festival?'

Maar Taj gaf geen antwoord, hij bleef stomweg naar zijn telefoon staren alsof hij hem wilde pijpen of voor in zijn broek wilde stoppen of hem uitgelaten naar het debiele, sjofele-doch-chique kale peertje dat boven hen aan een kabel hing wilde keilen om hen beiden met een vonkenregen te overspoelen. Hij leek zo gelukkig dat Anna besloot dat ze hem deze stilte cadeau zou doen. Ze zou hem net zomin herinneren aan de vijftig dollar als aan zijn uitspraak dat hij zich nooit meer zou inschrijven voor een festival en aan wat hij had gezegd over de omhooggevallen strebers en kakkerlakken. Net zoals een heleboel andere dingen zou ze dit allemaal inslikken – trouwens, als puntje bij paaltje kwam was het toch niet belangrijk. Niet zo belangrijk als zoenen in een vliegtuig of de behoedzaamheid waarmee hij haar op zijn rug door het water had vervoerd. Bij lange na niet zo belangrijk als haar bij 'alle productiefases' betrekken. Taj gonsde als een elektrische kabel. Uit de afwezige blik in zijn ogen kon ze opmaken dat alle gebeurtenissen van de afgelopen dag al ver achter hem lagen. Haar maag maakte een sprongetje toen de lift omhoogschoot en hen naar hun kamer bracht.

Taj zocht toenadering, niet nadat ze de deur achter zich hadden dichtgetrokken of in bed waren gekropen en de lichten hadden uitgedaan, maar midden in de nacht toen Anna wakker werd en besefte dat ze haar mail niet kon checken. Dat verklaarde echter niet hoe ze uiteindelijk om drie uur 's nachts seks hadden in een pinruimte op Del Mar Avenue. Ze hadden eerst hun gebruikelijke programma afgewerkt en waren daarna op verkenningstocht gegaan op de maagdelijke toendra daarachter totdat ze hier, ver van het hotel in dit bolwerk van zakelijke transacties waren beland door wat was begonnen als een terloopse, seksuele versie van actie en reactie. Toen ze werden geconfronteerd met de koude, kunststof bankjes en de te felle lichten die dieven moesten afschrikken werd niet meteen duidelijk hoe ze dit het beste konden aanpakken. Anna besefte dat ze zouden moeten improviseren. Erger nog, ze kwam tot de ontdekking dat het woord 'geld' haar eraan herinnerde dat ze de elektriciteitsrekening nog moest betalen, wat zand strooide in het opwindingsmechaniek van haar verlangens. Gelukkig was er geen tijd voor verlangens; noch de inrichting, noch de sfeer van de ruimte zette aan tot treuzelen.

Taj legde zijn sleutels en telefoon op de rand van een pinautomaat en Anna pakte hem van achteren vast en probeerde haar handen langs de cruciale zonegrens van zijn gulp te krijgen.

'Wacht.' Hij duwde haar richting de tegenovergestelde muur. 'Hier.'

In een ongemakkelijke twostep schuifelde Anna samen met hem naar achteren.

'Nee, hier is beter,' zei hij toen hij achteromkeek naar de pinautomaat en hij verplaatste haar iets naar rechts. 'We willen niet...' Hij gebaarde naar het zwijgende oog van de camera die boven de deur hing.

Deze onverwachte hoffelijkheid veroorzaakte een golf van warmte en opwinding bij Anna. Hij wilde niet dat ze in haar waardigheid werd aangetast, zelfs niet door een onzichtbare bewaker. Ze trok zijn T-shirt omhoog en greep de bovenkant van zijn boxershort vast. Toen ze hem naar zich toe leidde vroeg ze zich onwillekeurig af wat voor windmolentje zij zouden vormden als ze van bovenaf werden gefilmd. Hij liet een hand in haar slipje glijden en friemelde wat in het rond alsof hij op zoek was naar een lichtknopje. Toen zette hij haar tegen de opening waar je stortingspapieren in kon gooien, trok zijn spijkerbroek tot halverwege zijn knieën en deponeerde zijn storting.

'Uw transactie is voltooid,' fluisterde hij.

Anna lachte.

'Dat voelde ik,' zei hij. Ze scheurden zich met minder tegenzin dan Anna had gehoopt van elkaar los en hij draaide zich om naar de spullen die hij op de rand van de pinautomaat had gelegd.

21

Het kon de hipsters niets schelen. Ze vonden het hoogstens grappig. Het piepje van de opengaande deur had geklonken toen ze nog met hun kleren stonden te hannesen. Het meisje met de dreadlocks had een hondje bij zich dat blafte. De jongen met de cowboyhoed op zei 'WO'. Niet eens 'WO!' maar 'WO'. Verder niks. Anna en Taj waren teruggegaan naar het hotel en in een bodemloze slaap gevallen waaruit ze pas om één uur 's middags ontwaakten. Daarna sjokten ze de grotachtige lift in om af te dalen naar het café van het hotel.

'Koffie,' zei Anna tegen de bediende.

'Koffie,' beaamde Taj. 'En waar is de ontbijtkaart? Hier staat "lunch" op.'

'Ons ontbijt wordt maar tot halfeen geserveerd, gozer.' De bediende keek zo verontschuldigend dat Anna eventjes dacht dat hij hun ter compensatie een joint zou aanbieden.

'Ik dacht dat de klant koning was?' vroeg Taj. 'Zonder uitzonderingen.'

'Dat is zo, dat is zo,' antwoordde de bediende met een dappere glimlach. 'Maar, weet je, de keuken laat het eten rouleren dus al het ontbijteten is – poef! – verdwenen. Maar je zou de dagschotel moeten proberen. De seitan-zonnebloemvegaburger. Wordt geserveerd met een gruwelijk lekkere saus.'

Maar Taj had zijn zinnen nu eenmaal op een ontbijt gezet en wilde geen dagschotel. Wat was er zo moeilijk aan een stel eieren breken boven een koekenpan? Dat was twee seconden werk! Hij kon het anders zelf wel even komen doen! Later vroeg Anna zich af of dít het moment was waarop het allemaal echt jammerlijk in de soep was gelopen. Het enige wat ze zich kon herinneren was dat ze wilde dat Taj zijn mond hield, maar dat ze hem dat niet met zoveel woorden wilde zeggen. Hou hier alsjeblieft mee op, zei ze in gedachten tegen hem terwijl ze net deed alsof ze de drankkaart bestudeerde. Maar het was niet de bediende – die eruitzag alsof hij de hele dag wel glimlachend kon discussiëren over de onmogelijkheid van eieren – die Tajs tirade abrupt tot stoppen bracht. Dat was een vrouwenstem met een licht Duits accent die achter Anna's schouder vandaan kwam.

'Nul?'

Bij het horen van dit woord zag Anna hoe Tajs gewoonlijk lattekleurige huid wit wegtrok en zijn afkomst volledig onzichtbaar werd.

'Ik zal er nog even een stoel voor jullie bijhalen,' zei de bediende en bevrijdde zich soepeltjes uit zijn benarde positie toen Taj omhoogkwam en de vrouw die Anna herkende als Simone Weil naar voren stapte om hem een knuffel te geven. Een echte knuffel, zag Anna. Geen plichtmatige omarming-met-schouderklopje.

De bediende bracht Simones stoel en in een reflex bestelden Taj en Anna allebei de seitan-zonnebloemburger.

'Een bloody voor mij graag,' zei Simone waarbij ze de Mary kennelijk als overbodig beschouwde. Toen wendde ze zich tot Taj en zei: 'Je doet mee aan het festival?'

Hij haalde zijn schouders naar haar op als om te zeggen 'waarom zou ik hier anders zijn' en Anna deed haar best om dit nieuwtje te verwerken: het festival waar Taj het over had moest wel dít festival zijn. En dacht hij soms dat ze niet zag hoe hij Simone gretig van top tot teen opnam?

Simone knikte goedkeurend. 'Je laat het verleden voor wat het is. Heel goed. Maar vertel eens, hoe kan het dat ze je niet in één van hun afgrijselijke hipsterboeien hebben geslagen?' Simone lachte en betastte een groen, plastic polsbandje dat Anna had aangezien voor een flard designeroutfit.

'Het gebeurde allemaal nogal op het laatste moment,' antwoordde Taj met ingestudeerde nonchalance. 'Dus jouw werk wordt er ook vertoond?'

'Ze gaan een award aan me uitreiken.' Simone haalde haar schouders op alsof het om een schnitzel ging.

'Gefeliciteerd. En waar woon je tegenwoordig? Berlijn?'

'Londen. Ik heb een flatje van de woningbouw.' Ze zei dit op een toon die een hoop moest verklaren en Anna kon alleen maar knikken. Ze bleef maar denken hoe raar het was om tegenover iemand te zitten die ze niet kende, maar van wie ze de schaamlippen uit haar hoofd op de servet voor haar zou kunnen uittekenen. Anna was op Simones Wikipediapagina niet verder gekomen dan haar 'volgende stunt' (een formulering die *Gawker* in het leven had geroepen). Na de furore die ze had gemaakt met haar seksdagboeken had Weil zich tot 'microprostituee' verklaard en zich voor een installatie drie weken lang in de Blum & Poe Gallery gevestigd. Tegen een kleine vergoeding hield Simone de handen van haar 'klanten' vast, kuste ze hen, streelde hun haar, wreef over hun rug of buik of legde snoephartjes op hun tong (alleen stonden er op deze snoephartjes dingen als 'Slaaf' of 'Eikel' en werden ze nu voor vijfhonderd dollar per zakje verkocht op ArtAuction.com). Klanten mochten ook bepaalde delen van haar eigen lichaam aaien of deze kussen, deze had ze in de stijl van de feministische grungecultuur omlijnd met zwarte viltstift en namen als 'Flank', 'Rib' en 'Heupstuk' gegeven waardoor ze onbewust de aanblik kreeg van rauw vlees dat klaar lag om te worden versneden. 's Nachts, als de galerie gesloten was en Simone alleen achterbleef, werd haar act gewaagder. Klanten konden via PayPal betalen en hun diensten innen via

Skype. Hier ontblootte Simone dan een borst, pijpte een stuk fruit of zat op één van de objecten in haar bedoeïenentent die als haar boudoir was ingericht. Ze kuste of likte het scherm of zichzelf. Uiteindelijk bevredigde ze zichzelf voor een bedrag van 2,87 dollar in een scène die door talloze screenshots voor het nageslacht was vastgelegd. De volgende morgen waren haar eerste klanten een stel politieagenten die haar kwamen arresteren. Blum & Poe werd beschuldigd van een overtreding voor het runnen van een 'prostitutietoerismebedrijf' en iedereen vond dat dit de galerie alleen maar ten goede kwam. Vanaf dat moment plaatste de gehele kunstwereld een 'enzovoorts' aan het einde van Simones cv en was ze een internationale kunstster. Ze was pas twintig en had de universiteit verlaten zodra de video met Gilman uitkwam. En ze was nog steeds jong, zag Anna, hoogstens zesentwintig.

Het viel haar op dat de nieuwe Simone Weil in feite een hoop gemeen had met de oude. Ze waren allebei harde werkers, ze baseerden hun werk allebei op denkbeelden die niet te verdedigen waren en ze waren allebei geobsedeerd door zichzelf. En nu ze Simone 2.0 in levenden lijve ontmoette ontdekte Anna nog een overeenkomst: geen van beiden at. Simone was minstens een kop groter dan Anna, maar woog alsnog minder dan een fiets. Ze was gedrapeerd in een knielange, grijze jurk met gerafelde zomen die genaaid leek te zijn door Inuit-nomaden, Soedanese vluchtelingen of de Rodartezusjes zelf, maar ze had het gezicht en het iele, haast onzichtbare lichaam waarmee ze er zelfs in een vuilniszak nog goed uit had gezien. Haar zwarte haar was onmogelijk steil en op schouderhoogte afgehakt en haar ogen waren zo bruingroen en helder als die van een Japanse animepop.

'En je vriendin…?' vroeg Simone. Haar accent was nauwelijks merkbaar, slechts een snufje poedersuiker op haar verder perfecte Engels.

'Anna,' zei Anna.

'Anna. Wordt jouw werk ook vertoond op het festival?'

'Anna is hier om te werken,' antwoordde Taj resoluut als haar almachtige voogd. 'Ze houdt een videodagboek bij.'

'Wat een origineel idee!' riep Simone uit. Anna schrok even maar besefte toen dat Simone het niet gemeen bedoelde – zo klonk nou eenmaal alles wat ze zei.

'Nou ja, je weet wat ze zeggen,' zei Taj en hief zijn glas, "het valt of staat met de uitvoering". '

'Mee eens,' antwoordde Simone en ze deelden een lach die onmiskenbaar ooit de munteenheid was geweest in een land waarvan ze vergeten waren dat het bestond.

De bediende verscheen met hun bestelling en precies op dat moment ging één van de twee identieke iPhones die op tafel lagen af. Taj en Simone reikten er tegelijkertijd naar.

'Hallo?' zei Taj die de telefoon had weten te grijpen. Hij gaf hem aan Simone. 'De jouwe. We hebben dezelfde ringtone!' Hij klonk zo verwonderd dat je zou denken dat ze een navelstreng deelden. Anna was waarschijnlijk jaloers geweest als Simones desinteresse niet zo overduidelijk was geweest. In plaats daarvan vroeg ze zich af waarom Taj het afgezien van hun eerste ontmoeting nooit over haar had gehad.

'Tja, het is de minst hysterische, vind je ook niet?' zei Simone terwijl ze in één vloeiende beweging de telefoon greep en opstond van tafel.

''Allo...?'

Anna draaide zich naar Taj, die de speciale saus negeerde en wat mosterd op zijn seitanschijf spoot.

'Waarom heb je me niet verteld dat je hier bent voor het festival?' vroeg Anna en gaf hem in een schamele poging tot speelsheid een klopje op zijn schouder.

'Ik heb toch gezegd dat ik werk te doen had in L.A.,' zei Taj en nam een hapje van zijn burger. 'Jezus, dit is net een loofahspons.'

'Wanneer was je van plan me dit te vertellen? Wat ga je laten zien?'

'Weet ik niet.'

'Wat weet je niet?'

'Allebei niet, oké? Het is niet belangrijk. Ik wil niet dat je wordt afgeleid door dit festivalgebeuren. Concentreer je op je herstel. Ben je al begonnen met je videodagboek?'

'Wanneer wordt je film vertoond?'

'Doet er niet toe,' zei hij en doorboorde een truffelfrietje. 'Het is niets dat je nog niet eerder hebt gezien. Jij moet nodig eens aan de slag.'

En terwijl Anna nadacht op welke van deze uitspraken ze haar verontwaardiging wilde loslaten gleed Simone weer op haar stoel, haar komst aangekondigd door een wolk van een mysterieus parfum dat rook naar verse sneeuw, oude boeken of brandende bladeren. Anna nam een teug calorievrij water. Het glas was zo dun dat ze zichzelf moest tegenhouden om haar tanden erin te zetten en het tussen haar kiezen te vermalen.

'Ik moet naar mijn installatie toe,' zei ze. 'De operateur zegt dat hij klaar is.'

'Laten we straks samen lunchen,' zei Taj en vergat dat dit geen ontbijt was.

'Ik ga vanavond al met Deitch eten,' antwoordde Simone spijtig met haar ogen toegeknepen. 'Ik wou dat ik iets meer tijd had. Maar het festival... we komen elkaar vast aan de lopende band tegen. Tot op het gênante af, dat beloof ik.'

'Daarna een drankje doen?' vroeg Taj alsof hij haar kunstige uitvlucht niet had opgemerkt.

'Waarom gaan jullie allebei niet met me mee?' vroeg Simone. Ze nam een piepklein hapje van de selderijstengel die in haar drankje was geplant. 'De galerie is maar drie straten verderop.'

'Super,' zei Taj. 'Ik trek even iets anders aan.' Hij stond snel op van tafel en plotseling was Anna alleen met Simone en haar onaangeraakte drankje. Simone wiebelde met haar voet. Ze schonk Anna een minzaam glimlachje, maar haar ogen waren ergens anders.

Anna kende die blik; het was de blik van een vrouw die haar e-mail wilde bekijken.

'Leuke sneakers heb je aan,' zei Anna.

'Spaans,' zei Simone en bleef wiebelen.

'Wat ik me afvroeg, ik heb die bijnaam die je voor Taj hebt nog nooit eerder gehoord...'

'Nul? Die heeft hij de eerste week van Herzogs workshop gekregen. Je weet van de workshop?'

'Ik wist niet dat Taj...'

'Dat is hoe we Nul hebben gevonden. Ik en Paul,' voegde Simone toe waarbij ze Gilman kennelijk als overbodig beschouwde.

'Echt waar?' vroeg Anna. Ze vroeg zich af of dit iets was dat ze eigenlijk voor zichzelf moest houden maar zei daarna toch: 'Taj vertelde dat hij Gilman heeft ontmoet toen hij zijn telefoon jailbreakte.'

'Ha! Nou, dat is ten dele waar.' Simone lachte. 'De film waarmee Nul werd toegelaten tot de workshop ging over Foxconn, die fabriek in China waar ze iPhones maken. Hij kreeg geen toestemming om binnen te filmen dus brak hij in en werd gearresteerd. Hij gaf Gilman een iPhone 3G die hij daar had meegenomen.'

'Taj?' vroeg Anna, niet in staat om het ongeloof uit haar stem te weren. De meest politieke daad die ze hem had zien verrichten was het bestuderen van de Che Guevara-onderzetters in een souvenirwinkel gisteren.

'Ik weet het, maar zo was Nul toen eenmaal. Altijd solidair met de armen en vertrapten, bla, bla, bla. Hij wilde per se niet in zijn eigen films figureren. Alles wat ook maar enigszins riekte naar die kwalijke, burgerlijke privileges. Dat is terug te voeren naar de universiteit, denk ik. Hij heeft economie gestudeerd met een paar echte rooie rakkers. En daarom is Nul zo geworden, ja.' Ze lachte opnieuw – een hoge trilling met een vleugje Arnold Schwarzenegger. 'Hij is nu een ander soort kunstenaar. Je zou kunnen zeggen dat wij hem weer bij zinnen hebben gebracht.'

'Maar waarom? Vonden mensen zijn films niet goed?'

'Misschien niet zo veel. Ik weet het niet. Ík wel.'

Toen Simone even in haar tas rommelde draaiden Anna's gedachten zich om deze onthullingen heen als linten om een meipaal. Zoveel verschillende Tajs! Een discobal van Tajs. Ze leken allemaal tegen elkaar weg te vallen, elkaar zelfs tot Nul te reduceren.

'Ik zal je eens een verhaaltje vertellen,' zei Simone op een manier die suggereerde dat ze een heleboel verhaaltjes zo begon. 'Toen ik jong was ging ik naar een piepkleine particuliere middelbare school in Berlijn, een alternatieve school. Alle populaire kinderen rookten, het waren gothics die hun kleren in Mitte kochten en naar Einstürzende Neubauten luisterden. Ze hingen rond bij een bankje in het park tegenover de school en zagen er daar, ondergedompeld in hun onverdiende, duistere wolkjes, altijd ontzettend cool uit.'

Anna's gedachten bleven geïrriteerd aan dit zinsdeel haken. Hoe kan je nou in een wolk staan ondergedompeld? Wie praatte er zo? Europeanen, gokte ze.

'Elk jaar was er weer een nieuwe lichting eerstejaars, zo onschuldig, hoopvol en bang,' ging Simone door. 'De ambitieuze types kregen echter na een paar weken door hoe het zat en liepen al snel zelf bij het bankje sigaretten te bietsen. In de kou staan en deze giftige dingen lekker leren vinden was hard werken, maar ze deden het toch maar omdat ze dachten dat dit dé manier was om populair te worden. Binnen een paar maanden waren ze onherkenbaar. Hun kleding, hoe ze praatten. Ze waren totaal veranderd. En het jaar erop waren ze er natuurlijk als de kippen bij om hun Djarum Blacks aan de nieuwe eerstejaars aan te bieden en zo begon alles weer van voren af aan. Ik denk dat hetzelfde is gebeurd met Nul. Herzog was een ontzettende steun voor mij en Paul. Het nowisme ging recht voor Nuls neus van start en hij wilde niet achterblijven. Ook al vermoed ik soms dat het niet was wat hij diep vanbinnen wilde.' Ze knikte naar de bediende dat hij haar drankje mee kon nemen. 'Maar dat snap ik wel. Ik kan me dat gevoel goed herinneren. Hoe je daar in de kou zat en bijna stikte in de rook. Je kan hem toch niet kwalijk nemen dat hij geliefd wil zijn?'

Voordat Anna zelfs maar kon nadenken over een antwoord verscheen Taj in zijn 125 dollar kostende röntgenfoto van een koeienkop en zat er niets anders op dan hen in haar armoedige T-shirt waarin ze geslapen had de miezerregen in te volgen. De vervallen pakhuizen die het hotel omringden bleek een handjevol chique kunstgaleries te zijn die zich hartstochtelijk aan hun arbeidersverleden vastklampten. De dure namen stonden gegraveerd op zorgvuldig verstopte, gouden naamplaatjes terwijl de immense, verroeste gevelborden van firma's die al lang geleden vertrokken waren nog steeds zorgvuldig boven de ingang prijkten. Maar de naam van Simones galerie stond niet eens bij het belknopje in de lift, zodat de illusie dat je op weg was naar een louche witgoedzaak tot vlak voor het halletje van rookglas in stand werd gehouden. Ze gingen met z'n drieën een ruimte van gepolijst beton en blootgelegde stalen balken binnen waar een installatie duidelijk nog steeds in aanbouw was. In de buurt van de ingang bekeken twee mannen een muurschildering waarin vlees het uitgangspunt was.

'Je kan niet vragen waar het "over gaat",' zei de jongste van de twee die een beanie droeg. 'Ik bedoel, weet je, alles wat ik in deze serie maak is zeg maar één grote grap. Ik speelde met het idee van een "worstenfeestje", snap je? Want worst maken vereist een bereidingswijze waarin ontzettend barbaarse elementen samenkomen – slacht, metalen gehaktmolens, persen, afknijpen, dierenbloed, ingewanden...'

De andere man, type verzamelaar, leunde naar voren om een paar op fallussen lijkende zuilen te bewonderen die op een Pantheon stonden dat eruitzag alsof het uit een lap vlees was gehouwen.

'... halverwege de strontkanalen van zoogdieren. En ik ben echt stapelverliefd op worst! Wat moet ik daar nou mee, weet je?' Hier zweeg Beanie even om een likje peniskleurige verf aan het Pantheon toe te voegen. 'Maar ik wilde vooral met kleur spelen, want dat is iets wat ik eigenlijk nooit doe.'

De man knikte ernstig. Anna wierp een zijdelingse blik op Simone, die een spottend lachje rond haar mond had.

'Nou, in één ding heeft hij gelijk,' zei ze binnensmonds. 'Het is hier inderdaad een worstenfeestje.' Anna keek rond en besefte dat dat waar was: alle kunstenaars in de ruimte waren mannen. Simone gebaarde langs de muurschilder naar een reeks luchtfoto's. 'Ah, onzinfotografie vanuit een vliegtuigraampje.' Ze zuchtte en liep door naar een naburig schilderij. 'Je moet het maar durven!'

'Inderdaad. En ik vraag me af wanneer degene die dít heeft gemaakt wist dat het af was.' Taj snoof en wees op het schilderij. 'Toen hij erop klaarkwam?'

'Echt? Ik vind dit werk juist vreselijk ontroerend.' Simone wendde zich tot Anna. 'Wat vind jij?'

Nu ze onverwachts in het middelpunt van de belangstelling stond liep Anna rood aan. Wiens kant moest ze kiezen? Ze stapte nonchalant naar achteren en voelde iets raadselachtigs aan haar hoofd trekken.

'Het is absoluut een uitdagend werk,' zei Anna ontwijkend en probeerde haar haar onopvallend los te trekken uit het sculptuur van gaas dat zich achter haar bevond. Maar als een biljartbal joeg deze laffe uitspraak het trio uiteen en liet hen los van elkaar door de galerie dwalen. Anna slenterde langs een verwarrende rij flatscreens en in de knoop geraakte oortjes om daarna bij een andere muur vol foto's uit te komen: terneergeslagen mensen in mooie huizen, wazige kiekjes, iets onderwater. Ergens aan de linkerkant stond een bijschrift dat uitlegde wat dit allemaal te betekenen had, waarom deze foto's meer waren dan het resultaat van een camera die per ongeluk in iemands rugzak was afgegaan, maar Anna was te lui om het te lezen.

Een paar minuten later kwamen ze weer samen in het smalle gangetje dat naar Simones installatie leidde. Taj ging eerst en hield het dikke, zwarte gordijn voor hen open. Anna volgde Simone naar binnen en zodra het gordijn terugzwiepte werd het zo donker dat ze alle gevoel voor de afmetingen van de ruimte verloor. Misschien stonden ze wel aan de rand van een met haaien gevuld zwembad. Ergens ver boven hen gonsde een projector, maar het scherm bleef zwart.

Anna knipperde in het duister en vroeg zich af wat ze kon verwachten. Iets wat Simones vleselijke, kwalitatief lage, autobiografische kost naar een hoger niveau zou tillen, nam ze aan. Misschien een film met haar vagina als verteller? Terwijl Anna wachtte op Simones tot IMAX-proporties opgeblazen vagina die zich als een gigantische inktvis om haar gezicht zou wikkelen, vroeg ze zich peinzend af hoelang de vagina van een kunstster houdbaar was. Ze had ooit een interview met Madonna gelezen waarin ze klaagde dat iedere vermelding van haar naam na haar veertigste direct werd gevolgd door haar leeftijd als om te onderstrepen dat ze niet langer neukbaar was. Nog later werd de leeftijd van een ster waarschijnlijk vóór diens naam vermeld, mijmerde Anna, en er kwam vast ook een moment daarna waarop de naam gewoon werd weggelaten en er een uitroepteken achter de leeftijd verscheen. Hoe dan ook, wat zou er in de loop der jaren met de artistieke waarde van Simones vagina gebeuren? Zou haar publiek met haar meegroeien? Of zouden ze net zoals de in een papieren zak gehulde Don Juan uit Gilmans *Age of Consent* simpelweg op zoek gaan naar een jonger en strakker exemplaar?

Dat was ongeveer het punt waarop Anna besefte dat de film nog steeds niet was begonnen en ze daar maar zo'n beetje met z'n allen in het donker naar het gegons van de projector stonden te luisteren. Was er iets kapot? Moest ze iets zeggen met het risico dat ze als een idioot overkwam? Anna besloot het toch maar niet te doen. Waar waren Taj en Simone? De projector maakte zoveel geluid dat ze hen niet kon horen bewegen. Ze vroeg zich af of er een bankje in de buurt was en tastte voorzichtig met een voet in het rond maar trof niks aan. Het duister was werkelijk leger dan leeg; het voelde net alsof ze in een piepklein onderzeebootje was gepropt en op de bodem van de oceaan was geworpen.

Hoelang duurde het voordat Anna besefte dat dit het werk wás? Een minuut? Tien? Ze wist het niet, maar op een bepaald moment merkte ze dat de geluiden die de projector voortbracht telkens haast onmerkbaar van toonhoogte veranderden, dat er geschakeld werd tussen hogere en lagere versnellingen. Natuurlijk leverde deze ontdekking alleen maar meer problemen op. Had het werk een 'einde' en werd ze geacht hierop te wachten? Mocht ze op de vloer gaan zitten? Praten? Het leek alsof ze daar een gerbilleven lang maar stond, beurtelings ongeduldig, verveeld en boos en ze vroeg zich af hoelang ze nog op dit narcistische bouillonblokje moest sabbelen. Toen was er een nieuw geluid te horen – het hakkelende einde van een filmrol – en het zwarte gordijn spleet open. Een warme scheut licht stroomde vanuit de gang de ruimte in. Simone gebaarde naar hen dat ze haar moesten volgen.

'Wauw,' zei Taj toen ze eenmaal weer in de gang stonden.

Rond Anna's mondhoek kwam een glimlachje op. Als Taj de Roemenen al saai vond, wat vond hij hier dan wel niet van? Ja, de Roemeense films werden onverkort afgespeeld of waren zelfs langzamer dan de werkelijkheid, maar hé! ze bevatten in ieder geval mensen, een plot, dialoog. Het was zelfs interessanter om te kijken hoe een tofubrood gaarde in de oven, sportsokken rondtuimelden in de droger of hoe zich ergens een fucking kórstje op vormde dan te doen alsof je naar een projector luisterde en er verder helemaal niks te zien was.

'Wauw?' vroeg Simone.

'Nou ja, je weet wel, het lijkt niet erg gericht op je doelgroep...' Tajs stem stierf weg.

'Wat is mijn doelgroep dan?' vroeg Simone. Ze klonk noch boos, noch verlegen – slechts nieuwsgierig.

Misschien had Taj besloten dat 'iedereen die je roze roosje wil zien' ofwel te beledigend, ofwel een erg brede doelgroep was, want hij gooide het over een andere boeg.

'Weet je aan wie het me doet denken?'

Simone hield haar hoofd een beetje schuin.

'Aan Michael Snow.'

'Je weet het nog!' riep Simone uit. Voor het eerst leek ze oprecht geïnteresseerd naar hem te kijken.

'Je vergeet dat ik een heleboel dingen nog weet.' Taj liet zijn stem een octaaf zakken en toverde een nieuwe uitdrukking op zijn gezicht. 'Zoals dit: "Ik ben een flaneur. Dat is wat ik doe. Ik flaneeeer erop los."' Hij deed een raar dansje in het halletje waarbij hij met zijn armen zwaaide – er kennelijk op los flaneerde – en tot Simones onmiskenbare genoegen iemand citeerde die ze beiden kenden. Toen draaide hij in het rond, greep Simone bruusk bij haar schouders en doorboorde haar met een intense, starende blik.

'Wat doe je?' vroeg Simone en kreeg het voor elkaar haar glimlach zowel genegenheid als 'je kan me wat' te laten uitdrukken.

'Ik heb je net gefilmd. Hierboven,' ging Taj door in dezelfde diepe stem en tikte op zijn slaap. 'Ik noem het Mentale Cinematografie.'

'O mijn god!' Simone barstte in lachen uit. 'Herzog. Wat waren we toch súkkels.'

'Jep.'

'We waren jong!' zei Simone. En Anna bedacht dat dit vrijgevig was aangezien Simone vele malen jonger was dan Taj.

'Paul niet,' zei Taj met een scherp randje aan zijn stem.

'Paul niet,' gaf ze toe.

Waarom kon de sponzige, beeldhouwkundige installatie die in de gang stond haar niet stilzwijgend verzwelgen? vroeg Anna zich af? Hoelang moest ze hier nog blijven staan met deze stomme 'kan iemand me vertellen waar dit over gaat'-blik op haar gezicht gebeiteld en getuige zijn van de paringsdans tussen Taj en Simone?

'Maar nu even serieus,' zei Simone en kwam tot bedaren. 'Wat vond je ervan?' Ze leek haast kwetsbaar. 'Je weet wel, van de installatie?'

'Gerda,' zei hij, serieuzer dan Anna hem ooit had gezien. 'Ik vond het geweldig.'

Haar hart was net een kegel die Taj tijdens het jongleren uit zijn handen had laten glippen. Anna was ervan uitgegaan dat ze straks naar Minutia zouden gaan om daar Simone belachelijk te maken en had in gedachten zelfs al gevatte omschrijvingen voor de film verzonnen; een achtbaan van verveling, de Matterhorn der monotonie... Maar nu stapte Taj naar Simone toe en legde zijn hand precies daar waar haar vleugels aan haar rug zouden vastzitten. Hij stond duidelijk op het punt nog iets te zeggen – iets liefdevols en oprechts dat haar leven weleens op z'n kop zou kunnen zetten – toen de frigide blondine van de receptie naar hen toe snelde.

'Mevrouw Weil, het spijt me dat ik u moet storen. Die journalist...'

'Nu al?'

'Ik heb hem gezegd dat...'

'Bah. Sorry jongens,' zei Simone en schudde Tajs arm van zich af. 'Ik moet ervandoor.'

'Simone...' begon Taj.

'Bedankt voor de bloody. Je houdt er een van me tegoed!' De curator had intussen een fluwelen koord losgehaakt en leidde Simone door de ruimte die werd aangeduid als 'privé' bij hen vandaan.

'Misschien kunnen we straks...'

'Ja, tot straks!' riep ze terug en zwaaide, waarbij Taj en Anna haar zagen verdwijnen tussen de haakjes die hun omhooggestoken handen in de lucht maakten.

Ze namen de lift naar beneden en toen ze naar buiten stapten ontdekten ze dat de hemel een misselijkmakende kleur grijs had gekregen en de lucht de prikkelende geur van een net afgestoken lucifer had. Het begon te regenen.

'Kut!' schreeuwde Taj en trok zijn koeienhoofd over zijn echte hoofd. Ze renden terwijl de regen op de motorkappen van de auto's rond hen heen kletterde. Anna snelde achter hem aan langs een man met wat ooit een boeket papieren bloemen was geweest maar nu op een prop gebruikte tissues op een stokje leek. Terug in hun hotelkamer lag Anna op het bed met te veel kussens te kijken hoe Taj zijn haar droogde met een handdoek. Tijdens de lunch en hun bezoekje aan de galerie had Anna Simones onthullingen over Taj ergens op een mentaal laag pitje laten sudderen. Nu al het gewauwel was verdampt bleef alleen de zuivere waarheid achter: Simone was een ijskoude trut. Taj had van haar gehouden, of hield van haar, dat was duidelijk, en daar had hij een flinke opdoffer van gekregen. Hoe kon het ook anders? Ze was een fruitzuigende hoer die hen een donkere schacht in had gelokt en hen daar had onderworpen aan een op kunst gebaseerde verdrinkingsmarteling. Wie deed dat? Wie vond het normaal om mensen in een zwarte doos te stoppen waar het verstrijken van de tijd alleen kan worden afgemeten aan een steeds voller rakende blaas en waar je jezelf afvraagt wat er mis met je is omdat je kloterig gegóns niet kunt waarderen?

Alleen een psychopaat vond dat normaal.

Verbonden, dacht ze plotseling, begin gerust een gesprek.

'Ik wil dat je weet dat ik het weet.'

'Hm?' Taj wreef met de handdoek over zijn oren alsof hij haar niet had verstaan.

'Simone heeft me verteld over dat Nul-gedoe.'

'O.' Taj haalde zijn schouders op. 'Heb je mijn oplader ergens gezien?' Hij liep door de kamer en inspecteerde de stopcontacten.

'Jij zat ook in die les bij Herzog,' ging Anna door en werd onrustig van hoe rustig Taj hieronder bleef.

'Dat weet ik.'

'Waarom heb je me dat niet verteld?'

'Lang verhaal.' Hij tilde de sprei op en plukte zijn oplader uit een stopcontact. 'Ik heb niet zo'n zin om daar nu op in te gaan.'

Anna voelde haar gezicht prikken. Hoe kon het dat mensen zoals Brie en Taj een gesprek zo gemakkelijk met een van die roestvrijstalen uitspraken konden afkappen? Kon het iemand schelen waar zíj zin in had? Vastbesloten de anti-Simone te zijn schoof ze over het bed naar Taj toe.

'Taj,' zei ze en legde strategisch een hand op zijn arm. 'Gaat het wel?'

Hij stopte met het oprollen van zijn snoer en wierp haar een venijnige blik toe. 'Hè?'

'Nou ja, ik weet dat je Simone al heel lang niet had gezien, en je lijkt een beetje...'

'Anna, je doet nogal plakkerig en dat vind ik maar niks.' Hij stond abrupt op om een schoon T-shirt te pakken.

Ze probeerde zich niet gekwetst te voelen door Tajs afwijzing. En terwijl ze daar niet in slaagde trok Taj droge kleren aan. Opeens stond hij bij de deur met een laptoptas die aan zijn schouder bungelde. Ze zag nu pas dat hij een ander shirt uit die ene winkel aanhad. Die met het glitterende doodshoofd.

'Wat ga je doen?' vroeg ze geschrokken.

'Een koffietentje zoeken. Er ligt nog een berg montagewerk op me te wachten.'

'Wat voor montagewerk? Taj, ik wil...'

Maar hij onderbrak haar. 'Ben je überhaupt al begonnen aan je videodagboek?'

'Nee, maar...'

'Niks te maren. Hou op met piekeren en ga aan het werk. Werken, Anna. Dat is het allerbelangrijkst.'

'Oké,' zei ze en vond dat Taj het allerbelangrijkst was. De deur sloeg dicht en Anna staarde naar het digitale klokje op het tafeltje tegenover het bed. Alles glipte als zand door haar vingers. Het was net een van die time-lapsefilmpjes van rottend fruit. Eerst was alles perfect maar dan werd het een beetje papperig totdat er slechts... de deur ging weer open en als in een droom stond Taj daar. Twee passen en hij zat weer naast haar. Op het bed.

'Zodra ik de deur uit was realiseerde ik me dat ik me gedroeg als een eikel,' zei hij. Het mooiste, dacht Anna, wat hij ooit tegen haar had gezegd. Taj pakte haar hand en begon de onderkant met zijn duim te masseren. Iedere streling stuurde een sekstelegram naar zuidelijker oorden. Stiekem vond ze het opwindend dat ze het nu misschien weer goed konden maken met een heuse binnenstebuiten kerende seksmarathon.

'Je vindt me vast een echte Pol Pot, ik stuur je naar L.A. en beveel je om een videodagboek bij te houden.'

'Nee...'

'Maar dat doe ik alleen maar omdat ik denk dat je tot zo veel meer in staat bent. Weet je, ik wed dat jóúw werk hier volgend jaar wordt vertoond.'

'Maar ik heb nog niks gedaan!'

'Ik zei dat je tot zo veel meer in staat bent,' ging Taj verder, 'niet dat je al veel hebt bereikt. Daarom is dat videodagboek zo belangrijk.' Om eerlijk te zijn vond Anna het idee van een videodagboek bijhouden alleen maar vermoeiend, maar om Taj te plezieren knikte ze hartgrondig.

'Ik weet het. Ik ben lui geweest.'

'Je bent niet lui. Weet je wat jouw werkelijke probleem is?'

Ze schudde haar hoofd. 'Dat ik Simone niet ben?' Dat had ze niet willen zeggen, maar het was al te laat. En waarom niet? Waarom zou ze voor de verandering niet eens eerlijk zijn? Ze wisten allebei dat mannen als Taj nooit naar vrouwen als Anna keken op de manier waarop ze naar Simone keken. Of naar dat meisje op de kermis. Ze deden nooit rare dansjes in gangen om haar aan het lachen te maken en holden niet weg om een ander T-shirt aan te trekken waarvan ze hoopten dat zij het mooi vond. Maar mannen als Taj gaven ook geen massages aan de muis van haar hand, en dat was precies wat Taj nu aan het doen was. Hoelang kon ze nog doen alsof ze het goed vond dat hij schaamteloos en recht voor haar neus verlekkerd naar andere vrouwen keek? Of hun relatie nou kon worden omschreven als 'ingewikkeld' of 'onduidelijk', het kon zeker weten nog steeds als íéts worden omschreven, toch?

'Precies,' zei Taj en Anna keek verbaasd naar hem op. Maar ze kon uit zijn blik aflezen dat hij haar verkeerd begrepen had. 'Niemand weet verdomme wie je bent, Anna. Wat jij nodig hebt is roem. Niet een hele hoop – té gretig zijn is ook niet goed – maar zelfs een klein beetje zou al wonderen doen voor je eigenwaarde.'

'Ik weet niet...' begon Anna, maar Taj onderbrak haar weer.

'Neem de relatie met je moeder. Een paar krantenartikelen, een klein stukje in het alumnitijdschift van je universiteit? Dan is ze alles waar ze altijd maar over doorzaagt BAF! in één keer vergeten.' Taj liet haar hand los en knipte met zijn vingers. Anna lachte.

'Ik meen het,' zei hij. 'Je hoeft alleen maar in de roemtrein naar geluk te stappen.'

'Mag ik niet bij iemand achter op de scooter springen die me dan tot aan het station brengt waar net genoeg roem is?'

Nu was het Tajs beurt om te lachen en Anna zag haar kans schoon. Ze pakte zijn hand weer vast. Dit was het, besefte ze. Het moment in romantische komedies waar de blije, alternatieve jarennegentigmuziek zijn intrede doet – iets van Matthew Sweet of The Lemonheads waarin ze zingen dat het niet erg is als er niemand van je houdt, maar dat het ook oké is als iemand dat wel doet – en de uitgemergelde antihelden die het publiek de hele tijd al samen wilde zien verliefd op elkaar worden. Ze leunde zwaar tegen hem aan om te laten merken dat niet alleen haar hand, maar haar hele wezen hier voor het grijpen lag. Maar hij leunde slechts dezelfde richting op alsof ze twee bomen waren die bogen in dezelfde onzichtbare wind. Een aanzienlijk moment lang bleven ze zo zitten waarbij ze er voor de buitenwereld uitzagen als de dubbele schuine streep in een URL. Toen gaf hij een klopje op haar hand dat duidelijk maakte dat hij niet met haar naar bed ging en stond op.

'Beloof je me dat je iets voor je dagboek zal filmen voor we gaan eten?'

'Dat beloof ik,' blies Anna uit.

'Cool. Ik zie je om zes uur boven.'

Toen hij de deur achter zich dichttrok kwam hij niet meer terug. Anna zakte in de kussens achterover en keek weer op de klok: het was bijna zevenendertig uur geleden dat ze haar e-mail had gecheckt.

22

Anna ging op een stoel voor de AVCCAM zitten en meteen was daar de vraag wat ze moest doen met die vetrol die je niet ziet als je staat. Ze staarde naar het knipperende rode lampje en het was net alsof ze naar de (1) in haar inbox staarde en wachtte tot hij in een (2) veranderde. Ze was nou eenmaal geen Simone, haar leven was nou eenmaal niet ingesteld op zoveel mogelijk naakt en schandalen. Wat had ze nou eigenlijk te melden? Maar als ze niets zei kon ze Taj niet eens vertellen dat ze het had geprobeerd. 'Ik heb het geprobeerd.' Dat zou ze op haar grafsteen laten zetten.

'Ik weet niet wat ik moet zeggen,' zei ze tegen de AVCCAM en dacht aan niets anders dan haar buik en de vetrollen die zich daar bevonden. Toen kreeg ze een idee. Dit moest tenslotte een dagboek worden over haar internetverslaving.

'Ik ben omgeven door piepkleine luchtbelletjes van ongenoegen,' zei ze, 'omdat ik me zo eenzaam voel als een haai in de diepe, blauwe oceaan.'

Maar de woorden bleven slechts ongemakkelijk in de lucht hangen en er kwam niets anders in haar op. Ze dacht weer aan Simone en besloot haar T-shirt uit te trekken om te kijken of dat misschien hielp. Topless voor de camera zitten bleek helemaal niet te helpen. Na nog een minuut of twee hulpeloos te hebben rondgesparteld liep ze naar de camera om de opnames te bekijken, maar zette hem al snel walgend neer. Hadden zij en Taj niet besloten dat ze niet geloofden in prikkeling zonder de plus? Moest je haar nu zien: haar dagboek was nog maar zes minuten lang en ze maakte zich er nu al gemakkelijk vanaf, ging voor borsten in plaats van inhoud. Tijd voor een pauze, besloot ze. Ze liet zich op het bed vallen en pakte de afstandsbediening. Schond ze de regels van haar voorwaardelijke vrijlating als ze televisie keek? Binnenkort was de vraag wat wel en wat geen internet was niet meer te beantwoorden, dacht Anna. Binnenkort zou alles één grote golfbeweging zijn: radiogolven, hersengolven die ideeën opwekten, microgolven die eten opwarmden.

Ze zapte lusteloos langs de kanalen – een curlingwedstrijd, C-SPAN, het door een bewakingscamera opgenomen geraaskal van een of andere imam – en koos uiteindelijk een sitcom met ingeblikt gelach. Vijftien minuten lang keek ze hoe de acteurs met een haast uitzonderlijk gebrek aan humor van de ene in de andere situatie rolden. Ze dacht aan Simone en stelde zich voor dat ze de geluidsband met oudbakken lachsalvo's verving door vlagen hysterisch gehuil of kwaad gejoel. Stelde zich voor dat ze alle gezichten in onheilspellende zwarte stippen veranderde. Ze moest Simone uit haar gedachten zetten. Ze moest hier niet langer blijven liggen. De dag glipte door haar vingers.

Naar buiten! Ze zou naar buiten gaan, haar uitgehongerde neuroreceptoren wat broodnodige vitamine D verschaffen, haar dag plukken. Ze greep de camera, drukte hem tegen één oog en filmde haar onbeholpen, door de camera bemoeilijkte vertrek, haar processie door de gang die zo breed was dat er een piano doorheen kon worden getild en haar liftreis naar beneden, allemaal dodelijk saai. In de lobby vloog ze langs de receptie en het kluitje ongeïnteresseerd kijkende trendocraten dat op het oncomfortabele meubilair was neergestreken en stopte alleen toen ze nog zo'n verschrikkelijke plaquette in het vizier kreeg. Deze hing bij de voordeur. Anna zoomde in.

Er is maar één, niet zo dunne, scheidslijn. Iedereen doet zo gewichtig over zijn eigen onbenullige grenzen. Gewetensvol zweren ze dat ze dat nóóit zouden doen! En misschien is dat wel waar. Het is echter waarschijnlijker dat ze het nooit hóéven te doen. Maar goed, als ze het zo willen spelen, prima.

– John O'Brien (1960-1994)

Toen stond ze buiten op de stoep die nog altijd nat was en waar een stereotypische hipster op de stoeprand een sigaar stond te roken. Het was opgehouden met regenen maar de lucht bleef dreigend en grijs. Ze sloeg rechts af, weg van Simones galerie, en begon te lopen. In Brooklyn kon je heimwee hebben naar een halfjaar geleden – de delicatessenwinkel die nu een fetisj-schoenenwinkel was, de dichtgespijkerde galerie, de hondenuitlaatplaats die was geasfalteerd om plaats te maken voor een jeu-de-boulesbaan – en ze kon voelen dat dit zo'n zelfde soort plek was. Een gebied dat permanent in een overgangsfase zat. Plotseling voelde ze zich vreemd genoeg thuis. Aan het stopbord dat aan het einde van de straat stond had iemand onder het woord STOP een bordje opgehangen met daarop MET TWIJFELEN. Zonder enige twijfel sloeg ze doortastend links af en maakte een panoramashot van de stoep vol scheuren, planeten van platgetrapte, zwarte kauwgom en een sterrenstelsel van ambitieus onkruid. Ze besefte dat ze vergat te praten. Maar wat moest ze zeggen als haar gedachten alleen maar gingen over haar en Taj? Over Taj en Simone? Over Taj en Taj? Ze dwong zich te concentreren, de ruis rond de gebeurtenissen die de afgelopen dag hadden plaatsgevonden weg te jagen en hier in een Powerpointachtige opsomming de genadeloze essentie van haar gevoelens uit te destilleren alsof ze daartoe was bevolen door de enige echte Chad Brohaurt. Ze moest toegeven dat een koude lintworm van twijfel zich kronkelend een weg door haar onderbuik baande. Ze was bang waar dit hele gedoe met Taj

- emotioneel
- creatief
- financieel

gezien toe leidde.

Ze hurkte om een dode duif te filmen die op de stoep lag. Was haar onvermijdelijke onvolkomenheid echt een tekort aan roem, zoals Taj had geopperd? Om de een of andere reden dacht ze van niet. Misschien was haar onvermijdelijke onvolkomenheid wel dat ze dingen op de verkeerde manier begon. Op een dusdanige manier begon dat ze er in alle waarschijnlijkheid mee zou stoppen. Of gaf ze te veel, zoals de waarzegster had gezegd, en liet ze niets aan de verbeelding over? Misschien was dat waarom Taj vrouwen als Simone zo aantrekkelijk vond en zij mannen als Taj zo aantrekkelijk vond: het feit dat je hen niet kon doorgronden. Maar hoe kon ze zelf ondoorgrondelijk worden? Mysterieus worden? Ongrijpbaar worden? Het antwoord zelf was ongrijpbaar. Het was geen probleem om iemand te vinden die haar kon leren hoe ze moest bloggen, maar wie kon haar leren om minder grijpbaar te zijn? Vooral nu de herinnering aan hun pinavontuurtje haar tepels om de haverklap in de houding liet springen? De fysieke honger was al genoeg om Anna alles op tafel te laten gooien: haar rekeningafschriften, de uitslag van haar uitstrijkje, het wachtwoord van haar Gmailaccount. Opeens had ze er spijt van dat ze dat *Onvermijdelijke onvolkomenheid*-boek niet had meegenomen. Misschien kon ze Labjas' dure adviesbureau inhuren om Taj anoniem te ondervragen en zo uitvinden of haar hypothese over haar gebrek aan ongrijpbaarheid klopte?

Maar nu liep ze filmend verder de straat in waarbij de wind af en toe werd verwarmd door een stoot uitlaatgassen. Overal waar ze keek zag Anna metaforen. Een luchtbedje in een door mos aangetast zwembad. Zij was een luchtbedje. Waar dreef ze op? Op een zwembad gevuld met metaforen. Skaters die in een eindeloze looping van hun skateboards vielen. Een paraplu die kapot en verlaten in de goot lag. Ze wierp een blik in een café waar elke tafel werd bezet door een eenzame koffiedrinker. Kleine eilandjes van eenzaamheid binnen een grotere archipel van verdriet en zelfverwijt. Toen trok het leven haar de werkelijkheid weer in. De belofte van eten, Taj, een dutje. Anna ging terug naar haar kamer in het hotel. Ze pakte de telefoon om Brandon of Leslie te bellen maar besefte dat ze geen enkel mobiel nummer uit haar hoofd kende en besloot in plaats daarvan het vuil van de dag weg te spoelen met een kleine make-over. Ze deed haar wenkbrauwen en gaf zichzelf een rijst-bamboe-microdermabrasiebehandeling. Toen ze daarmee klaar was bracht ze zorgvuldig een paar Crest White-strips aan op haar scheve snijtanden en leunde achterover op de sprei waarvan haar moeder zou hebben gezegd dat ze allemaal nare ziektes zou krijgen als ze erop ging liggen.

Om halfzes ging ze naar beneden naar de grotendeels lege bar van het hotel waar het happy hour in volle gang was. Ze ging aan de bar zitten, bestelde optimistisch een bloody en keek om zich heen. Verspreid door de hele ruimte hingen hipsters alleen of in tweetallen boven hun drankjes en prikten wat in hun onamusante amuses. Er was een liedje van Elliot Smith te horen – de opbeurende klanken van een zelfmoordpoging – maar de muziek stond niet hard genoeg om de doodsreutel van de caipirinha's te verhullen. Ze vond het eerlijk gezegd meer op een sad hour lijken.

'Zit hier iemand?'

Anna draaide zich om en ontdekte dat de stereotypische hipster die ze eerder buiten een sigaar had zien roken bij de stoel naast haar stond te dralen. Ze haalde haar tas weg en hij ging zitten.

'Jij bent vast Fucked,' zei hij nonchalant. 'Ik ben Tim.'

'Wát?' ze had welgeteld één slokje van haar bloody genomen – ze was nog niet eens aangeschoten.

'Fucked? Je weet wel, het festival? Sorry, ik zag je hier daarnet zitten met Nul en Simone en ik nam aan dat...'

'O, natuurlijk. Het féstival,' zei Anna en herstelde zich. 'Ha.'

'Raar om Nul op Gilmans festival te zien, je weet wel, na alles,' zei hij en gebaarde naar de barman. 'Vooral om hem zo intiem te zien met Simone. Heb je haar nieuwe kunstwerk al gecheckt? Ik heb gehoord dat ze een microfoon aan een speculum heeft vastgemaakt.'

Dit was Gílmans festival?

'Wat zijn die twee überhaupt aan het uitspoken?' ging Tim zachtjes door. 'Nul en Simone bedoel ik.'

'Al sla je me dood,' zei Anna. Ze dacht snel na en wierp hem een halve waarheid toe: 'We hebben elkaar gisteren pas ontmoet.'

'Fucked heeft jullie bij elkaar gebracht dus?' Hij gniffelde. 'Dat soort rare dingen gebeuren altijd op het festival. Vorig jaar belandde ik met Laurel Nakadate in een karaokebar.'

Anna knikte alsof ze wist wie dat was en het daaropvolgende halfuur bracht Tim haar van alles op de hoogte waarbij hij begon met de cursus van Herzog die Simone en Gilman voor het eerst sinds de 'James Franco'-affaire weer bij elkaar bracht (het postmoderne, mumblecore-achtige, doe-het-zelf-kunstfilmwereldje was buitengewoon klein en bestond uit dezelfde twaalf mensen die dezelfde Möbiusband van festivals, beurzen en workshops afliepen) en de inmiddels beroemde tweet die de geboorte van het nowisme inluidde – en die voor een recordbedrag was bemachtigd door een onbekende koper uit het Midden-Oosten. Daarna brak er een vruchtbare periode van waanzinnige productiviteit aan die werd gevolgd door een schrale tijd waarin alleen zelfverwijt en schandalen welig tierden. Nul hield van Simone, hield zoveel van haar dat het pijn deed, maar Simone hield van Gilman, wiens tong stevig zat bevestigd aan een rad van Hollywoodsterretjes. Er ontspon zich een waar kat-en-muisspel. Simone vluchtte het land uit. Nul volgde haar de hele wereld over. Het zou Gilman allemaal worst wezen: hij had ondertussen Boeddha en marihuana ontdekt. Nul had zich in Berlijn bij Simone in de kijker weten te spelen en een paar maanden lang tolereerde ze hem het ene moment en verslond ze hem het andere voordat ze hem voorgoed verliet – volgens sommige blogs voor Marina Abramovic. Anna luisterde en at de gratis nootjes tot er alleen nog maar gebruikt zout in het schaaltje lag. De bar vulde zich nu met een ander soort publiek. Maar net toen ze dacht dat Tim klaar was haalde hij zijn iPhone tevoorschijn en begon ermee te spelen.

'Maar dit is waarom ik niet kan geloven dat hij hier is. Heb je dit weleens gezien?' Hij gaf haar zijn telefoon. Ze keek op het schermpje en schudde haar hoofd. Het was een YouTubefilmpje van P. Gildaddy dat *From Zero to Sixty in Less Than Two Minutes* heette.

'De eerste keer dat Gilman het ergens liet zien was op het eerste Fucked Festival.' Tim grinnikte. 'Het gerucht gaat dat hij Nuls Moleskinedagboek heeft gestolen – ook al houdt hij bij hoog en laag vol dat Nul het aan hem heeft gegeven – en het heeft laten voorlezen door een of andere dakloze vent. Check het maar eens. Lijpe shit.'

De dakloze man zag er inderdaad nogal 'lijp' uit. Het was een zwerver zoals je die ziet in films, geen tanden, verwilderd haar en een huid die zo getaand en verbrand was dat hij haast wel van leer leek. Hij hield de Moleskine een flink eind van zich af, wat deed vermoeden dat hij eigenlijk een leesbril nodig had, en begon met overslaande stem te lezen.

'Vandaag kwam de toelatingsbrief van de Kunstfaculteit van Yale. Ik heb hem door Simone laten verbranden, maar niet voordat ze erop had geplast.'

'Soms voel ik me gewoon sterk. STERK! Superhelden-sterk, zo van "rárrrwww". Waarom mag je jezelf niet sterk voelen?'

'Ik heb besloten dat ik vanaf nu alleen nog maar lekkere wijven ga daten. Je leven verspillen aan niet-lekkere wijven is zinloos.'

'Idee: bereken de Gini-coëfficiënt voor de mate van ongelijkheid in de kunstwereld, vergelijk het met Brazilië, Afrika en andere derdewereldlanden. Fucking briljant. Mijn economische achtergrond verenigen met kunst, volgens Gilman vinden mensen dat soort onzin geweldig, al helemaal als je een kleurtje hebt. (Of beter nog, de Gini-coëfficiënt voor de mate van jaloezie?)'

De zwerver huppelde in het rond. Sloeg bladzijdes om. Stopte af en toe eventjes om een tuberculoseachtig hoestje de wereld in te slingeren. Veel van de schrijfsels waren verschrikkelijk egocentrisch, andere zoals 'sereen staan in een zee van spaanderhouten zwaarden' sloegen simpelweg nergens op. Uitgesproken door de vagebond klonk het allemaal grotesk, al moest Anna toegeven dat hij verrassend goed kon voorlezen. Heel even vroeg ze zich af of dit weer één van Gilmans trucjes was en dat de bedelaar eigenlijk een doctoraalstudent aan Oberlin College was. Maar een bekende zin katapulteerde haar uit deze overpeinzing.

'Het wordt allemaal zo wazig,' las de landloper en krabde zich achter in zijn nek. 'Niks voelt ooit goed op het moment dat het goed hoort te voelen.' Het wordt allemaal zo wazig. Had Brie dat niet gezegd? Had ze toen Taj geciteerd? Of voelden mensen zich tegenwoordig nou eenmaal 'wazig', vroeg Anna zich af.

'Mensen moeten zich niet afvragen wat er is gebeurd. Ze kunnen zich beter afvragen wat er niet is gebeurd.'

'Gilman, Simone, het is net alsof zij zich op een duidelijk aangegeven weg bevinden en ik slechts het tolhuisje beman.'

De zwerver bladerde naar de laatste pagina. 'Ik ben in opkomst. Dat moet ik onthouden. De jonge rebel. Blijf jezelf dat voorhouden. Rijzende ster, rijzende ster.' De dakloze keek recht in de camera zoals hem duidelijk was opgedragen. Voordat hij het boek sloot barstte hij in lachen uit – een nat, raspend geluid waarvan Anna meteen wenste dat het zou ophouden.

'De wereld kan mijn bolle reet kussen,' snoof hij. 'Ik ben verdomme in opkomst.'

De film was afgelopen, maar Anna staarde nog steeds naar het schermpje.

'En wat doe jij?' vroeg Tim en plukte de telefoon uit haar slappe hand. 'Film? Performance?'

'Ik ben offline,' mompelde Anna met haar gedachten nog steeds mijlenver weg. Ze zag Taj aan de andere kant van de zaal en liet zich van haar stoel glijden.

'Fascinerend.' Tim knikte.

Ze worstelde zich door de menigte. Arme Taj! Eindelijk begon ze het te snappen: Gilman had hem genaaid. Genaaid op zijn hoogsteigen festival. Simone had nooit van hem gehouden. Beiden waren hem voorbijgestreefd. Inderdaad Café Leedvermaak. De menselijkheid ervan deed de tranen in haar ogen springen. En ze wist nu wat zij en Taj – naast hun gedeelde interesse voor China – met elkaar gemeen hadden: ze waren échte mensen. Mensen die pogingen deden en onderuitgingen. Mensen die af en toe van gedachte en, vooruit, ook van naam en persoonlijkheid veranderden om nieuwe paden in te slaan die nog op geen enkele kaart te vinden waren. Dappere mensen die de sprong waagden, zelfs als dit betekende dat hun levenskaart vol kwam te staan met bochtige wegen die naar geen enkele strategische bestemming leidden. Mensen wiens kaarten nog steeds met potlood op servetjes getekend waren. Die gevoelig waren voor vlagen van opportunisme, onzekerheid, lust en pure verveling.

'Je ziet er anders uit,' zei Taj.

Anna was met ogen waterig van medelijden aangekomen bij de balie van de gastvrouw.

'Ik heb mijn wenkbrauwen gedaan.'

'Ziet er goed uit.'

'Dank je wel,' zei Anna. Het compliment verspreidde zich door haar lichaam als een scheut Sriracha-saus. Ze gleden een nis in. 'Hoe was je dag?'

'Productief,' zei Taj met een onverwachts enthousiasme. 'En jij? Hoe gingen je opnames?'

'Goed,' antwoordde Anna die het beeld van de dakloze man en de groteske echo van zijn lach nog steeds van zich af probeerde te schudden. 'Ik ben een tijdje buiten geweest.'

'Nog iets moois gefilmd?'

'Alleen maar interessante dingen.' Dat was niet helemaal waar, maar Brandon had gezegd dat Final Cut Pro voor alles een plug-in had. Zelfs voor interessantheid.

'Super,' zei Taj.

Normaal gesproken zou Anna vermoeden dat ze een stille wanhoop uitstraalde. Maar door de pijnlijke onthullingen die zich aan Tajs kant van de omheining opstapelden werd ze overspoeld door een onbekende golf zelfvertrouwen. Ze kon voelen dat alles voor hen vanavond anders zou worden.

'En hoe vind je het, je weet wel, zo zonder internet? Het is al twee dagen geleden.'

In werkelijkheid voelde de afwezigheid van het internet als een fantoompijn in een afgezet ledemaat. Nu ze niet in staat was om haar gebruikelijke vraag-en-antwoordspelletjes te spelen op Google voelde ze zich helemaal niet gered. Ze voelde zich gestrand. Gestrand op een eiland gespeend van enige technologie hier in het hartje van Silver Lake. Maar voordat ze een geschikte leugen kon bedenken trok Taj een bil op en haalde zijn telefoon tevoorschijn.

'Kut, ik tril,' zei hij. Toen, tegen de telefoon: 'Hallo? Wat? Nee.' Hij hield de telefoon een eindje bij zijn oor vandaan en staarde er even naar. 'Jezus, hij heeft de hele dag uitgestaan, ik was – oké, prima. Waar? Over tien minuten.' Snel hing hij op en ging staan.

'Simone,' zei hij tegen Anna. We hebben onze telefoons per ongeluk verwisseld tijdens de lunch. Dit is de hare. Ik zie haar zo bij de galerie. Bestel maar iets voor me.'

'Hoe laat ben je weer hier?'

'Snel.'

'Maar...'

'Wat als je het eten nou eens mee naar boven nam?' vroeg Taj en schonk haar een betekenisvolle blik die haar hart sneller deed kloppen.

'Ik ben zo blij dat je dat zegt, Taj, want ik wil vanavond met je praten.' Ze pakte zijn hand. Ze zou het hem nooit kwalijk nemen dat hij geliefd wilde zijn. 'Écht met je praten.'

'Ik ook met jou.' Hij glimlachte. Toen pakte hij zijn tas en ging ervandoor.

Hoewel het niet op de kaart stond vroeg Anna om een speciale omelet: drie eieren, prei, geitenkaas, hollandaisesaus, koriander-blaadjes – alles erop en eraan. Precies hetgeen dat Taj die ochtend had gewild voordat Simone hen had verrast en wonderlijk genoeg gaf de keuken gehoor aan haar wens. Ze liet het inpakken en nam het mee naar boven. En omdat ze nog niet wist dat Taj nooit meer terug zou komen zette ze de verwarming op 25 graden en verruilde haar kleren voor een negligé dat ze drie jaar geleden in de uitverkoop bij Agent Provocateur had gekocht, maar waarvoor zich nog nooit een gepaste gelegenheid had voorgedaan. Ze stak de chique geurkaars op het nachtkastje aan die 'Met maanlicht overgoten parels' heette en naar luchtverfrisser met dennengeur rook, rangschikte de glijmiddelen en reisverpakkingen massageolie de ze had meegenomen op grootte en legde de Japanse condooms binnen handbereik.

Er verstreek een uur zonder Taj, en toen nog een. Ze liet de telefoon die hij haar had gegeven op het kussen naast haar liggen terwijl ze langs de kanalen zapte. Het werd laat. Ze keek hoe infotainers beroemdheden interviewden op zenders waarvan ze het bestaan niet kende totdat zelfs dit onbeduidende amusement overging in ruis en testbeelden. Op een bepaald moment klonk er een geluid in de hal. Gestommel gevolgd door een hoopvolle 'woeshj' en Anna vloog naar de deur. Maar in plaats van Taj vond ze alleen maar een suffe flyer voor een feestje dat morgen in de lobby werd gehouden. Het was na drieën toen ze eindelijk in slaap viel met een flesje Kama Sutra intensiverende gel als een talisman in een van haar handen geklemd.

De volgende morgen werd ze wakker in haar lingerie in de te warme kamer en tetterde de presentator van een ochtendprogramma bezorgd over een gigantisch dodenaantal in een of ander vergeten handschoenkastje van de wereld. Tajs kant van het bed was nog steeds onbeslapen; de antieke telefoon lag naast haar hoofd. Ze keek of er nog nieuwe berichtjes waren. Die waren er niet, dus probeerde ze Taj voor de honderdste keer te bellen. Ze werd gelijk naar zijn voicemail doorgeschakeld. Ze rolde naar zijn kussen en ademde de geur van zijn opgedroogde speeksel in terwijl ze nadenkend naar de deur keek. Wat zou ze zeggen als hij daar nu door naar binnen zou komen lopen? Wat werd je geacht te doen als je in een hotel in Los Angeles in de steek werd gelaten?

Ze besloot ontbijt te bestellen. Twintig minuten later verschenen pannenkoeken, gebakken aardappeltjes, stukjes fruit en een geruststellend kopje koffie netjes geordend op een dienblad voor haar deur. Ze nam het dienblad mee naar binnen en ging in een oncomfortabele perspex stoel zitten. Ze nam een slok van de koffie die zo heet was dat ze er haar tong aan brandde. Het meta-narratief begon al vaste vormen aan te nemen; deze laatste mislukking was zowel illustratief als representatief voor haar eerdere mislukkingen. Ze kon dit reisje nog steeds in een vakantie omtoveren, zei Anna tegen zichzelf, ook al wilde ze als ze eerlijk was vooral even vrij nemen van zichzelf. In de spleet tussen het bed en de muur kruipen en daar de vorm aannemen van een tot wees verworden sok of een dof muntje.

Toen ze nadacht over wat Leslie van haar zou vinden als ze haar nu kon zien schoot er een haast fysieke pijn door haar heen die werd gevolgd door de gedachte: oké, wat zou Léslie doen? Leslie zou hier niet vol zelfmedelijden in deze verschrikkelijke stoel gekneld blijven zitten. Ze zou naar Simones galerie lopen om Taj te confronteren, die irritante kwestie met dat geld dat ze nog van hem kreeg afhandelen en zichzelf op een vliegtuig naar New York zetten. Toen ze net was ontslagen had haar moeder haar een boek gegeven: *Chicken Soup for the Unemployed Soul*. En het stond haar nog helder voor de geest hoe Leslie het boek belachelijk had gemaakt. 'Die kippensoep kun je door de plee spoelen, Anna,' had ze gezegd. 'Wat jij nodig hebt is *Viagra for the Unemployed Soul*. Stop met zwelgen en onthoud: hoe meer beslissingen je zelf neemt, hoe meer je je eigen leven in de hand hebt.'

Anna at haar ontbijt op en kleedde zich aan. Leslie had gelijk. Er mocht dan al veel verloren zijn gegaan, ze kon nog steeds besluiten haar waardigheid te redden. *Waardigheid*. Dat woord deed Anna huiveren toen ze dacht aan Tajs onaangeroerde omelet in de minikoelkast en het treurige rijtje glijmiddelen dat nog steeds op het nachtkastje stond. Ze was opgestaan uit de stoel, had de kamer verlaten en spoedde zich door de gang naar de goederenlift waarop een bordje hing met BUITEN GEBRUIK. Ze slingerde door de gangen tot ze een afgelegen trappenhuis vond. De zware branddeur onder aan de trap waarschuwde ALARM GAAT AF INDIEN GE-OPEND! maar ze had geen keus, toch? Ze moest Taj vinden en hier een eind aan maken, ook al veroorzaakte zelfs de gedachte aan een enkele dag zonder de belofte van zijn telefoontjes en mysterieuze instructies al een gonzende paniek. Ze zette zich schrap, gooide een schouder tegen de metalen stang en werd onmiddellijk overspoeld door lawaai. Geen brandalarm maar nogal trommelvlies-verwoestende indierock en het gebulder van een menigte die schreeuwde om boven de muziek uit te komen. Het was er zo vochtig dat het voelde alsof ze iemands mond in was gestapt.

Een vrouw die de helft van haar hoofd had kaalgeschoren dook plotseling naast Anna op.

'Iedereen krijgt een konijntje!' schreeuwde ze en stopte haar bruusk een konijn toe.

'Gratis!' riep een andere man met een krulsnor en duwde een glas prosecco in haar vrije hand.

Het konijntje trappelde tegen Anna's borst. Met tegenzin kwam ze in beweging. De zaal leek volledig te worden ingenomen door vluchtelingen uit Bries kickbalteam. Meisjes die op Etsy van kniesokken gemaakte armwarmers verkochten, jongens die apps ontwierpen waarmee je speelgoedkeyboards op afstand kon bespelen, hobbypreparateurs met koelboxen vol gevriesdroogde huisdieren. Overal waar ze keek hielden knappe mensen drankjes en konijnen vast en voerden gesprekken waarbij ze hun vingers veelvuldig tot aanhalingstekens kromden, en iedereen keek tijdens het praten langs elkaar heen om te zien of er nog andere gesprekspartners in de menigte te vinden waren.

Wat was dit voor bijeenkomst? En waarom waren ze op woensdagochtend om elf uur allemaal al aan de drank? Toen zag ze iets dat al deze vragen plotsklaps deed verdwijnen – aan de overkant van de zaal lichtte een gigantisch Apple-beeldscherm op als het zwaard Excalibur. Nu baande ze zich doelbewust een weg door de mensenmassa en leegde gedachteloos haar glas prosecco waarna er op magische wijze een nieuwe in haar hand verscheen. Een man rechts van haar schreeuwde: 'Waarom vinyl?' en prikte met zijn vinger in de borst van een soortgelijk uitziende man. 'Omdat je daar vrouwen het bed mee in krijgt.' Het was zo vol dat Anna het gevoel kreeg alsof ze een marathon rende in warme drilpudding, maar ze zette door en verzekerde het konijntje dat het allemaal goed zou komen ondanks het liedje van Odd Future dat de muren deed trillen, de onbedaarlijk lachende man op de bank die een joystick vasthield die nergens op aangesloten leek te zijn en het meisje dat 'Ieeee!' riep en de inhoud van een volle fles wodka in een punchkom goot. 'Diep vanbinnen zijn deze mensen heel normaal,' zei ze tegen het konijntje, 'net zo normaal als jij en ik. Ze doen zo raar omdat...' Nou ja, dat joodse meisje met die enorme bos krullen die luidkeels sprak over haar onlangs geplaatste spiraaltje en de gevolgen die dat in de toekomst voor kontseks had was bijvoorbeeld niet alleen maar smakeloos en angstaanjagend. Nee! Ze had een hele rits vaardigheden en persoonlijke eigenschappen. Ze was iemand met huisdieren en hobby's – en toen werd Anna's weg opeens geblokkeerd door een lachende vrouw die haar hoofd zo ver naar achteren gooide dat het leek alsof ze zich in de kameelhouding achterover wilde laten zakken. Een paar seconden lang vergat Anna Taj en haar waardigheid; ze wilde dat ze net zo dronken en gelukkig was.

'Heb je nog vragen?' vroeg een vrouw met een klembord. Het duurde even voordat Anna besefte dat ze het tegen haar had.

'Hallo?' herhaalde de vrouw luid met haar pen in de aanslag. 'Vragen?'

'Mag ik vragen wat ik maar wil?' vroeg Anna. De vrouw knikte. 'Oké, wat is mijn onvermijdelijke onvolkomenheid?' riep ze. Als een nat uitroepteken duwde het konijn zijn neusje in haar hals. Haar hoofd tolde.

'Wat?' zei de vrouw en schudde haar hoofd.

'Mijn onvermijdelijke onvolkomenheid?' riep Anna wat harder. Maar de vrouw lachte slechts en verdween met haar klembord in de menigte waardoor Anna haar weg wel móést vervolgen. Eenmaal aan de andere kant van de zaal aangekomen zat er tot haar grote opluchting wonderbaarlijk genoeg niemand in het computerhokje. Toen ze zich op haar plek liet glijden was het net of de rust in de zaal weer wederkeerde, het leek wel of de herrie van de menigte zich als een slak in zijn huisje terugtrok.

'Silver Lake,' typte ze in. 'Fucked fest.'

Onmiddellijk kwam 'F'd Fest' als eerste zoekresultaat omhoog.

Terwijl Anna wachtte tot de flash-intro geladen was opende ze in een reflex twee nieuwe tabbladen voor Gmail en Facebook. Zoals altijd zwol haar hoop tot ongekende hoogten bij het intypen van haar wachtwoord, maar werd deze bijna direct verpletterd door de armoedigheid van haar inbox en de schaarste aan Facebookberichtjes. Geen irritante trivialiteiten van Leslie? Niet eens een halfslachtige afslanktip van haar moeder? Ze was al twee dagen weg. Was er dan helemaal niemand die haar miste? Het konijntje kronkelde bevestigend tegen Anna's borst.

Ze klikte terug naar de homepage van het festival en bekeek het programma. Scrollend door de lijst met panelleden en deelnemers vond ze vreemd genoeg geen vermelding van Taj of Nul. Toen ze het einde van de pagina had bereikt verplaatste haar blik zich naar de 'Over ons' in de zijbalk: 'Toen Paul Gilmans inmiddels legendarische, drie minuten durende meesterwerk *Minority Queens, Majority Rears* werd afgewezen voor het Sundance Festival zei hij tegen zichzelf: "That's Fucked." Welkom, kinders, bij het F'd Fest.'

Toen ze een hand op haar schouder voelde sprong het schaamrood ogenblikkelijk op haar kaken. Taj! Hij had haar op heterdaad betrapt, ze was een boulimiepatiënt die zich bij een digitaal buffet aan het volproppen was. Maar ho eens even, waarom was zij degene die door het stof moest – zij, van het naar zijn wensen gemaakte omelet! – terwijl hij degene was die er met een andere vrouw vandoor was gegaan en haar alleen in slaap had laten vallen tussen meer ongeopende flesjes glijmiddel dan de drogist op voorraad had?

'Waar is Taj?' klonk een bekende stem. Anna keek op van het scherm en in plaats van Taj stond daar Lauren die er prachtig uitzag in een zwart sweatshirt van Brooklyn Industries en opgestoken haar dat haar gezicht vrijliet. Sinds die dag op de kermis had Anna haar hekel aan Lauren zorgvuldig gekoesterd en tot iets boosaardigers laten uitgroeien. Toch kon ze niet anders dan toegeven dat haar hekel aan Lauren slechts was gebaseerd op het feit dat Lauren een hekel aan haar leek te hebben. Nu ze zich omdraaide om tegen haar te kunnen praten vond ze het lastig om haar met gepaste arrogantie toe te spreken en tegelijk het konijntje vast te houden.

'Wat doe jij hier?' wist ze uit te brengen.

'Hij zou gisteravond bij de vertoning van mijn film zijn,' ging Lauren door en negeerde haar opmerking. 'Waar hangt hij uit?'

Nu herinnerde Anna zich het pas; had Taj die dag op het dak niet verteld dat Laurens korte film op het festival zou worden vertoond?

'Toen ik hem gisteren belde nam er een of andere vrouw op.'

'Dat was Simone...'

'Hij is bij Simone?' zei Lauren. Ze leek van haar stuk gebracht.

'Nee,' antwoordde Anna. Ze liet een opstandig toontje in haar stem doorklinken. 'Hij is bij míj.'

Lauren staarde haar aan en het was duidelijk dat ze in gedachten een afweging maakte. Toen ze weer begon te praten was haar stem helder en autoritair.

'En het is míjn man,' zei Lauren, 'dus wat doet hij verdomme bij haar?'

Een seconde lang hoorde Anna alleen een luid gezoem. Toen liet iemand de bungeekoorden die rond haar hart zaten vieren en stortte ze naar beneden.

'D-dat kan niet.'

'We zijn samen. We zijn getrouwd.'

'Hij is hier met mij naartoe gekomen.'

'Dat weet ik.'

'We... hebben iets.'

'Dat iets heeft een naam,' zei Lauren ijzig. 'Dat heet voor de Gugg gaan.'

Man. Man. Man. Dat woord stuurde elektrische schokken naar haar hersenen. Ze was pas net gewend aan het idee van Simone en daar was Lauren, Tajs vrouw. Bovendien wist Lauren, Tajs vrouw, op de een of andere manier dat ze hier samen waren. Wist ze, of leek ze te weten, dat ze met elkaar naar bed waren geweest. Anna was in eerste instantie bang geweest dat hij tijdens hun rendez-vous seks met haar had gehad omdat hij haar zielig vond. Als ze Lauren moest geloven had hij dus eigenlijk seks met haar gehad omdat hij de Gugg wilde. Maar wat had seks met háár te maken met de Gugg? Daar werden geen Guggs voor toegekend. Tenminste, voor zover Anna wist niet.

'Waar zijn ze?' vroeg Lauren.

'Weet ik niet,' gaf Anna toe. 'Hij ging gisteravond naar haar toe en is niet meer teruggekomen. Wanneer wordt zijn film vertoond?'

'Welke film?' snauwde Lauren. 'Er is hier niks van hem te zien.'

'Hij zei tegen Simone dat hij meedeed aan het festival.'

'Onmogelijk,' zei Lauren en veegde deze mogelijkheid van tafel. 'Het is Gilmans festival.' Lauren sprak alsof Tajs hele geschiedenis met Gilman een versleten deurmat was die voor de deuropening van het internet lag.

'Maar toch is het zo,' hield Anna vol. 'Hij had zich al eerder aangemeld, maar was afgewezen. Toen kreeg hij een paar dagen geleden op de valreep een berichtje waarin stond dat zijn film was geaccepteerd.'

Anna keek toe hoe de inzichten in golven over Laurens gezicht rolden.

'Wat een fucking...' Lauren verloor zich in haar gedachten en beiden waren zich ervan bewust dat ze deze woordspeling niet met opzet maakte. Haar ogen schoten naar het beeldscherm waarop de website van F'd Fest nog steeds trillend openstond. Plotseling duwde ze Anna opzij en begon als een bezetene te scrollen. Anna zat er stilzwijgend naast en al haar bloed leek te zijn vervangen door antivries. Het konijntje probeerde zich uit haar handen te wriemelen, maar ze was dronken en voelde zich waardeloos en ze wilde het konijntje niet op de grond zetten, ook al was dat duidelijk wat het konijntje wilde.

Lauren rechtte haar rug en haar ogen bleven ergens aan haken. 'Shit,' zei ze en stond op. 'Het is vandaag en het begint zo meteen al.'

Zonder een reactie af te wachten zette ze koers naar de deur. Anna volgde haar en probeerde zich uit alle macht door de smalle, Lauren-vormige opening die ze in haar kielzog achterliet te persen. Toen ze aankwamen bij de voordeur plukte een man in een rokje het konijn uit haar handen en deed hem in een mand bij de andere konijntjes. Anna volgde Lauren de ruimte uit naar de stoep voor het hotel waar altijd taxi's stonden te wachten. Ze gaf de taxichauffeur een adres, draaide zich naar het raam en begon onmiddellijk het vlees van haar vingers te knagen. Anna nam aan dat dit betekende dat ze niet wilde praten. Anna draaide zich naar haar eigen raampje. Ze miste het konijntje, het warme, bonzende hoopje leven tegen haar sleutelbeen.

De auto zette zich in beweging en straten en gebouwen gleden aan hen voorbij. Het was vandaag zonnig waardoor alles werd overspoeld door een onnatuurlijke technicolor-helderheid. Palmbomen hingen als mini-explosies over Sunset Boulevard heen gebogen. Alles leek onwerkelijk, met als toppunt haar eigen leven. Ze herinnerde zich de man met de verzopen papieren bloemen die gisteren over straat rende en vroeg zich af of Echo Lake misschien gewoon een uit de kluiten gewassen filmdecor was. Kartonnen lantaarnpalen, putdeksels en brandkranen. Verkeerslichten van papier-maché die als piñata's aan papieren masten zwaaiden. Allemaal wachtend op één grote storm om hen weg te vagen. Maakten haar schoenen daarom geen geluid op de treden die naar het theater leidden? Opeens had ze een deurknop vast die veel te echt aanvoelde.

Degene die op polsbandjes had moeten controleren had overduidelijk zijn post verlaten. Ze liepen zonder problemen door de dubbele deuren een zaal binnen die geurde naar chique zeep en peperdure parfums. Dit waren de mensen van het konijnenfeestje maar dan twintig jaar ouder. Een grote meute Urban Outfitter-adepten die naar de weiden van J. Crew waren gedreven. Anna bleef bij de deurpost hangen en keek hoe ze zich doelbewust door de ruimte bewogen – hoe ze ontmoetten, groetten en hun posities in diverse invloedrijke netwerken versterkten. Daar stonden ze dan, dacht Anna. De zelfverklaarde poortwachters. De omhooggevallen strebers. Visigoten die hun onvermijdelijke onvolkomenheden hadden gedumpt alsof het ging om het Romeinse Rijk en onberispelijk uit de strijd tevoorschijn waren gekomen. Je kon ze zo een medaille omhangen, ze hadden de eindstreep gehaald. Tenminste, zo kwamen ze op Anna over. Maar wat wist zij er nou van? Dit was overduidelijk niet haar soort mensen.

Anna keek hoe Lauren de menigte in stoof. Alsof ze vastzaten aan de uiteindes van dezelfde halter verscheen Taj een tel later aan de andere kant van de zaal. Toen hij Anna bij de deur zag staan zwaaide hij naar haar. Het was duidelijk dat hij met de man naast hem had staan praten, maar hun gesprek viel stil toen ze Anna zagen naderen.

'Anna! Ik vertelde Jaime net over je,' zei Taj. 'Jaime werkt voor *New York* magazine.' Jaime knikte om dit te bevestigen.

'Taj,' zei Anna die totaal niet geïnteresseerd was in Jaime, 'je bent getróúwd.'

'Ja, dat weet ik.' Taj richtte zijn lach aanvankelijk tot Jaime en daarna pas tot Anna. En hij klonk zo natuurlijk toen hij dit zei, hij zei dit zo achteloos en gemeend dat Anna opnieuw aan zichzelf begon te twijfelen. Had Taj het haar al eens verteld, maar was ze het op de een of andere manier vergeten? Of vond iedereen het gegeven van hun ringloze verbintenis zo zonneklaar dat niemand zich had willen verlagen om haar in te lichten? Taj legde een hand op haar onderrug en leidde haar naar voren. Zijn aanraking stuurde een onbedoelde stroomstoot door haar heen en uit deze betreurenswaardige golf van opwinding kwam een nieuwe gedachte tuimelen: wat als het nou eens allemaal prima was zo? Zij, Taj, Lauren, Simone. Theoretisch gezien wist ze dat dit soort situaties voorkwamen. Er bestonden zelfs websites voor. Ze had weleens van ze gehoord: AffairsClub, MarriedDateLink, AdultFriendFinder, GetOnIt.com. Wat als zij alles helemaal verkeerd had begrepen en het doodshoofd op Tajs borst een universeel teken was dat wereldwijd door swingers werd gebruikt? Een teken dat zij niet had herkend? Terwijl ze zich door het gangpad lieten afzakken klampte ze zich vast aan dit onwaarschijnlijke idee alsof het een stuk drijfhout was. Om de paar seconden hield Taj halt en nam met een knikje begroetingen en felicitaties als lauwerkransen in ontvangst. Geleidelijk aan werden de lichten steeds verder gedimd. Er klonk een verwachtingsvol geroezemoes in de zaal, telefoons bewogen in en uit hun hoesjes om op trillen te worden gezet. Nu ze de eerste rij naderden boog Taj zich naar voren en praatte zachtjes in Anna's oor zodat alleen zij het kon horen.

'Ik leg het straks allemaal uit,' zei hij.

'Maar wanneer dan?' Daar was geen tijd voor, dacht Anna, en er waren hier zoveel mensen. 'Wannéér?'

'Nu.' Tajs hand gleed van haar rug en toen Anna om zich heen keek zag ze dat hij niet langer achter haar stond. Ze wiegde versuft heen en weer. De laatste lichten werden uitgeknipt en ze stond alleen in het gangpad, de overduidelijke verliezer van een spontaan begonnen stoelendans. Het scherm werd wit. Overal in de zaal glommen designerbrillen nu mensen zich gretig naar voren draaiden. Een tekst kwam trillend naar de oppervlakte drijven:

'Het Genootschap ter Bevordering van de Poëzie presenteert...'

Daar was Tajs achterdeur. Hij had het GeBePo gebruikt als zijn Paard van Troje, had zichzelf gewikkeld in de doodgeboren hoop van dichters die er alles voor overhadden om in een tweet te worden genoemd. De woorden losten langzaam op, maar het grote, heldere vierkant bleef. Ze voelde zich hier in het gangpad ongemakkelijk voor het voetlicht gebracht met het witte licht dat haar omhoogkijkende gezicht een zilveren gloed gaf, maar ze stond als bevroren op het tapijt en was net zo betoverd als de rest van de zaal. Ze vroeg zich af wie er het eerst zou verschijnen. Meneer Leung en zijn onwaarschijnlijke winnende kraslot? Lamba en Tweety? Of een andere dromenjager die Anna nog niet had ontmoet? Maar al snel veranderde haar nieuwsgierigheid in afgrijzen toen haar eigen gezicht – groot, dom, hoopvol – het scherm vulde. Ze knikte naar een ingeblikte stem die verkondigde dat '... alles een camera zou kunnen zijn. Dít zou een camera kunnen zijn. Of dit.' Volgende scène: Anna met haar schitterende groene bril die zichzelf bevredigde op Chat Roulette terwijl een kaal hoofd van vijf vierkante centimeter onheilspellend en verlekkerd toekeek. Anna die er afschuwelijk uitzag in haar rode catsuit en, bijgestaan door de valse sambaspelers, in slow motion danste in een surrealistische, David Lynch-achtige videoclip. Anna die zoende met Taj – een schimmig silhouet dat alleen van achteren gefilmd was – op het dak, onder de Waltzer, bij de pinautomaten. Hoe kon dat? Wie had dit gefilmd? Hóé? Ze stond aan de rode tong van het tapijt genageld, vergat en herinnerde zich toen weer waar ze was, wat er gebeurde, de motor van haar bewustzijn wilde niet op gang komen. Toen een geluidloos beeld dat van onderaf was gefilmd, zo wazig dat het haast impressionistisch leek, en waarop Taj en Anna samen door het zwembad dobberden. Haar stem was eronder gezet en ze zei: 'Ik ben omgeven door piepkleine luchtbelletjes van ongenoegen, omdat ik me zo eenzaam voel als een haai in de diepe, blauwe oceaan.' En toen herinnerde ze het zich: dat kleine, zwarte doosje. Dat ding op de bodem van het zwembad.

De karakterschetsen waren aan elkaar verbonden door geluidloze fragmenten: Anna die als een soort Frodo over de steeds donkerder wordende kermis dwaalde. Een schaal met terminaal fruit. Het in de steek gelaten luchtbed. Kinderen die van hun skateboard vielen en weer opstonden en weer vielen en weer opstonden. De binnenste vouwen van de rimpels van de waarzegster. Opnames die van het geheugenkaartje van haar camera kwamen en die Taj op het laatste moment achterover moest hebben gedrukt. Flarden van uit hun context gerukte gesprekken en stukjes tekst lieten herinneringen als rotjes uit haar gedachten omhoog knallen:

'Waar moet ik naar kijken?'

VREEMDELING: ben jij ook op zoek naar veilige plezier?

'Ja, ja... daar...'

'Ik kan voelen dat je een goed hart hebt en dat dit geen gemakkelijke tijd voor je is.'

VREEMDELING: je hebt een mooie lach

'Maar je wordt er zo blij van!'

JIJ: Dank je.

Daar staarde Anna melancholiek uit het raam van het busje, terwijl het armoedige, voorstedelijke landschap aan haar voorbijtrok en er keiharde jarentachtigmuziek te horen was. Haar AVCCAM die trillend een close-up maakte van het citaat van John O'Brien: 'Iedereen doet zo gewichtig over zijn eigen onbenullige grenzen. Gewetensvol zweren ze dat ze dat nóóit zouden doen!'

Maar zij natuurlijk wel. Ze deed het. Ze had het gedaan. Haar droom wás uitgekomen: het echte leven was in Gmail veranderd. Alleen had de hele wereld een cc'tje gekregen van het mailtje dat voor Taj bedoeld was, de droom die vol romantiek en belofte was begonnen. Ze kon het niet meer ongedaan maken. Geen control-Z. Ze kon hem niet afsluiten en ze kon er niet aan ontsnappen; op het scherm was te zien hoe ze op een stoel zat en naar de camera knipperde. Ze trok haar shirt uit en vertelde zichzelf dat ze niet wist wat ze moest zeggen. Toen deed Anna iets dat ze zich niet kon herinneren – ze pakte een papieren zak en trok hem over haar hoofd. Een eerbetoon aan *Age of Consent*, leek het wel.

Toen het volle gewicht van wat er was gebeurd – van wat er aan het gebeuren was – op haar neerstortte hadden de besluitnemers hun besluit al genomen en kwamen overeind voor een staande ovatie. Ergens op de eerste rij ging ook Taj staan waarbij zijn doodshoofd oogverblindend glom. Anna scheurde haar ogen los van de afzichtelijke dubbelganger op het scherm. Ze draaide zich om en botste bijna tegen Jaime aan. Zijn glimlach was haast liefdevol te noemen en hij hief zijn fototoestel. De flits stortte zich over haar uit als een emmer vol bleek, brandde in haar ogen en op haar huid. Te laat wierp ze een arm voor haar gezicht. De toeschouwers aan het gangpad hadden zich al omgedraaid om te zien wat er aan de hand was. Een voor een hieven ze hun mobiele telefoons alsof het champagneglazen waren en keken niet naar haar, maar naar hun schermpjes. Naar de honderden Anna's die door het gangpad het beeld uit renden.

Hij stond onopvallend achter in de zaal en was de laatste die ze zag voor ze de zaal uit vloog. Toen ze hem naderde draaide hij zich niet naar haar toe. Zijn gezicht was beslist ouder, uitgezakter. Hij had een volle baard laten staan, waarschijnlijk om de aandacht van zijn kalende knikker af te leiden. Toch was er geen twijfel over mogelijk dat hij het was. En toen Paul Gilman opstond, toen hij zijn handen in een hartstochtelijk applaus liet samenkomen en zijn ogen niet van de andere Anna, degene op het beeldscherm, kon afhouden, zag ze dat de tranen over zijn wangen stroomden.

23

Bouvet is een nauwelijks waarneembaar eilandje van vijftig vierkante kilometer dat is bedekt met gletsjers en in de Zuid-Atlantische oceaan tussen Kaapstad en Koningin Maudland ligt. Het is het meest afgelegen eiland op aarde. In het Noors heet het Bouvetøya, waarbij het streepje door de tweede o een bevestiging is van de uiterst afgelegen positie van het eiland en de opheffing van het leven zelf symboliseert. Brandon had de link van Bouvets Wikipediapagina naar Anna gestuurd met als onderwerp: 'Je kunt altijd nog hierheen verhuizen...' En ook al vertrouwde Anna Brandon voor geen cent omdat ze vermoedde dat hij dit hele gedoe wilde verfilmen, ze klikte er toch op. Natuurlijk klikte ze erop. 'Het midden van het eiland bestaat uit de met ijs gevulde krater van een slapende vulkaan,' las Anna. 'Bouvet heeft geen aanlegplaatsen of havens en is daarom moeilijk te betreden. De gemakkelijkste manier om op het eiland te komen is vanaf een schip een helikopter te laten opstijgen. In 1964 werd er een verlaten reddingsboot ontdekt, al is de herkomst hiervan nooit achterhaald...' Van bovenaf gezien was het eiland net een advertentie voor Swarovski-sieraden: één groot speldenkussen van ijs. Er was geen telefoonontvangst op Bouvet, er werd geen post bezorgd en er was geen internet. Het enige teken van menselijk leven was een onbemand weerstation.

Anna stelde de foto van Bouvet in als haar screensaver.

Ze zat in het gezelschap van de afgeworpen verpakkingen van magnetronburrito's achter haar laptop aan de keukentafel. Er waren nog wel wat andere dingen gaande in de kamer – het raam had een irritant gerammel ontwikkeld dat bij iedere windvlaag te horen was, de plant op tafel was mogelijk doodgegaan maar zag er zo realistisch gebalsemd uit dat ze hem niet weg wilde gooien – en toch had ze alleen maar oog voor het beeldscherm, waarop ze zes tabbladen open had staan met sites waarop *The Ballad of Anna K*, die ze nu beschouwde als háár video, werd vertoond. YouTube, *New York* magazine, *The Observer*, *Vice* en natuurlijk *Squeee!*, de website die ze nu aan een inspectie onderwierp.

Toen ze net weer thuis was kreeg ze haar browser niet eens geopend. Het voelde alsof ze was verbannen uit het enige land waar ze zich ooit thuis had gevoeld. Maar waar kon ze heen? Dus ze had aan Brie gevraagd om *The Ballad of Anna K.* te googelen en tegenover haar aan tafel bleef ze maar zeggen: 'Hoe erg is het? Zeg me dat het meevalt...'

'Niet héél erg,' antwoordde Brie. En ook al kon Anna horen dat ze loog en zag ze de bezorgde rimpel tussen haar wenkbrauwen, toch was ze haar dankbaar.

Ze had zich natuurlijk op geen enkele manier kunnen voorbereiden op de wreedheid van de reacties. De eerste keer dat ze zag dat ze een 'dikke hoer' werd genoemd stroomde het bloed zo keihard naar haar hoofd dat het alle geluiden buitensloot. De woorden beukten als paukenslagen door haar gedachten. Dikke. Hoer. Dikke. Hoer. Ze had de computer uitgezet en was naar de bank gevlucht waar ze de verschrikking van Tajs verraad haar hersenen had laten bepotelen alsof het een vies, oud mannetje achter in de bus was. Een mannetje dat was uitgerust met een keur aan verborgen camera's verkregen via de Sharper Image catalogus en de advertentiepagina's achter in spionagetijdschriften – camera's die verstopt zaten in pennen en sleutelhangers, in grove brillen en merkloze baseballpetten, misschien zelfs wel in zijn eigen pik – en haar leven ongemerkt in een realityshow had veranderd. Hij had de hulp van zijn vrienden, zijn vrouw, van Anna zélf ingeroepen om een film te maken die zo gruwelijk intiem was dat niemand geloofde dat ze er niet bewust aan had meegewerkt. Hoe kwam je dat weer te boven? Het was net alsof ze in een overgankelijke versie van Kafka's *De gedaanteverwisseling* leefde, op een ochtend wakker was geworden en tot de ontdekking was gekomen dat Taj een kakkerlak was. Brie was het hier roerend mee eens. 'Een complete verkrachting van je ego,' had Brie het genoemd en had Anna in de blauwe snuggie gewikkeld die ze doodserieus had aangeschaft naar aanleiding van een infomercial met Montel Williams. 'Ik kan niet geloven dat hij meer gaf om een hypothetische goudvis – en diens hypothetische eenzaamheid – dan om jou, een echt fucking persoon.'

Bries solidariteit kwam als een verrassing en vervulde Anna met een niet-aflatende dankbaarheid. Want het was Brie die soep voor haar maakte, Brie die haar in bed stopte toen ze terug was in Bay Ridge en zich voelde alsof ze door de gehaktmolen was gehaald en klaar was om tot soepballetjes te worden gedraaid. Sterker nog, Anna wist dat ze zonder Brie de volgende dag nooit klaar was geweest voor de reacties.

De volgende ochtend ontdekte Anna dat de beledigingen al minder pijn deden. Twee weken later deden ze haar helemaal niets meer. 'Aandachtsgeile hoer.' 'Talentloze zelf-mythologiseerder.' 'Zwelgende narcist.' Ze scrolde door de scheldwoorden van de dag zonder ook maar een greintje emotie te voelen. Dit was wat ze nu deed. Dit was haar baan. Als ze de computer verliet fladderde ze heen en weer tussen werkelijkheid en fictie, viel ze van de kleine kliffen die haar herinneringen vormden in diepe ravijnen van zelfmedelijden. Maar zolang ze daar kon zitten met haar tabbladen geopend, haar zoektermen werden onthouden door Twitter en kon volgen hoe de gesprekken in de reacties nog moeilijker begaanbare en obscuurdere zijpaadjes insloegen, zou ze niet instorten.

Ze las de laatste reacties op *Squeee!* en schakelde over naar *Vice*.

NormanMailerLives

Is er niemand die dit saai vindt? Ik vind het dodelijk saai. Dezelfde seksueel expliciete, rommelige, volledig uit eigenaardigheden bestaande dagboekonzin die op een internetcracker is gesmeerd. Er zit geen ontwikkeling in, je steekt er niets van op, niemand overstijgt iets. Ik vind het verachtelijk dat sites als *Squeee!* dit soort dingen online zetten en het aan ons bewustzijn opdringen. Jullie transformeren ons allemaal in een stelletje gluurders en roddelaars die met één oog tegen het gaatje in de wc-deur gedrukt staan. (En nu druk ik op afmelden.)

Clever URLsSuck

Het is verkeerd om *The Ballad of Anna K.* te beschouwen als de ongefilterde vlogdiarree van een bekentenis-junkie. Dit is een puur en ontroerend portret in de overlevering van Mary Gaitskill en Sadie Benning. Lang leve het anti-ingénue! Ik heb gehuild.

JaquelinHandy

Behalve dan, het spijt me Clever, dat dit niets te maken heeft met het bevorderen van het vrouwelijke perspectief. Anna K. zegt dat ze deze video niet heeft gemaakt, wat betekent dat het meer gemeen heeft met de opnames van de beveiligingscamera die bij de plaatselijke buurtsuper hangt dan Anaïs Nin.

HeroinHeroine

Hoe weten we zeker wie wat heeft gemaakt? Of het zelfs wel non-fictie is? Waarom zouden we moeten geloven dat Anna K. zegt dat ze het niet wist? Waarom zouden we moeten geloven dat Taj/Nul zegt dat hij de opnames 'gevonden' heeft? Misschien worden we wel voor de gek gehouden.

FuckADuck

De enige reden waarom iemand zoiets doet is om beroemd te worden, zelfs als ze dat zelf nog niet beseffen, LOL. Trouwens, kan iemand echt zo dom zijn?

NotAHater

Anna was Taj/Nuls rechterhand en muze, duh. Ze hebben het samen bedacht. De expres uitgelokte controverse is gewoon een pr-stunt. Mijn theorie.

SquidNapkin

Slap aftreksel van Simone Weil.

Masshole

Simone Weil is een slap aftreksel van Tracey Emin.

Toasty4Eva

De weg naar Simone Weil loopt via Tracey Emins vagina.

ASeriousFilmBuff

Simone Weil is alleen maar interessant vanwege Gilman. Als die man ook maar een scheet in je richting laat ben je de nieuwe it-girl.

Toasty4Eva

Nowisme = Thenisme.

Burp

Waarom is iedereen zo boos?

NotAHater

The Ballad of Anna K. snijdt een universeel thema aan. Het feit dat we er hier allemaal over praten, samen iets vóélen.

CrazyLikeZelda

Ich bin Anna K.

LollyCats

Dat is gestoord.

NotAHater was natuurlijk Taj, maar dat deed er niet toe; hij reageerde nooit op Anna's smeekbedes die ze bij de reacties achterliet. Hij bestond alleen online. Anna had aan Brie moeten beloven dat ze hem niet zou bellen, dat ze niet opnieuw over die drempel van ultieme vernedering zou stappen. Natuurlijk deed Anna het toch. Ze kón niet anders – het ging onbewust, ze kon er niet mee stoppen. Ze liet ziekelijk gedetailleerde berichten achter over de hotel-rekening, inclusief de kosten van de te dure nootjes die hij uit de minibar had gepakt en waar zij nu mee zat opgescheept (alsof de 1746 dollar en 30 cent die ze zou opstrijken als ze hem voor het kantongerecht sleepte ooit het gat in haar hart kon vullen). Ondertussen speelde ze in gedachten de gebeurtenissen van de afgelopen maanden steeds opnieuw af en probeerde te ontwaren wanneer ze zichzelf precies naar de verdoemenis had geholpen. Maar net als een videoband waarop te veel over elkaar heen was opgenomen waren de feiten wazig geworden; het was onmogelijk om het narratief van het meta-narratief te scheiden. Ze had zich er zelfs half van overtuigd dat Taj gelijk had; dat ze daadwérkelijk al die tijd had geweten dat ze werd gefilmd, dat ze inderdáád zijn rechterhand en muze was. Zeker omdat ze moest toegeven dat de film niet slecht was. Misschien niet de 'Michelangelo onder de balzakken', geen Paul Gilman, maar hij had wel een eigen magie die een vreemdsoortige opschudding veroorzaakte.

Uiteindelijk maakte het geen klap uit wat Anna ervan vond; *The Ballad of Anna K.* was een eigen leven gaan leiden. De ongevraagde meningen van duizend anonieme personen waren samengeperst tot de heersende opvatting. Halve waarheden die in hele onwaarheden veranderden totdat de waarheid ten slotte simpelweg aan zijn lot werd overgelaten, opgewekt in de lucht werd gegooid om als een paar vieze schoenen aan de elektriciteitsdraden van een onbekende straat te bungelen. Mensen geloofden wat ze wilden geloven, vonden dat ze daar het recht toe hadden.

'Het is wat het is,' schreef FuckADuck waarbij hij Gilman citeerde. Een reactie die eenennegentig vind-ik-leuks opleverde.

Ze moest aan tafel in slaap zijn gevallen. Het bloemetje dat door zonne-energie werd aangedreven wipte op en neer, wat betekende dat het ochtend was.

'Waar is mijn computer?' voeg Anna.

Ze keek op naar Brie die tegenover haar kalmpjes haar yoghurt naar binnen zat te lepelen en er schoot een pijnscheut door haar nek. Wacht eens even – Brie stond nooit zo vroeg op. Toen herinnerde Anna het zich weer: Pom had haar een promotie gegeven. Een standaardloon betekende waarschijnlijk dat ze ook standaarduren moest werken.

'Weg,' antwoordde Brie. 'Ik heb hem weggehaald.'

'Haha. Geen leuk grapje.'

'Nee.' Brie knikte instemmend. 'Maar dat verstoorde ritme hier moet nodig eens worden aangepakt.'

'Ik heb mijn computer nodig.' Anna keek de kamer door om te zien of ze ergens een veelbetekenende zilveren schittering zag. Ze kon de hysterie in haar stem horen kruipen.

'Hm-hm.'

'Echt waar,' loog Anna. 'Ik verwacht een belangrijk mailtje vandaag.' Ze beeldde zich in hoe de gesprekken in de reacties op een zestal sites zich vandaag ver buiten haar bereik stilletjes ontsponnen, zich vermenigvuldigden en uitzaaiden als kwaadaardige tumoren. Haar keel kneep samen; de paniek sloeg nu echt toe.

'Van die vriendin van je of zo? Die ene die mijn baby wil kopen?'

Anna trok wit weg. Had Leslie haar gebeld? Dat hele gedoe was ze straal vergeten.

'Nee,' antwoordde ze snel. 'Van een baantje.'

'Ach ja.' Brie haalde haar schouders op. 'Wat een ontzettend zwaar leven heb je toch ook.' En Anna onderdrukte de neiging om haar over de tafel een klap in haar gezicht te geven.

'Ik meen het.'

'Je bent je er wel van bewust dat niemand in de echte wereld iets geeft om deze onzin?'

Anna staarde haar aan. Wat had dát nou weer te betekenen?

'Ja,' antwoordde Anna. 'Niemand, behalve iedereen.'

Brie stond op en gooide het bakje van haar Griekse yoghurt in de prullenbak. Ze had een buikje gekregen en stopte haar bloesjes niet langer in haar broek. 'Zo smerig dat ik alleen maar witte dingen wegkrijg,' zuchtte ze. 'De volgende keer dat ik een Saltine-cracker zie maak ik mezelf van kant.'

'Ik wil mijn computer terug.' Bries ochtendmisselijkheid of haar voorkeur voor bepaalde crackers konden Anna verdomme aan haar reet roesten.

'Ik heb hem weggegooid, Anna. Ik heb hem in het Gowanus-kanaal gegooid.' Brie schonk Anna een glimlach die haar laaiend maakte.

'Dat heb je niet...'

'Hij maakte een heel schattig borrelgeluid toen hij zonk.' Ze liep richting de deur. Anna kon haar niet laten vertrekken.

'Brie, ik meen het...' Anna probeerde op te staan maar zonk plotsklaps terug in haar stoel – haar beide benen sliepen.

'Blub, blub, blub,' zei Brie.

'Brie.' Anna begon te huilen. En dikke traan rolde langs haar mondhoek. 'Alsjeblieft?' Dit laatste woord was slechts een schor gefluister.

'Ik moet gaan, Anna,' zei Brie en leek dit te betreuren. 'Doei.'

De deur klikte stilletjes achter haar dicht.

Buiten zag alles er anders uit, alsof ze de wereld bekeek door een spotgoedkope Zi8 die op volle zoom stond. Te trillerig en te dicht-bij, te echt en te treurig. De wolken hingen laag boven de gebou-wen en leken een deksel op haar hersenen te leggen. Anna liep door Fifty-Sixth Street waarbij ze haar vroegere ik, haar ideale ik en af en toe een echte, levende Mexicaan passeerde en was zich bewust van een neerwaartse sociale mobiliteit. Hoeveel geld had ze nog? Een paar honderd dollar? En dat was nádat ze de AVCCAM aan Brandon had verkocht. Nu ze de vliegtickets naar L.A. en de hotel-rekening had betaald zat ze zo goed als aan de grond. Zelfs de men-sen van CanadianPharmaPharm hadden haar een poot uitge-draaid; haar fentermine was nooit aangekomen.

Brandon had haar voor gek verklaard dat ze 'deze kans niet met beide handen aangreep.' Een kans waarop? had ze gevraagd. 'ROEM! GELD!' had hij teruggestuurd. '1107 reacties op *Gawker*? Er zijn middelen waarmee je dat soort onzin in geld kunt omzetten. Views. Reacties. Muisklikken. Eyeballs. Je moet jezelf verkopen. Je publiek aan je binden. Mag ik je eraan herinneren dat je huisgenoot zo ongeveer een advertentieverkoper is? Waarom laat je haar voor de verandering niet eens iets nuttigs doen?'

Maar Anna kon het niet. Ze kon niet eens een nieuw Twitteraccount – AnnaBallad – aanmaken zoals Brandon had voorgesteld. Want zou dat niet betekenen dat ze in háár zou veranderen? Dat ze accepteerde dat ze nu 'Anna K.' was en niet Anna Krestler? Dat ze uit haar lichaam zou treden en zich permanent zou vestigen in dit nieuwe, schimmige gebied, een plek vol 'vrienden' die elkaar op Pinterest wilden vastpinnen en af en toe bijeenkwamen om elkaar in het gezicht te schieten? Oké, deze paranoia was waarschijnlijk het resultaat van de links die haar moeder bleef sturen – Craigslistmoorden – maar het klonk ook niet als 'de roemtrein naar geluk'.

Toch besefte ze dat ze bepaalde beslissingen over haar leven moest nemen. Brie ging binnenkort verhuizen. Ze had haar aan de telefoon met haar ouders horen praten. Ze waren blijkbaar bijgedraaid en hielpen haar bij de koop van een woning in Bed-Stuy. Het nieuws kwam bij Anna harder aan dan ze had verwacht. Het was dwaas om te denken dat zij en Brie hun hele leven een flatje zouden delen, maar was ze niet van plan geweest om haar tijd als dertiger af te ronden door enigszins verheven toe te kijken hoe Brie van de ene naar de andere stage spartelde? Toe te kijken hoe het in en uit bed wippen met willekeurige mannen haar glanzende jeugdigheid liet afbrokkelen en haar zo sleets als een designerkledingstuk in de outlet van Loehmann's achterliet? Maar nu ging Brie weg om een baby te krijgen en liet ze haar hier alleen achter.

Een ogenblik lang stelde Anna zich voor hoe het zou zijn. Hoe het zou zijn om haar laptop zorgvuldig op het begeerlijkste, beste plekje van de keukentafel te plaatsen zodat hij vanaf de bank, de gootsteen en het fornuis te zien was en er als de lichtbundel van een eenzame vuurtoren omheen te draaien. Een blik naar achteren te werpen als ze naar de koelkast liep. De muismat lichtjes aan te raken. Te scrollen. Naar het aanrecht te bewegen. Over haar schouder te kijken. Zich in te spannen om het nummer tussen haakjes te zien dat achter het woord 'inbox' stond. Om een doos van het een of ander dertig seconden lang op de hoogste stand in de magnetron te zetten, maar geen dertig seconden te kunnen wachten voordat ze de pagina ververste. Te laden. Opnieuw te laden. Te klikken. Zich eindelijk te kunnen losscheuren. Door de donkere gang naar haar slaapkamer te lopen. Heel eventjes maar, voordat ze weer terug werd gevoerd omdat ze zich nog iets herinnerde dat ze was vergeten op te zoeken. Die laatste, knagende vraag...

Nee, dat mocht ze niet laten gebeuren, dacht Anna en ze was opnieuw woedend op Brie. Niet omdat ze haar computer had verstopt – omdat ze zwanger was geraakt. Omdat ze een promotie had gekregen. Omdat ze een flatje had gekocht. Niemand zou dat soort dingen mogen doen tenzij zij ze ook deed, zeker niet iemand die tien jaar jonger was. Iemand uit de generatie die door iedereen was afgeschreven als hopeloos, dom en vastgeroest. Ze bracht een hand naar haar bonzende hoofd en zag voor zich hoe de slechte gevoelens daar rondkolkten en haar chi in disbalans brachten. Schoorvoetend zag ze de waarheid onder ogen – dat Brie alleen maar probeerde te helpen – en dat het enige wat ze wilde was, dat iedereen en alles gewoon even stil zou staan en haar de kans zou geven om haar achterstand in te halen.

In plaats daarvan stond Anna zelf stil en ving een weerspiegeling van zichzelf op in de ruit van een geparkeerde auto: haar haar zat nog steeds tegen haar voorhoofd geplakt omdat ze aan tafel in slaap was gevallen, haar gezicht was opgezet en zo bleek als hüttenkäse. Ze zag er precies zo uit als ze zich voelde, zo lichaamloos als een kwal. Ze had maar wat rondgelopen en was voor de deur van

Lucky Star Nails beland. Ze keek door het raam naar de rij manicuretafels. Een vrouw trippelde als een exotische vogel door het gangpad met witte plukken watten die tussen haar gelakte nagels ontsproten. Oké, het was dan wel duur, maar was dit niet precies het soort verwennerij dat Anna volgens *Oprah* en al die andere vrouwentijdschriften verdiende? Trouwens, haar 'landingsbaan' leek onderhand waarschijnlijk meer op het parkeerterrein van een vliegveld.

Anna ging naar binnen en nam plaats op het bankje bij de kassa terwijl ze wachtte tot Wendi klaar was met een manicure. Omringd door de vertrouwde, giftige dampen en het rustgevende gesnor van de voetendrogers voelde ze haar hartslag tot bedaren komen. Wendi was klaar met de vrouw en knikte dat Anna haar moest volgen naar het kamertje achter in de salon, een suf hokje waar twee massagetafels van elkaar werden gescheiden door een douchegordijn van dik plastic. Anna trok haar broek uit, ging op het papier liggen dat direct kreukelde en zoals altijd kreeg ze het gevoel dat ze geëtaleerd lag als een pakje gesneden vleeswaren. Zonder dat het haar was opgedragen kneep ze de stof van de bovenkant van haar slipje samen. De muur tegenover haar was kaal afgezien van een spiegel waar een paar cadeaustrikken aan waren vastgeplakt, een vleugje feestelijkheid dat op wonderbaarlijke wijze de resterende vrolijkheid uit de kamer zoog.

'Hoe gaat het?' vroeg Wendi en dompelde een ijsstokje in een pot hete hars. Toen ze hem weer boven haalde kwamen er roze, toffee-achtige slierten mee. Ze blies erop – eerder een verveelde uitademing – en zonder te wachten op Anna's antwoord stortte ze zich als de achtste plaag op haar schaamstreek. Ondanks de pijn vertelde Anna Wendi alles. Niet dat Wendi er iets van snapte; haar Engels was slecht en was grotendeels gereserveerd voor het afkraken van het management van Lucky Star Nails en ze wist niet precies wat internet was. Wendi was bang dat Anna huilde omdat ze een van haar schaamlippen eraf trok, maar Anna stelde haar gerust. Ze huilde omdat haar leven volkomen kut was, om Bries uit-drukking te gebruiken.

'Jij vaker komen harsen,' zei Wendi en klakte afkeurend met haar tong. 'Is goed voor je.'

Anna knikte. Dat was waar; ze voelde zich nu al beter. Lichter. Schoner. Misschien had Wendi gelijk. De vrouwen die zich immers regelmatig lieten harsen – met hun kokerrokken, zijden bloesjes en pareloorbellen – dat slag vrouwen had nooit haar soort proble-men. Ze wist zeker dat een man als Taj niet eens voorbij hun eerste verdedigingslinie zou komen. Misschien dat hun tot in de puntjes verzorgde gezichten, nagels en schaamstreken een soort schild vormden waarop vernedering afketste. Wat had Brandon gezegd toen hij haar dat stomme idee stuurde voor die film over dat meisje en die designerjurk? 'Een masker verbergt niet maar onthult onze ware essentie omdat we zijn wat we pretenderen te zijn.' Was dat de oplossing? Moest ze meer op die vrouwen lijken? Meer op Leslie lijken?

'Ook tussen billen?' vroeg Wendi en gaf aan dat Anna zich op haar buik moest draaien.

De gedachte aan haar vriendin overspoelde haar met een golf van schaamte. Ze kon zich niet voor Leslie verstoppen: Leslie had een Google-melding voor haar gemaakt. Maar was dat niet precies wat ze de laatste paar weken had gedaan? Ze had zich voor Leslie verstopt. Anna kon niet anders dan aannemen dat Leslies stilzwij-gen betekende dat ze te geschokt was om de eerste stap te zetten. Ze wachtte tot Anna, de verloren vriendin, met hangende pootjes naar haar zou terugkeren. Maar hoe kon ze Leslie onder ogen zien als het krachtige mengsel van haar rechte houding en dito tanden Anna zelfs op een goede dag al dreigde te overweldigen en haar zonder waarschuwing met een sleetje van de berg spijtgevoelens duwde die bestond uit de levens die ze niet had geleefd?

Ze draaide haar hoofd opzij en had nu uitzicht op een andere muur waar scheef aan een spijker alleen een ingelijst certificaat hing. Ze spande zich in om het krullerige lettertype te kunnen lezen voordat ze besefte dat het Wendi's certificaat voor schoonheidsspecialiste van het Aveda Institute was. Ze voelde een hete steek toen Wendi haar linkerbil besmeerde, toen de geruststellende druk van haar resolute hand op een reep stof en krrtsj! Anna hapte naar adem, maar niet vanwege de pijn. Het was de eenvoud van actie en reactie waardoor ze sterretjes zag. Ze had zich zo hard ingespannen om de pijn te negeren dat ze de schoonheid ervan niet had ingezien. *Harsen*. Ergens was het verworden tot het meest exotische dat ze kon bedenken: een baan die in een paar simpele woorden kon worden omschreven en die ze aan helemaal niemand hoefde toe te lichten. Wat doe jij voor de kost? 'Ik verwijder ongewenst haar.'

Geluidloos bewoog ze haar lippen: 'Ik verwijder ongewenst haar.'

Ze keek het kamertje rond. Feitelijk was het een kloosterachtige cel. Er was geen internet. Niet eens een computer. Het was haast alsof ze terug in de tijd was gereisd. Aan de glamourposter van de Chinese popster die aan deze muur hing te oordelen kon het best 1987 zijn, de tijd waarin technologie het je wel gemakkelijk maakte, maar niet je leven beheerste. Toen je dingen in boeken en plaatsen op landkaarten moest opzoeken en je nadat je met je vinger een draaischijf had rondgedraaid moest wachten tot het *tsjik-tsjik-tsjik*-geluid weer ophield. Al die verplichte pauzes hadden toen zo onhandig geleken, maar die fermaten en lungas gaven je eigenlijk net genoeg tijd om van gedachte te veranderen. Om jezelf te redden.

Ja, ze kon zich wel inbeelden hoe ze hier haar dagen met Wendi zou doorbrengen, zou leren hoe ze moest harsen en hoe ze een echte Chinese werd. En had Brandon niet eens een hele PCH-lunch lang de loftrompet gestoken over de exponentiele toename in 'manscaping' en de groeiende vraag naar rug-, balzak- en bilspleet-haarverwijderende vaardigheden? Misschien zouden haar klanten haar alles vertellen, net zoals zij alles aan Wendi vertelde. Want was Wendi niet net zoals Leslie een soort levenscoach? Of dan in ieder geval een haarcoach?

'Deze pijn doen,' waarschuwde Wendi en trok in één indrukwekkende ruk een armlange strook stof los. En het deed inderdaad pijn. Sterker nog, het voelde net alsof ze op een bladblazer was gaan zitten. Maar het was een zuiverende pijn en toen Anna klaar was gaf ze Wendi zonder een greintje spijtgevoel een extra grote fooi.

Het deurbelletje rinkelde en ze ging naadloos op in de stroom voetgangers op Fifth Avenue. De vlag boven de McDonald's klapperde hard in de wind en Anna voelde een blos op haar wangen tintelen. Ze liep langs een Vietnamees restaurant en een Mexicaans restaurant en een winkel die spullen voor quinceañera-feestjes verkocht. Een man op de hoek van de straat had een dekentje uitgespreid en verkocht dvd's die waarschijnlijk illegaal gekopieerd waren, maar wat dan nog? Wat dan nog! Mensen kochten ze en keken blij. Het mangovrouwtje zwaaide naar Anna vanachter haar kraampje en in een opwelling hield Anna halt. Met een paar vakkundige slagen toverde de vrouw de mango om in een orchidee. Ze doopte hem in het zout, spoot er wat limoensap overheen en Anna gaf haar een dollar. Ze nam een hap. De mango was waanzinnig rijp. Heet en koud tegelijk, bitter maar toch zoet. Dit zouden ze verdomme je leven op een stokje moeten noemen, dacht Anna en liet het mangosap schaamteloos langs haar kin lopen. Ze haalde haar telefoon tevoorschijn om Leslie te bellen. Ze wist dat het te snel was – dat ze waarschijnlijk onder invloed was van een cocktail van mangosap en hoop, dat ze stoned was geworden van het gevoel van de wind die vrolijk tussen haar bovenbenen, die zo glad waren als een formica aanrechtblad, floot – maar de drang om spijt te betuigen was groot.

Ze zag al helemaal voor zich hoe ze Leslie 'Hoe gaat het? Hoe gaat het met Dora? Wat is er gebeurd met Brie? Gaat het wel goed met je?' zou vragen. En als Leslie Taj ter sprake zou brengen zou Anna het in alles met haar eens zijn – Tajs verraderlijkheid, haar eigen stompzinnigheid, Leslies inzichtelijkheid – als het maar eindigde op -heid. Leslie zou haar vertellen dat ze er met een andere blik naar moest kijken; dat Taj dit nieuwe hoofdstuk van haar leven een Genesis had gegeven. En Anna zou van de gelegenheid gebruikmaken om haar visie op een heldere en doelbewuste toon uiteen te zetten. Ze zou een recent gevonden volwassenheid aan de dag leggen en Leslies vertrouwen in haar inschattingsvermogen herstellen. Want een doel zonder plan was slechts een wens, maar ze hád een plan. Ze zou op zoek gaan naar die e-mail van haar moeder die al een eeuwigheid op ongelezen stond en waarvan de onderwerpregel 'Aanbod' was. Ze zou erop klikken waardoor het saldo van haar inbox tot nul zou worden teruggebracht en een bericht opstellen. Een bericht dat bestond uit één enkel woord.

Ja.

DANKWOORD

Dank aan:

Mijn ouders en mijn geliefde overleden oma Irina Simon.

Joshua Knobe, zonder wie dit boek niet zou bestaan, en onze dochter Zoe.

De geweldige en langdurig lijdende vrouwen bij FSG: Kathy Daneman, Charlotte Strick en Gabriella Doob. John McGhee, ik heb je nog nooit ontmoet, maar je kunt gerust stellen dat je wel raad weet met puntkomma's.

Merrilee Heifetz, Sarah Nagel en Jean Gernett bij Writers House.

Benjamin Coonley, Andrei Konst, Amanda & Neil, Bob Gourley en Marlo Poras voor jullie vriendschap en steun. Galina Kuleshova, omdat je me de rust hebt gegeven om te kunnen schrijven. Anna Moschovakis, dank je wel voor de KOOLHYDRATEN. (En dank je wel koolhydraten, ik hou van jullie.)

En de mannen bij Southside Coffee die zo vriendelijk waren om me een jaar of twee over één kopje koffie te laten doen terwijl ik stiekem een boek schreef. Jullie hebben werkelijk de beste koffie van het universum.